Le Noël de Beth

*

Passion en Écosse

LOUISA GEORGE

Le Noël de Beth

Traduction française de
EVELINE CHARLÈS

BLANCHE

HARLEQUIN

Collection : Blanche

Ce roman a déjà été publié en 2020

Titre original :
A PUPPY AND A CHRISTMAS PROPOSAL

HARPERCOLLINS FRANCE
83-85, boulevard Vincent-Auriol, 75646 PARIS CEDEX 13
Service Clients — www.harlequin.fr
ISBN 978-2-2805-1244-2 — ISSN 0223-5056

Édité par HarperCollins France.
Composition et mise en pages Nord Compo.
Imprimé en novembre 2024 par CPI Black Print (Barcelone)
en utilisant 100% d'électricité renouvelable.
Dépôt légal : décembre 2024.

FSC
www.fsc.org
MIXTE
Papier issu de sources responsables
FSC® C159065

Pour limiter l'empreinte environnementale de ses livres, HarperCollins France s'engage à n'utiliser que du papier fabriqué à partir de bois provenant de forêts gérées durablement et de manière responsable.

1

— Maudite neige ! La météo prévoyait pourtant que ce vortex polaire prendrait fin aujourd'hui !

Alex Norton ferma à clé la porte de la Maison médicale d'Oakdale et remonta son col pour se protéger contre les bourrasques. L'hiver était arrivé, Noël dans son sillage. Tout ce qu'il avait à faire, c'était tenter de ne pas perdre la raison pendant le mois à venir.

Ensuite il pourrait de nouveau respirer.

Tout ce qu'il avait à faire ? Encore faudrait-il que les souvenirs des Noëls passés ne le rendent pas fou d'ici à la fin de la semaine…

Son collègue, le Dr Joe Thompson, lui emboîta le pas.

— On va avoir de belles fêtes blanches, tu ne crois pas ?

Blanches ? Pourquoi pas bleues, ou encore jaunes avec des pois orange ? Malgré son agacement, Alex parvint à formuler une réponse polie :

— Qui sait ? Dans trois semaines, nous aurons peut-être de la boue partout.

— J'espère que non ! J'ai promis à Katy qu'on ferait de la luge.

D'accord, tout le monde ne détestait pas Noël, en particulier ceux qui avaient des enfants.

Pour sa part, il ne ferait jamais cette expérience.

— C'est vrai, tu es en vacances, ce soir. Amuse-toi bien et on se revoit l'an prochain !

— Je te remercie d'assurer la garde du cabinet. Rose attend avec impatience son premier Noël à Oakdale, et Katy est excitée à l'idée de faire du ski. Pour la première fois depuis des années, je vais pouvoir participer à toutes les festivités organisées par l'école.

Les yeux de Joe étincelaient. Il avait traversé quelques années difficiles, et cela faisait du bien de le voir sourire. Rose, sa nouvelle compagne, devait y être pour beaucoup.

— Tu mérites bien tes vacances. Je suis content de te rendre ce service.

Avec un peu de chance, Alex parviendrait à se noyer dans le travail et à oublier que cette période de l'année rendait les gens plus ou moins fous. Il détestait le mois de décembre, qui lui rappelait tout ce qu'il avait perdu. Cette année, il ne prendrait pas de congé puisque Jenny souffrait d'une fracture à la jambe et que le nouvel associé ne devait arriver que la semaine suivante. Et c'était très bien ainsi !

Joe s'arrêta à un carrefour.

— Tu assistes au concert de chants de Noël, tout à l'heure ?

— Non.

— C'est une bonne chose que tu n'aies pas d'enfants, mon pote. Tu deviendrais cinglé, avec tous ces rennes ! Dieu sait que j'adore ma fille, mais elle chante comme une casserole. Sérieusement, tu devrais venir.

— Pas quand tu présentes les choses de cette façon !

Alex ignora la boule qui venait de se former dans sa gorge. Ce n'était pas seulement une bonne chose qu'il n'ait pas d'enfants, c'était aussi impossible.

— Je préfère une bonne bière au coin du feu, affirma-t-il en fourrant les mains dans ses poches.

— Tu vas au pub un vendredi soir ?

— Sûrement pas ! Je tiens à préserver mes tympans. Je rentre chez moi, où il n'y aura pas un renne en vue. Profite bien du concert !

— Je vais essayer.

Les deux hommes se séparèrent, et Alex poursuivit son chemin à travers le village désert. Toutes les vitrines étaient décorées, et quelqu'un avait même suspendu des guirlandes lumineuses au fronton de la poste. Il y avait un petit bonhomme de neige devant le supermarché, qui avait perdu la carotte qui lui servait de nez. Alex la ramassa et la planta au milieu de la grosse face blanche.

— Te voilà de nouveau entier, mon pote.

Il arriva enfin de l'autre côté du village, où se trouvait la maison où il avait grandi. Malgré tous ses efforts, il ne parvenait pas à chasser de ses pensées le souvenir de ce Noël, huit ans auparavant, quand sa vie avait changé pour toujours.

Il y avait eu ce coup de fil.

Et des larmes... Tellement de larmes !

Ensuite, il avait dû affronter un avenir totalement différent de ce qu'il avait envisagé jusqu'alors.

Soudain, un petit geignement suivi d'un jappement joyeux le ramena au présent. Il vit derrière lui une boule de poils montée sur quatre pattes. Il ne s'agissait pas d'un renne, mais d'un chien... ou plutôt d'un chiot.

Le petit animal s'immobilisa lorsqu'il cessa de marcher, mais, dès qu'il repartit, il lui emboîta le pas. Après avoir aboyé de nouveau, le chiot le rattrapa et s'agrippa à ses jambes.

Lâchant un soupir, Alex s'en débarrassa. Outre ses immenses yeux bruns mouillés, le chiot avait de grosses pattes complètement disproportionnées par rapport à sa taille et une queue dressée comme une lance.

Très mignon, du moins si on était amateur de chiens, ce qui n'était pas le cas d'Alex, surtout après une longue journée de travail passée à soigner des patients difficiles.

— Va-t'en ! ordonna-t-il.

Pas de réaction. Prenant l'animal, il le tourna dans la direction opposée à la sienne et le posa sur la neige dans l'espoir qu'il retournerait chez lui, puis il reprit son chemin.

Un autre jappement, qui sonnait comme un appel à l'aide.

— Arrête de me suivre ! Allez, rentre chez toi !

Le chiot inclina la tête de côté et le fixa.

— Allez ! Pff !

Le chiot dressa les oreilles... Enfin, une, car l'autre pendait.

Il était perdu, cela ne faisait pas de doute. Alex regarda l'empreinte de ses pattes dans la neige.

— D'accord, dit-il en se penchant vers l'animal. Voyons ce qui t'arrive…

Pas de collier… Génial ! C'était un mâle, et très content qu'on lui accorde de l'attention.

— Tu dois bien manquer à quelqu'un, quelque part. Pourquoi ne pas rentrer chez toi ?

Alex ne put s'empêcher de glisser les doigts dans la fourrure du chiot pour gratter son cou. Quand la bestiole frotta son museau contre son bras, il sentit sa gorge se serrer.

— Non ! Je ne vais pas me laisser embobeliner par de grands yeux bruns et de grosses pattes toutes froides.

Pas question !

Dès que ces fichues fêtes seraient passées, il prendrait des vacances. Il ferait éventuellement de l'escalade, pour décharger son énergie dans une activité physique.

Et pourquoi pas s'offrir une aventure d'un soir ?

Avec quelqu'un qui n'espérait pas un engagement éternel.

Alex remarqua que ses doigts étaient toujours enfoncés dans la fourrure et que sa paume était humide, à force d'être léchée.

S'écartant vivement, il s'efforça de prendre un ton autoritaire :

— Ne t'attache pas à moi ! Fiche le camp !

Sur ces mots, il se remit à marcher.

Ne regarde pas en arrière ! Ne regarde pas en arrière !

Des mots qu'il s'était répétés maintes et maintes fois pendant les moments les plus sombres, quand il affrontait un avenir incertain.

Mais le chiot se mit à trottiner à son côté, s'enfonçant dans la neige, puis poussant sur ses grosses pattes et bondissant avant de retomber dans le creux suivant.

— Un chiot réfractaire à l'autorité, c'est bien ma chance ! Écoute, petit, ça ne va pas marcher, entre nous.

Le vent forcit alors qu'il arrivait devant chez lui, faisant tourbillonner des flocons de neige de plus en plus nombreux. Il inséra sa clé dans la serrure et poussa la porte, s'immobilisant un instant pour se débarrasser de la neige qui collait à ses bottes. Regrettant de ne pas avoir laissé le chauffage et la lumière allumés, il actionna un interrupteur. Au moment où l'entrée s'illuminait, une queue dressée se faufila dans la cuisine.

— Quoi ! Hé ! tu n'habites pas dans cette maison !

Mais lorsqu'il gagna la grande cuisine ouverte, il vit le chiot étalé sur le tapis qui lui venait de ses grands-parents, en train de mordiller ses précieuses chaussures d'escalade.

— Non ! Elles coûtent une fortune et je viens juste de les acheter.

Pour toute réponse, le chiot agita gaiement la queue.

— Ce n'est pas un jeu. Tu as faim, peut-être ? Tu veux boire ? C'est ça, tu veux de l'eau.

Alex remplit un bol de porcelaine qui avait appartenu à sa grand-mère et le posa par terre, puis il fit cuire au micro-ondes les saucisses qu'il avait prévues pour son dîner et les coupa en petits morceaux.

— C'est ton dernier repas, mon pote, ensuite tu t'en vas.

Après avoir servi son « hôte », il regarda par la fenêtre les tourbillons de neige de plus en plus épais, puis le chiot qui dévorait les saucisses comme s'il n'avait pas mangé depuis plusieurs jours.

— Où sont tes maîtres ?

Flèche goba la dernière bouchée – d'accord, le nom avait fusé dans son esprit. Et il allait bien à cette bestiole dont la queue pointait en l'air. Alex savait pourtant qu'il ne fallait surtout pas nommer les bêtes, si on ne voulait pas s'y attacher.

— Tu dois bien appartenir à quelqu'un, non ? Une petite bête comme toi ne devrait pas être dehors par une nuit glaciale. Oups !

Super ! Un liquide chaud venait de couler sur sa cheville. C'était génial : il avait recueilli un chiot désobéissant avec des problèmes de vessie.

Mais quand il croisa les yeux sombres et expressifs, il se sentit fondre.

— Flèche, mon petit pote, qu'est-ce que je vais faire de toi ?

Parfois, les gens aimaient davantage leurs animaux domestiques que leurs congénères, et Beth pouvait le comprendre.

Les animaux domestiques ne rompaient pas leurs promesses, ils ne vous laissaient pas tomber sans aucune explication.

La pauvre chienne de ferme qui se trouvait sur sa table d'examen était bien malade et pouvait à peine bouger.

— Depuis quand est-elle dans cet état ? demanda-t-elle au propriétaire de Meg, Dennis, un fermier du coin.

Le vieil homme haussa les épaules, puis il caressa le museau de son collie chéri.

— Aidez-la, Beth.

— Vous m'avez dit qu'elle avait vomi et qu'elle tremblait ?

— Elle a commencé par tousser et trembler, ensuite elle a vomi une matière sombre.

C'était plutôt inquiétant.

— Du sang, peut-être ? Et maintenant, elle est épuisée. C'est peut-être un virus, ou quelque chose qu'elle a mangé.

Ce pouvait aussi être une tumeur, vu l'âge avancé de la chienne. Mais il n'était pas question de formuler à voix haute une telle hypothèse, d'autant qu'elle ne sentait aucune grosseur à la palpation.

M. Blakely s'arracha à la contemplation de sa chienne.

— Vous croyez que ça peut être dû à de la nourriture ?

— À cette époque de l'année, les gens laissent des chocolats emballés au pied du sapin et oublient que c'est dangereux pour les chiens.

Meg vomit sur la table.

— Pauvre bête ! s'exclama Beth en la caressant.

Apparemment, il ne s'agissait pas de chocolat. Meg gémit et leva vers Beth un regard qui lui fendit le cœur. Une seconde ! Le blanc de l'œil était un peu jaune... Y avait-il un problème au niveau du foie ?

Son téléphone se mit à vibrer. Jetant un regard à l'écran, elle soupira.

— Excusez-moi un instant...

C'était juste un SMS de sa mère, lui rappelant qu'elles devaient se rendre ensemble à un concert de chants de Noël. Mais elle ne pourrait pas abandonner cette pauvre bête à son triste sort.

— Monsieur Blakely... Dennis... Je vais installer Meg le plus confortablement possible et faire quelques analyses. Il faudra un certain temps pour la stabiliser, du moins si j'y parviens.

Les yeux pâles du fermier s'emplirent de larmes.

— Faites ce que vous pouvez, mais sauvez-la à n'importe quel prix. Elle est tout ce que j'ai, maintenant que Nancy est partie.

La gorge de Beth se serra. Pauvre homme ! Il était veuf depuis deux ans et, à en juger par ses cheveux en bataille et ses vêtements sales, il ne s'en sortait pas très bien.

Elle allait devoir annoncer à sa mère qu'elle ne pouvait pas l'accompagner à ce concert. La polyarthrite rhumatoïde rendait cette dernière incapable de conduire et elle comptait sur Beth pour l'emmener à la salle des fêtes de l'école et la ramener. D'ordinaire, Beth s'efforçait de toujours tenir ses promesses, mais elle ne pouvait laisser tomber un chien malade.

— Elle va très mal, Dennis, et vous devez savoir...

La gorge de Beth se serra. Seigneur ! Elle détestait cet aspect de son travail !

— Je ne peux rien vous promettre, dit-elle en posant la main sur le bras du vieil homme.

Il hocha la tête, visiblement incapable de parler.

Beth perfusa la chienne, puis elle banda sa patte. La pauvre bête réagit à peine. Beth l'installa ensuite dans une cage, sur une couverture.

— La perfusion sert à la réhydrater, expliqua-t-elle, et j'espère qu'elle se sentira mieux. J'ai un échantillon de son sang et, quand j'aurai fait une radio, nous verrons si nous en savons davantage.

Quelqu'un frappa à la porte de la clinique vétérinaire.

— C'est fermé ! cria Beth. Dennis, rentrez chez vous et essayez de vous reposer.

— Hé ! insista l'homme qui se trouvait dehors. Je vois bien que vous êtes là.

— Oui, mais je ne prends plus de patients pour aujourd'hui.

Beth soupira. Elle était incapable de refuser de soigner un animal. Elle espérait seulement que ce n'était pas une urgence.

Elle raccompagna Dennis jusqu'à la porte.

— Je vous tiendrai au courant, promit-elle.

— Pourvu que je vous l'aie amenée à temps !

— On croise les doigts.

Mais Beth avait le sentiment qu'il faudrait plus que de la chance pour sauver la chienne. Elle déverrouilla la porte et l'ouvrit pour permettre à Dennis de sortir.

— Salut, Dennis, comment allez-vous ? fit une voix familière.

Le cœur de Beth bondit dans sa poitrine.

Alex Norton. Génial ! Elle expira lentement pour tenter de calmer son corps et son esprit. Pour l'instant, elle avait des sujets de préoccupation plus importants qu'Alex Norton.

Dennis laissa échapper un soupir et secoua la tête.

— Pas bien, docteur Alex. Pas bien du tout.

— Oh ! je peux faire quelque chose ? s'enquit Alex.

Il tenait un chiot qui lui léchait le cou et il souriait.

Alex Norton, avec un chiot et le sourire aux lèvres. Comment le sort pouvait-il se montrer aussi cruel ? se demanda Beth.

— Je ne crois pas que vous puissiez m'aider, docteur, à moins que vous ne soigniez aussi les patients à quatre pattes, dit le vieil homme d'une voix tremblante. Meg ne va pas bien, mais, si quelqu'un peut la sauver, c'est Beth.

— J'en suis certain. Et j'espère qu'elle va pouvoir m'aider, moi aussi.

Non ! Pas ça !

La dernière chose dont Beth avait besoin, c'était d'une conversation avec l'homme qui avait jadis piétiné son cœur. Le comble, c'était qu'il n'avait pas vraiment enlaidi avec l'âge. Le bel adolescent s'était mué en homme super sexy, vêtu d'un jean et d'un luxueux manteau de laine. Ses cheveux noirs étaient plus courts qu'autrefois et striés d'une unique mèche grise. Ses yeux bleus étaient plus sombres que dans son souvenir, les coins ornés de petites rides d'expression. Ses épaules étaient plus larges, et il lui paraissait plus grand, mais, même avec son mètre soixante-quinze, elle avait toujours dû se hisser sur la pointe des pieds pour atteindre sa bouche.

Mieux valait ne pas penser à sa bouche...

Ou à ses baisers.

Ou à lui.

D'ailleurs, peu lui importait qu'Alex Norton soit beau, puisque, lorsqu'elle le regardait, la colère et la tristesse la submergeaient.

— Salut, Beth.

À son sourire, elle devina qu'il voulait quelque chose et, parce qu'elle ne le connaissait que trop bien, elle savait que, quoi que ce soit, elle en paierait le prix.

— Salut, dit-elle sur un ton glacial.

— Je ne m'attendais pas à te voir. J'étais certain que tu assisterais au concert de chants de Noël.

— Tu pensais que je n'étais pas là, ou tu l'espérais ? Quoi qu'il en soit, la clinique est fermée. Et, oui, j'avais promis d'accompagner maman au concert, mais je ne peux pas laisser Meg. Elle est vraiment malade !

Tournant les talons, Beth retourna auprès de la pauvre chienne. La tête entre les pattes, Meg respirait de façon régulière ; elle n'avait pas vomi, ce qui était déjà une bonne chose.

— Je dois faire des analyses, dit Beth, espérant qu'Alex comprendrait l'allusion.

— Tu veux que je m'arrange pour que quelqu'un conduise ta mère à la salle des fêtes ? Joe y va et je suis sûr qu'il acceptera.

Beth hésita un instant, mais finit par hocher la tête.

— D'accord. Si tu peux passer un coup de fil à Joe, ce serait vraiment sympa.

Pendant qu'Alex téléphonait à son associé, Beth examina Meg et vérifia ses constantes. La chienne tenait bon, mais elle ne bougeait pas d'un pouce et ne réagit pas quand Beth la souleva dans un harnais pour lui faire une radio. C'est à peine si elle gémit lorsqu'elle lui préleva encore un peu de sang.

Quand Alex revint vers elle, il annonça :

— C'est d'accord. Joe était ravi de passer prendre ta mère et de la ramener.

— Merci.

Le bon côté d'Oakdale, c'était que les gens veillaient les uns sur les autres. En revanche, tout le monde était au courant des histoires de cœur de tout le monde et, en cas de rupture, il fallait endurer des regards compatissants et des sourires attristés, ou prendre la fuite pour ne jamais revenir.

Sauf quand votre mère avait besoin de vous, évidemment...

— Je vais l'appeler pour la prévenir, ajouta Beth.

— D'accord. Je vais attendre... Nous allons attendre.

Alex serra le chiot contre sa poitrine et le caressa, mais Beth refusa de se laisser attendrir par ce spectacle.

Lorsqu'elle eut raccroché, il demanda :

— Ta mère est d'accord ?

— Elle n'est pas très contente, parce que nous étions censées assister à ce concert ensemble, mais elle sait que mon métier est très exigeant et que je dois souvent rester à la clinique tard le soir, ou même y passer la nuit. Elle est habituée à ce que je fasse des promesses que je ne peux pas tenir. Tu sais de quoi je parle, j'imagine ?

Oups ! C'était un peu agressif, mais, quand on rompt une relation - des fiançailles - par téléphone et sans explications, on doit s'attendre à un retour de manivelle, non ?

Beth ferma un instant les yeux. Cela faisait huit ans, maintenant. Elle avait tourné la page depuis longtemps ! Du moins, c'était ce qu'elle croyait jusqu'à ce qu'elle revienne à Oakdale pour aider sa mère et se retrouve nez à nez avec Alex Norton à chaque coin de rue. Étonnant, non ? Huit ans auparavant, alors qu'elle aurait désespérément voulu lui parler, elle ne l'avait trouvé nulle part !

Plus vite elle retournerait à Glasgow, mieux ce serait.

— Très bien, Alex, qu'est-ce que tu veux, exactement ?

— Il semble que j'aie un nouvel ami.

Beth posa les yeux sur l'adorable chiot qui léchait le menton d'Alex.

— Il est trop mignon !

— Tu peux dire que c'est un mâle sans l'avoir examiné ?

Beth réprima un rire.

— Je peux le dire en observant la façon dont tu le tiens.

— Quoi qu'il en soit, il ne m'appartient pas. Il m'a juste suivi chez moi, il s'est faufilé dans ma maison et a mâchonné mes chaussures.

— Et tu veux que je... ?

— Prends-le. Il n'est pas à moi.

Avec ce sourire qui la faisait fondre autrefois, mais qui ne lui faisait absolument rien aujourd'hui – *absolument* -, il lui tendit la petite bête.

— À moi non plus.

Beth regarda le chiot au pelage soyeux qui fixait avec adoration l'homme qu'elle avait elle-même adoré des années auparavant.

— Il m'a l'air en pleine forme, ajouta-t-elle.

— En effet, répliqua Alex avec une petite grimace. Trop, si tu veux mon avis.

— C'est plutôt une bonne chose, non ?

— J'ai besoin de trouver son propriétaire.

— Bien sûr. Il t'en sera sûrement très reconnaissant.

— Tu n'as pas été avertie de la disparition d'un chiot ?

Beth effectua une recherche rapide sur son ordinateur.

— Non. Un lapin blanc du nom de Bugsy est parti sans laisser d'adresse, ainsi qu'une chatte siamoise qui s'appelle Marg. Mais rien à propos d'un chien.

Beth adressa à Alex son sourire le plus professionnel, dans l'espoir qu'il quitterait les lieux au plus vite. Un cri plaintif lui parvint depuis la salle de soins.

Meg.

— Écoute, dit-elle, je dois te laisser. Meg a besoin de moi. Tu sais où est la sortie. Je vous souhaite une bonne nuit à tous les deux.

2

Alex ne bougea pas. Il se contenta de la fixer tout en serrant le chiot contre son cœur, comme pour le protéger contre elle. Super ! Maintenant, elle s'appelait Cruella !

— Tu ne peux pas nous renvoyer dans la neige, Beth !

— Bien sûr que si, je peux ! Avec ton joli cabriolet, tu ne mettras que cinq minutes pour rentrer chez toi !

— Mais... Et cette pauvre petite bête ?

— Il est malade ?

— Non. Il est ingérable.

— Tu as le chauffage central, dans ta maison, pour pouvoir le réchauffer jusqu'à ce que son propriétaire se manifeste ?

Alex se rembrunit.

— Bien sûr.

— Très bien. Et tu es un grand garçon, ainsi qu'un médecin compétent. Tu te débrouilleras. Ce n'est pas une urgence, Alex, et j'ai du travail.

— Je te jure que c'est urgent, Beth ! Je ne veux pas de chien, je ne sais pas comment m'en occuper et de toute façon je n'en ai pas le temps. Il faut que je le rende à son maître ! Pense à la pauvre petite fille qui a perdu son chien juste avant Noël.

Alex se tenait sous la guirlande que le personnel de la clinique avait suspendue au plafond. Leurs regards se croisèrent, et l'espace d'un instant Beth fut ramenée dans le passé... Ils étaient revenus de leurs universités respectives pour les vacances, avaient décoré la chambre d'Alex et fait l'amour pendant des heures. Ensuite, il avait posé sur sa tête une couronne de guirlande dorée et l'avait embrassée passionnément. Pour finir, il lui avait dit qu'elle était sa reine et lui avait demandé de l'épouser.

Pendant toute une année, elle avait été la femme la plus heureuse de la terre, jusqu'à ce qu'il la détrône et lui brise le cœur avec un simple appel téléphonique.

Par la suite, il était parti en voyage... Sans elle.

Beth avait tenté de parler avec les parents et la sœur d'Alex ; elle leur avait demandé pourquoi elle ne parvenait pas à le contacter.

Nous sommes désolés, Beth, mais nous respectons son souhait. Nous sommes désolés.

De quoi ? De lui briser le cœur ?

Il n'avait qu'à se débrouiller avec ce chien !

— Il ne te reste plus qu'à retrouver son maître et tu seras le héros du jour. En quoi est-ce que cela me regarde ?

— Tu ne m'aides pas beaucoup, Beth.

Il ne manquait pas de culot !

— Je m'efforce toujours de rendre service en cas de nécessité, Alex, mais pour l'instant je dois m'occuper de Meg.

— Il n'a même pas de collier... Tu crois qu'il a une puce ? Mais qu'est-ce qu'on va faire, s'il n'en a pas ?

Alex tentait clairement de la manipuler.

— *On* ?

— D'accord... Qu'est-ce que *je* vais faire d'un chiot perdu ? corrigea Alex. Je travaille tout le week-end et je n'ai pas une minute à lui accorder. Oh !

La bouche d'Alex se pinça, alors qu'un flot d'urine se déversait sur son jean.

— Il n'arrête pas de faire ça !

— Au moins, on sait que ses reins fonctionnent bien.

Il se faisait tard et Beth devait vérifier les résultats des analyses de Meg, mais elle avait une obligation morale envers ce chiot. Au minimum, elle devait s'assurer qu'il était en sécurité et que quelqu'un le maintiendrait en vie.

— Écoute, dit-elle, accorde-moi une heure. Quand je me serai occupée de Meg, je pourrai me concentrer sur cette petite bête. Pourquoi ne pas rentrer chez toi et revenir plus tard ?

— Je préférerais rester ici. Tu as l'équipement nécessaire et en plus il déteste la voiture. Il n'a pas cessé d'aboyer pendant tout le trajet.

— D'accord, d'accord !

Beth remplit un bol d'eau et un autre de nourriture pour chiots.

— Quand il aura bu et mangé, dit-elle, va dans la salle du personnel et fais-toi un café.

Pendant ce temps, elle serait à un couloir et deux portes de lui.

Alex poussa un soupir de soulagement.

— Merci, dit-il en souriant.

Seigneur ! Ce sourire lui faisait toujours autant d'effet. Mais elle resterait ferme. Elle était immunisée... Il le fallait.

— D'accord, dit-elle. J'ajoute ça sur ta note, qui augmente de minute en minute.

Alex posa le chiot par terre et le suivit partout, le grondant chaque fois qu'il se montrait trop curieux. Il était clair qu'Alex ignorait tout des chiens.

Beth ferma les yeux et compta jusqu'à dix. La vision d'un Alex complètement dépassé par le comportement d'un chiot mettait à mal ses défenses.

— Pourquoi ai-je l'impression que je vais le regretter ? murmura-t-elle pour elle-même.

— Comment va-t-elle ? chuchota Alex en se glissant dans la salle de soins.

Il craignait de déranger Beth, mais il avait attendu longtemps et maintenant il redoutait que la vieille chienne soit morte et Beth en pleurs.

Mais non, la vétérinaire et l'animal tenaient bon.

— Je t'apporte une tasse de thé, Beth. J'ai pensé que tu en aurais besoin.

Comme toujours, son cœur bondit dans sa poitrine dès qu'il vit Beth. Ses longs cheveux miel masquaient son visage tandis qu'elle vérifiait la perfusion, mais il se rappelait le moindre détail de son ravissant visage : les grands yeux bruns qui posaient un regard chaleureux sur tout le monde, sauf sur lui - avec de bonnes raisons, il le savait —, le nez parfait et le ravissant sourire… Sauf ce soir, apparemment.

La situation était délicate. Il aurait préféré de ne pas amener Flèche ici, mais il n'avait pas d'autre choix. En outre, il avait espéré que Beth serait absente, mais il n'avait pas eu cette chance.

Elle semblait fatiguée, mais elle était toujours aussi belle. Et tout aussi compétente, professionnelle et franche… Et furieuse contre lui. Beth n'avait jamais su dissimuler ses sentiments et il lui avait piétiné le cœur, si bien qu'il n'avait droit à aucune indulgence. Mais pour la millionième fois, il se répéta qu'il avait eu raison d'agir comme il l'avait fait.

Oui. Il devait la libérer, au lieu de l'enfermer dans une relation incertaine, potentiellement sombre, et un avenir désastreux. Et maintenant ? Les choses s'étaient en grande partie arrangées, en tout cas bien mieux que les spécialistes ou lui-même ne l'avaient espéré. Mais il ne pouvait toujours pas offrir à Beth ce qu'elle voulait ou méritait. Tant pis s'il se languissait de ce corps si bien accordé au sien et fait pour ses baisers.

Il lutta contre le regret… Il avait fait ce qu'il fallait.

Se forçant à ne pas regarder Beth, il se concentra sur sa patiente. Il ne connaissait rien aux chiens, mais Meg semblait aller mieux.

Beth se redressa et se tourna vers lui. Son regard était doux et bienveillant, comme si elle avait oublié l'espace d'un instant combien elle lui en voulait.

— C'est adorable, dit-elle. Je meurs de soif.

— Je n'étais pas sûr que tu le prenais toujours avec du lait et sans sucre.

— Oui. Oh !

Beth battit des paupières et redevint distante, professionnelle et méfiante. Elle avala une gorgée de thé avant de poser la tasse.

Bon sang ! Il aurait dû éviter toute allusion au passé !

— Comment va Meg ? demanda-t-il.

Beth expira lentement, et il devina qu'elle reconstituait ses défenses. Elle se détourna de lui.

— Elle tient bon, répondit-elle. J'ai fait des analyses : numération sanguine, analyse biochimique et analyse d'urine. J'ai fait une échographie de son abdomen, ainsi qu'une endoscopie. Apparemment, elle souffre d'hémorragie digestive et son foie est endommagé.

Le ton de Beth était calme et mesuré, comme si elle faisait un rapport à quelqu'un qu'elle ne connaissait pas.

— Je pense qu'elle a mangé quelque chose de nocif, continua-t-elle. Je ne suis sûre de rien, mais, vu les symptômes, il pourrait s'agir d'une intoxication à l'ibuprofène. Si c'est le cas, il va falloir la surveiller étroitement durant les prochains jours.

— Pauvre Dennis ! Ce serait terrible, s'il perdait Meg si tôt après le décès de Nancy. Comme s'il n'avait pas eu sa dose, après avoir soigné sa femme pendant toute la durée de son cancer ! Il ne s'en sort pas très bien, j'ai l'impression.

— Non, et c'est bien triste. Il faut que je discute avec lui pour savoir s'il a pu laisser traîner des comprimés.

— Je suis son médecin et, de mémoire, je ne lui ai pas prescrit d'ibuprofène, mais je vérifierai demain. Cela s'achète sans ordonnance, d'ailleurs. Je ne l'ai pas vu ces derniers temps, mais il a perdu beaucoup de poids et il ne prend visiblement plus soin de lui. Je pourrai être présent, quand tu lui parleras ?

Beth le fixa un instant avant de répondre, et il devina qu'elle pesait le pour et le contre. Était-ce parce qu'elle ne souhaitait pas passer davantage de temps avec lui ?

Finalement, elle hocha la tête.

— D'accord, c'est une bonne idée. Tu le connais mieux que moi et ta présence lui fera du bien.

— Parfait. Préviens-moi quand vous aurez fixé un rendez-vous. Maintenant, il se fait tard et je me demandais si tu pourrais agiter ta baguette magique au-dessus de ce chiot et voir si une famille le recherche. Je l'ai installé dans une de tes cages avec des biscuits et un jouet. Oui, je sais, ce sera sur la note...

Beth jeta un coup d'œil à sa montre.

— Je me suis absentée pendant deux heures ! Pauvre bête ! Je suis désolée, mais il fallait que je m'occupe de Meg.

— Je le sais bien, mais ses propriétaires doivent commencer

à s'inquiéter. J'ai appelé la police, mais ils n'ont reçu aucun appel concernant un chiot perdu. Tu es mon dernier espoir, Beth.

Alex s'efforça de sourire, mais Beth ne se détendit pas pour autant. Se penchant sur Meg, elle la caressa un instant.

— Je ne serai pas longue. Attends-moi, ma belle… Bien, ajouta-t-elle en se tournant vers Alex, allons-y et réglons ce problème.

Waouh ! Elle devait vraiment le détester, mais il ne pouvait l'en blâmer. Lorsqu'ils entrèrent dans la pièce où se trouvaient les cages, le chiot se dressa aussitôt et remua la queue avec un enthousiasme qui émut Alex.

— Quelle est sa race ?

Beth ouvrit la cage, puis prit Flèche et le posa par terre avant de se pencher pour lui gratouiller le crâne.

— C'est un beau petit bâtard. Je soupçonne un croisement de labrador et de beagle. Il a de grosses pattes, ce qui implique qu'il aura une bonne taille. Mais… il y a quelque chose qui cloche, au niveau des oreilles.

Alex se sentit soudain bizarrement protecteur.

— Elles sont très bien, ses oreilles !

— Elles sont dressées, alors que celles du beagle sont pendantes. Enfin… il y en a une qui l'est. Nous en saurons davantage quand il sera adulte.

— Je ne le saurai pas, puisque je n'ai pas l'intention de le garder. Il n'a pas de puce ?

Beth passa une sonde électronique sur les oreilles et l'encolure du chiot.

— Non.

— Donc, c'est un chien errant ?

— Il doit avoir trois mois et normalement il devrait être identifiable grâce à un tatouage ou une puce. Alors oui, il y a de grandes chances pour qu'il se soit perdu… ou qu'on l'ait abandonné.

— Quoi ? En plein hiver et à Noël ?

— C'est assez fréquent. Parfois, le chien fait des bêtises, ou il est difficile à dresser. Ou bien les circonstances changent et les maîtres ne peuvent plus le garder. Il arrive aussi que les gens aient aimé l'idée du chien, mais pas sa réalité.

Beth frotta les oreilles asymétriques du chiot et lui caressa le museau.

— Tu es trop mignon, dit-elle.

Récompensée par un coup de langue sur la joue, elle sourit. Ce n'était pas trop tôt, mais il avait fallu un chien, et non un humain, pour la dérider.

Après tout ce temps, Alex voulait encore voir ce joli sourire qui illuminait le visage de Beth et allumait des paillettes d'or dans ses yeux.

C'était vraiment contrariant, parce qu'il aurait dû tourner la page et de toute façon elle ne voudrait pas de lui si elle apprenait la vérité qu'il lui avait cachée – à elle comme à tout le monde, d'ailleurs…

Beth se redressa.

— Tu vas devoir le ramener chez toi. Reviens demain matin, et nous verrons si quelqu'un a déclaré la perte d'un chiot.

— C'est impossible ! Il a uriné sur le tapis et mordillé mes meilleures chaussures d'escalade.

— Ah oui ? Quelle horreur ! s'exclama Beth en posant les mains sur ses hanches. Pauvre, pauvre Alex !

— On dirait que tu le penses vraiment.

— Bien sûr.

Quand Beth lui lança un coup d'œil dédaigneux, teinté d'une très légère dose d'humour, Alex sentit son cœur battre la chamade. Il aurait voulu qu'elle lui pardonne de l'avoir blessée, que leurs relations deviennent cordiales et qu'elle abandonne cette attitude défensive en sa présence.

Mais son sourire disparut.

— Tu sais, Alex, je n'ai pas vraiment le temps de t'aider. Je vais appeler la fourrière d'Ulverston. C'est loin, mais ils en sauront peut-être davantage.

Alex la regarda pendant qu'elle téléphonait, ce qui le ramena huit ans en arrière. Il l'avait prise par la taille et serrée contre lui, alors qu'elle téléphonait à sa mère. Après qu'elle avait raccroché, il avait fait courir ses doigts sur les taches de rousseur de Beth et prétendu qu'il voulait les compter. Elle avait ri et répondu qu'il y en avait tellement que c'était impossible. Alors, il avait enfoui son visage dans les cheveux miel en lui disant qu'elle était la plus belle fille de la terre.

Et elle l'était toujours, pas seulement parce qu'elle était ravissante, mais à cause de sa bonté et de sa bienveillance envers tout le monde... en dehors de lui.

Il sursauta, car Beth venait de lui dire quelque chose après avoir raccroché.

— La fourrière d'Ulverston est pleine. Ils m'ont dit qu'ils sont souvent appelés quand des gens ont perdu un chiot, mais ils n'ont pas eu de signalement ces derniers jours. Ils te suggèrent de l'emmener chez toi et nous réessayerons demain matin.

Alex ne put réprimer un sourire.

— Nous ?

Beth le foudroya du regard.

— Je voulais dire que *tu* réessayeras demain matin, après qu'il aura passé la nuit chez toi.

— Je t'ai déjà dit que je n'avais pas le matériel nécessaire. Tu ne pourrais pas le garder ? Tu as tout ce qu'il faut pour un chiot. De la nourriture, des lits... Toi.

— Non. J'ai cessé de te faire des faveurs il y a bien longtemps, Alex Norton. Je ne peux pas garder un chiot turbulent qui risquerait de stresser Meg encore davantage et de m'empêcher de la soigner comme elle le mérite. Elle a besoin de paix et de tranquillité.

Beth lança à Alex un regard qui semblait signifier : « Tout comme moi ! »

— Pour une fois, continua-t-elle après avoir repris son souffle, tu pourrais penser à quelqu'un d'autre qu'à ta petite personne.

— Eh ! je suis médecin ! Je pense tout le temps aux autres.

Mais elle le voyait vraiment comme un homme égoïste et égocentrique. D'une certaine façon, il avait fallu qu'il le soit pour endurer des mois de traitement et de convalescence. Mais rompre avec elle avait été ce qu'il avait fait de mieux, durant toute cette période. Il n'avait pas voulu lui faire subir ce qu'il avait lui-même subi quand son cousin avait été malade : les longues heures à l'hôpital à espérer un miracle, la souffrance de Mikey, les prières et enfin... la perte de tout espoir. Il avait vu sa famille sombrer dans le chagrin et, lorsque les médecins lui avaient annoncé leur pronostic, il avait su qu'il n'infligerait pas cette torture à Beth.

Ne voulant clairement pas en entendre davantage, elle gagna la réserve et prit des fournitures qu'elle lui donna.

— Tiens. Voilà des draps, si tu ne peux pas supporter un peu d'urine sur ton tapis. Pose-les par terre dans ta cuisine, par exemple. Je te prête un lit et deux jouets, ainsi qu'une cage pour le cas où tu ne pourrais pas le surveiller. Je te donne aussi de quoi le nourrir. Ne t'inquiète pas si tu n'as pas d'espèces sur toi, nous acceptons les paiements par carte bancaire.

Se penchant vers le chiot, elle lui gratta les oreilles.

— Sois un bon garçon, Bouton.

— Qu'est-ce que ça veut dire, « sois un bon garçon » ? Tu lui recommandes de ne pas manger mes chaussures ? Et il s'appelle Flèche, pas Bouton.

— Tu plaisantes ! Il n'a rien d'une flèche. Regarde ses yeux, on dirait des boutons foncés.

— Peut-être, mais sa queue a tout d'une flèche pointée vers le plafond.

— Pas du tout ! Elle a la forme d'une faucille, pas d'une flèche. Faucille. Flèche. Tu vois la différence ?

Alex caressa la queue duveteuse.

— Si tu la redresses, elle ressemble à une flèche.

Beth leva les yeux au ciel.

— Pff ! Bon, il est temps de t'en aller, Bouton.

— Flèche.

— Bouton.

Elle soutint son regard plus longtemps qu'elle ne l'avait fait ces dernières semaines. Aussitôt, cette indignation farouche suscita dans tout le corps d'Alex d'étranges picotements. Oui, elle était toujours la plus belle femme qu'il avait jamais rencontrée.

Pourquoi réagissait-il de cette façon, alors que la désirer était vraiment une très mauvaise idée ?

— J'entends Meg gémir, dit Beth. Il faut que j'y aille.

— Et demain matin ? Ma consultation commence à 8 heures.

Mes patients aussi ont besoin de paix et de tranquillité, pas d'un chiot turbulent qui risquerait de les stresser.

Il avait sciemment utilisé les mêmes termes qu'elle, et elle pinça les lèvres.

— Tu n'abandonnes jamais, c'est ça ?

— Flèche a besoin de toi.

L'homme et le chien la fixèrent un instant en silence. Alex vit le visage de Beth s'adoucir, et elle finit par céder :

— D'accord. Dépose-le ici avant ta consultation. J'espère que Dennis sera là, pour que nous puissions discuter.

— Parfait, dit Alex en se penchant vers le chiot. Tu vois, Flèche, elle est vraiment gentille. Même si je suis *persona non grata*, tu n'es pas un chien *non grata*.

Le chiot lui lécha l'oreille.

— Je garderai un œil sur Bouton entre deux patients, dit Beth en levant les yeux au ciel. Avec un peu de chance, nous trouverons son propriétaire.

— Merci.

Sans réfléchir, Alex déposa un baiser sur la joue de Beth, ce qu'il regretta sitôt qu'il huma son odeur fraîche et familière.

— Je veux dire… Flèche te remercie, dit-il en soulevant le chiot dans la direction de Beth. Tu es une star.

Aussitôt, la petite bête lécha l'autre joue de Beth, qui ne put s'empêcher de sourire.

— Non, répliqua-t-elle pourtant, je suis juste faible et j'ai le cœur tendre quand il s'agit de chiots perdus. Ce n'est que du baby-sitting, après tout. Je viens en aide à Bouton, pas à toi.

Elle posa sa main sur la joue qu'Alex avait embrassée et secoua la tête. Il eut l'impression qu'elle était en proie à des sentiments contradictoires. Elle le détestait, certes, mais il discernait autre chose, dans les yeux de Beth. Il était clair que cette situation lui était aussi pénible qu'à lui…

— Rien d'autre que du baby-sitting, répéta-t-elle. C'est tout.

3

Seulement, ce n'était pas tout.

Malheureusement, la proximité d'Alex donnait à Beth une furieuse envie de lui réclamer des comptes à propos de la façon dont il avait rompu avec elle. Mais elle n'était pas d'humeur à s'entendre dire qu'elle l'avait déçu ou ne s'était pas montrée à la hauteur.

Pour l'instant, elle devait se focaliser sur Meg, mais le moment venu elle lui demanderait pourquoi il s'était comporté de la sorte. À moins que, peut-être, elle ne lui donne pas la satisfaction de savoir combien elle l'avait aimé.

Elle fit donc ce qu'elle faisait depuis des années : elle étouffa la part d'elle qui se languissait de lui. Pas question d'évoquer les lèvres d'Alex sur sa peau ou d'admettre que, malgré sa colère, il faisait toujours battre son cœur plus vite.

La nuit fut longue. Trop souvent, les analyses sanguines de Meg furent catastrophiques. Beth lutta de toutes ses forces pour empêcher sa patiente de s'éteindre, mais au matin l'état de la vieille chienne s'était amélioré.

Il faisait encore nuit quand la sonnerie de la porte d'entrée retentit, arrachant Beth à un sommeil léger ponctué par les alarmes régulières qui lui rappelaient qu'elle devait examiner sa patiente.

Repoussant les couvertures, elle quitta le fauteuil inclinable installé dans la salle de soins. L'état de Meg était stable, contrairement à celui de Beth. Elle manquait de sommeil et l'absorption excessive de café, pour se tenir éveillée, l'avait rendue nerveuse... Sans compter « l'effet Alex ».

— J'arrive ! cria-t-elle depuis le hall d'entrée.

Jetant un coup d'œil au miroir, elle grommela :

— Oups ! Tu as connu des jours meilleurs.

Ses cheveux étaient emmêlés et des cernes creusaient ses joues. Ses yeux étaient injectés de sang et sa peau rougie. Mais quelle importance, de toute façon ? Dennis, qui avait appelé deux fois dans la nuit, attendait derrière la porte d'entrée de savoir comment sa chienne bien-aimée se portait.

Elle se brossa les dents et s'aspergea le visage d'eau fraîche, après quoi elle plaqua un sourire sur ses lèvres et traversa le hall.

— Désolée d'avoir mis du temps...

Beth sursauta à la vue d'Alex et de Bouton, qui patientaient sur le seuil.

— Oh ! bonjour, vous deux.

Les cheveux d'Alex étaient ébouriffés et ses yeux aussi ensommeillés que les siens, pourtant il était encore plus sexy que la veille. Beth se rappela leurs réveils matinaux, après de longues nuits sensuelles, quand ils se rendaient visite dans leurs campus respectifs.

Alex tenait d'une main sa sacoche de travail et de l'autre Bouton. Après avoir adressé à Beth un sourire incertain, il posa le chiot par terre.

— Bonjour, Beth. Tu as une mine terrible.

Elle ne put s'empêcher de rire.

— Merci ! Tu as une sale tête, toi aussi.

— Je n'ai pas très bien dormi. Comment va Meg ?

— Couci-couça. La pauvre bête n'a pas passé une très bonne nuit. Elle déteste le charbon actif, mais il fallait absolument freiner l'absorption de la drogue pour empêcher que son foie et ses reins soient encore plus endommagés. En raison de son hémorragie gastrique, j'ai dû lui faire une transfusion, mais elle n'a pas très bien réagi.

Beth se pencha pour caresser le ventre du chiot. Il était

vraiment très beau et cela faisait du bien de voir ce petit corps vibrant de vie, après avoir veillé sur la pauvre Meg.

— Et vous deux ? demanda-t-elle. Est-ce que Bouton a dormi et mangé ? Regarde-moi ! Je me comporte comme une mère anxieuse. Je plains mes enfants, quand j'en aurai. Dans le genre mère poule, on ne fera pas mieux.

— J'en suis sûr, répliqua Alex, qui se rembrunit visiblement.

Avait-elle dit quelque chose de mal ? À moins qu'Alex ait passé une aussi mauvaise nuit qu'elle ? Secouant la tête, il baissa les yeux vers le chiot qui restait collé à ses jambes, bien qu'il n'ait pas de laisse, et qui levait vers lui un regard adorateur.

— Il a fait un trou dans mon bonnet préféré, reprit Alex, mordillé ma sacoche et n'a accepté de dormir que sur ma poitrine.

Beth posa malgré elle les yeux sur le large torse d'Alex. Ce manteau de laine lui allait à merveille et elle rêva un instant de glisser les mains en dessous, pour entourer sa taille.

— La cage n'a servi à rien, grommela-t-il. Je l'ai installé dedans, mais il a hurlé jusqu'à ce que j'aille le chercher. Il ignore le sens du mot « non » et je suis certain qu'il est parfaitement incapable d'obéir.

— Donc, il est en pleine forme, rétorqua Beth en riant. J'imagine que tu seras content d'en être débarrassé.

— Euh… Absolument.

Beth eut envie de lui rappeler qu'il était expert en la matière, mais cela n'aurait pas été juste. N'importe qui serait tombé amoureux de Bouton et, à la façon dont Alex le regardait quand il ne pensait pas être observé, elle devinait qu'il était en bonne voie.

— Son maître doit être fou d'anxiété, maintenant, remarqua-t-elle.

— J'ai téléphoné à la police et à la fourrière, ce matin. J'ai même imprimé des affichettes.

Alex sortit de sa sacoche des flyers colorés. On y voyait la photo de Bouton avec le mot « TROUVÉ » en dessous, ainsi que le numéro de téléphone d'Alex.

— Je vais t'en laisser quelques-unes, ajouta-t-il, et je demanderai à des commerçants de bien vouloir les coller sur leurs vitrines.

— Très bonne idée. De mon côté, je vais prévenir les autres

vétérinaires de la région. Oh ! maman m'a appelée, elle a apprécié le concert et m'a demandé de te remercier.

Beth regretta aussitôt de se montrer aussi compassée et polie, comme si elle ne l'avait jamais connu et aimé. Mais elle devait garder ses distances, c'était évident.

— C'est Joe qu'il faut remercier, répondit Alex en haussant les épaules. J'espère que ta mère n'était pas trop fâchée contre toi.

— Elle sait que mes engagements professionnels l'emportent quelquefois sur mes engagements familiaux.

— Tu as pris ce poste de façon permanente ?

Cette question étonna Beth, mais, dans la mesure où n'importe qui, dans le village, pouvait informer Alex, autant qu'elle le fasse elle-même.

— J'aide maman à vendre sa maison. Elle emménage dans la maison de retraite de Bay View dans deux semaines. Cela a pris davantage de temps que nous le pensions, et j'ai dû prolonger mon séjour. Ce n'est pas un problème, mais je dois rembourser mon crédit immobilier.

— Tu as acheté une maison ? Ici ?

Était-ce un effet de son imagination ? Elle avait cru voir une lueur d'intérêt dans les yeux d'Alex. Non ! Elle ne s'aventurerait pas sur ce terrain !

— Pas à Oakdale, en fait, mais à Glasgow. Je dois y retourner le jour de Noël, après avoir passé la matinée avec ma mère. Elle sera bien installée, et j'ai hâte de commencer ma nouvelle vie. D'ailleurs, mon patron se rend en Australie pour un congé sabbatique et il m'a demandé de le remplacer à la tête de la clinique, mais ça ne m'empêchera pas de revenir ici pour voir maman.

Alex hocha ta tête.

— Tu te plais, à Glasgow ?

— J'adore cette ville.

Il fronça les sourcils.

— Je croyais que tu adorais Oakdale.

— Les gens changent, non ? Disons que je suis passée à autre chose.

Beth espérait qu'en formulant les choses à voix haute elle couperait court aux sentiments qu'Alex pouvait susciter en elle.

Avec un peu de chance, il comprendrait qu'elle n'avait nulle envie de rester à Oakdale.

La sonnerie de la porte d'entrée retentit.

— Ah ! ce doit être Dennis, dit-elle avec soulagement. On va pouvoir discuter avec lui. Je vais poser Bouton dans ce petit parc de bébé pour qu'il ne puisse pas nous causer des ennuis. Molly devrait arriver d'une minute à l'autre ; elle veillera sur lui pendant que nous conduirons Dennis auprès de Meg.

Dennis semblait avoir vieilli de dix ans pendant la nuit.

— Comment va ma fille ? demanda-t-il aussitôt.

— Elle est à peu près dans le même état que quand vous avez téléphoné. Elle n'est pas sortie d'affaire, loin de là. La pauvre bête est vieille et fatiguée, elle a besoin de toute son énergie pour mener ce combat.

L'amour de Dennis pour sa chienne touchait profondément Beth, qui jeta un coup d'œil à Alex sans savoir pourquoi. Peut-être voulait-elle seulement… Quoi ? Nouer avec lui une sorte de camaraderie ? Il retint son regard un instant de plus qu'elle ne s'y attendait. Il la fixait avec une douceur mêlée de tristesse qui n'avait aucun rapport avec Dennis, elle en était certaine.

Lorsqu'elle ouvrit la cage, Meg souleva légèrement la tête, puis huma la main de Dennis avant de poser son museau sur sa paume. Le maître et l'animal échangèrent un long regard chargé d'affection. La gorge serrée, Beth songea que ce lien pouvait se briser d'un instant à l'autre, mais elle parvint à articuler quelques mots :

— Vous voyez à quel point votre présence la réconforte ?

— Guéris vite, ma vieille, j'ai besoin de toi, fit le fermier d'une voix rauque. Savez-vous ce qu'elle a, Beth ?

— Je pense qu'elle a été empoisonnée.

Le vieil homme caressa les oreilles de la chienne sans répondre.

— Je ne peux pas en être sûre à cent pour cent, continua Beth, mais je pense qu'elle a avalé de l'ibuprofène.

Dennis s'immobilisa, comme figé sur place.

— De l'i-bu-pro-fène, répéta lentement Alex. C'est un médicament que les humains prennent souvent, mais il peut être fatal pour un chien.

Dennis ne répondit toujours pas.

— Est-ce que vous savez si vous en avez chez vous ? insista Beth.

— Sais pas, dit Dennis en caressant le dos de sa chienne.

— Vous avez dû jeter les vieux médicaments, non ? demanda Beth.

Dennis haussa les épaules, accablé par le chagrin. Se tournant vers Alex, Beth secoua imperceptiblement la tête pour lui faire comprendre de ne pas insister. Ils n'arriveraient à rien en poursuivant cet interrogatoire.

— Vous avez eu raison de l'amener, dit-elle avec douceur. Si vous aviez attendu plus longtemps, elle ne s'en serait pas sortie. Grâce à vous, elle a de bonnes chances de guérir.

Pour la première fois, le visage du fermier s'éclaira.

— C'est vrai ? Je lui ai sauvé la vie ?

— Elle n'est pas encore tirée d'affaire, mais, sans votre intervention, elle était perdue, dit gentiment Beth en posant la main sur l'épaule du vieil homme. Je pense qu'elle a besoin de repos. Pourquoi ne pas rentrer chez vous, maintenant ? Vous devez être épuisé, après cette nuit sans sommeil.

— Je préférerais rester, si c'est possible.

— Je dois poursuivre les analyses, alors il vaudrait mieux que vous reveniez à l'heure du déjeuner.

— D'accord. La ferme ne peut pas fonctionner sans fermier... Bien que les moutons n'obéissent pas aussi bien, sans chien pour les surveiller.

Dennis regarda sa vieille amie en soupirant. Une larme coula le long de sa joue ridée.

— Vous n'avez personne, pour vous aider ? Des amis ? De la famille ? demanda Beth, le cœur serré.

— Non.

— Eh bien... Faites ce que vous avez à faire et je vous rappellerai dans une heure ou deux.

Après le départ du fermier, Beth ferma un instant les yeux.

— Parfois, ce boulot est dur !

Elle sentit qu'Alex se rapprochait d'elle. Autrefois, elle se serait blottie dans ses bras, mais elle se contenta de serrer les poings.

Ouvrant les yeux, elle s'écarta d'Alex pour échapper à son odeur familière de bois de santal.

— Pour l'instant, dit-elle, je vais tenter de maintenir Meg en vie, même si je ne dois pas dormir pendant des jours.

Mais Alex secoua la tête.

— Il y a quelque chose qui ne va pas.

— Quoi ? J'ai pris toutes les mesures nécessaires en cas d'empoisonnement !

— Eh ! je ne faisais pas allusion à ton traitement, mais à Dennis.

— Ah ! Je ne le connais pas vraiment. Je veux dire... Il a toujours vécu ici, aussi longtemps que je m'en souvienne, mais pour moi il était le vieux grincheux de la Ferme des chênes.

— Je reconnais qu'il est du genre rugueux, mais il a toujours eu un esprit affûté et il a soigné Nancy chez eux pendant les six derniers mois de sa vie. Il a refusé de la laisser à l'hôpital parce qu'elle voulait rester dans la maison où elle habitait depuis quarante ans. En même temps, il gérait la ferme et son élevage de moutons, alors que, pour la plupart, les hommes de son âge auraient pris leur retraite depuis longtemps. Il n'a pas d'enfants ou de parents pour l'aider.

— Où veux-tu en venir ?

— Je veux dire qu'il connaissait forcément par cœur le nom des médicaments qu'elle prenait, tu ne crois pas ?

Beth quitta la salle de soins, suivie par Alex. Elle adressa un signe de la main à Molly, qui répondait au téléphone.

— Il a peut-être oublié, ou bien il essaie de laisser tout ça derrière lui.

— Tu as sans doute raison. Je me disais que, s'il avait laissé traîner des comprimés, il serait trop gêné pour l'avouer. Mais pire encore... S'il était en train de perdre la mémoire ?

— Tu penses à un début de sénilité ?

— Je ne veux pas tirer de conclusions hâtives, mais je compte passer le voir sous prétexte d'acheter une peau de mouton.

— Je croyais que les médecins d'Oakdale ne se déplaçaient qu'en cas d'urgence ?

Alex caressa les oreilles asymétriques de Bouton avec une

tendresse qu'il aurait sans doute niée si Beth la lui avait fait remarquer.

— Je commence à penser qu'Alex Norton a un cœur, dit-elle.

— Quoi ? J'essaie juste d'aider Dennis avant qu'il ne soit trop tard.

— Ah ! Et quand tu dors avec Bouton, ce n'est pas la preuve que tu as un cœur ?

Alex cessa aussitôt de caresser le chiot.

— Si je ne l'avais pas fait, *Flèche* m'aurait empêché de dormir toute la nuit.

Beth sentit l'émotion l'envahir en imaginant Alex dans son lit, le chiot blotti contre lui. Elle aurait voulu lui demander pourquoi il l'avait traitée si cruellement, huit ans auparavant, et pourquoi elle découvrait maintenant qu'il restait en lui des traces de l'homme qu'elle avait aimé.

Pourquoi ?

Mais ce n'était pas le moment de lui demander des comptes.

— Ne me dis pas que tu as laissé un chien dormir dans ton lit ! C'est une très mauvaise idée, pour lui comme pour toi.

— Je n'avais pas le choix. Sinon, il aurait hurlé au rez-de-chaussée toute la nuit, répliqua Alex avec un sourire penaud.

— Donc tu seras content de retrouver son propriétaire ?

— Exactement, répliqua Alex d'un air peu convaincant.

— Et si ce n'est pas le cas ? Tu repasses le prendre après ta consultation, j'imagine ?

— On est samedi. Ce soir, les copains du club et moi, on compte faire de l'escalade au Centre de Kendal.

— Si je le garde dans la journée, tu dois le prendre le soir. De mon côté, je ne peux pas garder un chiot au milieu des cartons de maman.

— Je ne pourrais pas le reprendre demain ?

— On s'en tient à ce qu'on avait dit. C'est un bébé, Alex. Tu ne peux pas le laisser parce que tu as envie de sortir avec tes amis. Tu imagines, si tu faisais ça avec tes enfants ?

Alex serra les dents, et l'espace d'un instant Beth eut l'impression qu'il allait se mettre à crier.

— C'est un scénario qui ne se réalisera jamais, Beth Masters.

Je vais annuler mes plans. De ton côté, tâche de trouver le propriétaire !

Sur ces mots, il prit sa sacoche et quitta la clinique, laissant Beth étonnée et choquée par le ton qu'il avait employé. L'espace d'un instant, la générosité et la compassion d'Alex l'avaient impressionnée, mais maintenant elle le voyait tel qu'il était : égoïste et autoritaire.

Et pour la première fois depuis de longues années, elle se dit que leur rupture avait été une très bonne chose, finalement.

4

Les enfants...

Chaque fois que Beth en parlait, l'estomac d'Alex se nouait. Il avait accepté l'idée qu'il ne serait jamais père, mais ces allusions constantes lui rappelaient les projets qu'ils avaient faits autrefois.

Parce qu'elle était fille unique, Beth souhaitait une ribambelle de bébés et il était d'accord parce qu'il l'aimait.

C'était avant que le diagnostic ne tombe.

Beth serait sûrement mère un jour, mais il avait dû renoncer à la paternité.

La consultation de la matinée avait traîné en longueur, et il avait eu le temps de se remémorer le visage de Beth, quand Dennis avait pleuré. Il aurait tant voulu la réconforter !

Lorsqu'il sortit de son bureau, il trouva Maxine à la réception.

— Je n'arrive pas à croire que nous ayons reçu autant de patients, Alex. Ils sont tous enrhumés ou grippés. On dirait que ton après-midi va être aussi bien chargé.

Elle lui tendit quelques papiers à signer. Alex se réjouit qu'elle soit revenue en forme, après son opération du cœur.

— Tu as l'air épuisé, continua Maxine. J'espère que tu ne brûles pas la chandelle par les deux bouts. On ne sait jamais, avec vous, jeunes médecins célibataires !

— Il se trouve que j'ai très mal dormi à cause d'une jeune créature, répliqua Alex avec un sourire.

Maxine posa ses mains sur ses oreilles.

— Je ne veux pas en savoir davantage !

En réalité, peu de chose était susceptible de choquer la réceptionniste de la Maison médicale d'Oakdale.

— Au cas où tu te poserais la question, Max, il s'agit d'un chiot, alors ne te fais pas de souci.

— Un chiot ? C'est un engagement important ! Est-ce que ça veut dire que tu t'installes ? Il serait grand temps !

— C'est temporaire, jusqu'à ce qu'on retrouve ses maîtres. À propos de chiens, est-ce que tu as vu Dennis Blakely, récemment ?

— Non, mais j'ai été absente un certain temps et j'ai pu le manquer, répondit Maxine en tapant sur le clavier de son ordinateur. Non... Il est passé deux fois pour un renouvellement d'ordonnance et il a vu Joe parce qu'il s'était fait une entaille à la main.

— Je suis au courant. Tu sais s'il a des amis ou des voisins susceptibles de veiller sur lui de temps à autre ?

Maxine fronça les sourcils.

— Pourquoi ? Il a des problèmes ?

— Je ne sais pas trop. C'est juste un pressentiment, mais je me trompe peut-être.

— Il n'a jamais été très sociable. C'est Nancy qui avait des relations, mais Dennis est plutôt du genre solitaire. C'est vraiment triste... Il n'a pas l'air très bien, ces derniers temps.

Il ne restait plus à Alex qu'à passer voir le fermier.

— Très bien. Merci pour l'info.

Maxine lui sourit gentiment.

— Oh ! le nouveau médecin a appelé pour dire qu'il arrivera à Oakdale samedi prochain et commencera à travailler la semaine suivante. Tu vas être un peu soulagé.

— Oui. Espérons qu'il est aussi bon que Joe le prétend.

— Oui... Pendant que j'y pense, est-ce que tu pourrais descendre le carton de décorations de Noël, qui se trouve sur l'étagère supérieure, dans la salle du personnel ? Il est temps d'égayer un peu le cabinet pour les fêtes.

Alex se crispa légèrement.

— Bien sûr.

— Il faudrait aussi rentrer le sapin. Raph avait d'autres livraisons, alors je lui ai dit que tu t'en chargerais.

— D'accord.

Ce ne fut qu'en fin de journée qu'ils eurent le temps de s'en occuper. Quand Alex eut déposé l'arbre à l'endroit prévu, Maxine lui demanda :

— Tu pourras m'aider à le décorer ?

Avant qu'il puisse ouvrir la bouche, la porte d'entrée s'ouvrit. Frank Entwhistle, un fermier voisin de Dennis, parut sur le seuil.

— Docteur ! Au secours !

Le teint de Frank était inquiétant. Il était pâle, sa respiration était trop rapide et superficielle. Alex courut vers lui et l'aida à gagner une salle de soins. Avait-il conduit dans cet état ? Ces fermiers étaient vraiment stoïques !

— Que s'est-il passé ? demanda-t-il en aidant son patient à s'étendre sur la table d'examen. Prenez votre temps et respirez bien.

— J'ai été heurté par un bélier.

L'homme serrait son bras contre sa poitrine, et Alex comprit qu'il ne pouvait pas prendre une grande inspiration.

— Mal...

Alex écarta doucement le bras de Frank de sa poitrine et déboutonna sa chemise de laine.

— Je vais vous examiner. Vous dites que vous avez été attaqué par un bélier ?

— Oui, fit l'homme en grimaçant. Mon petit-fils le taquinait et il a chargé.

Les meurtrissures, sur le ventre et la poitrine de Frank, témoignaient de la violence du choc.

— Il ne vous a pas raté, murmura Alex.

— Pendant la période d'accouplement, ils sont toujours plus agressifs, expliqua le fermier en fermant les yeux. Donnez-moi une minute et ça va aller, ajouta-t-il en se laissant aller contre l'oreiller.

— Frank ? Frank ?

Pour toute réponse, le patient émit un faible gémissement. Alex l'examina. Le pouls était filant et la tension trop basse.

— Frank ? Frank ?

— Tout va bien ? demanda Maxine depuis la porte. Je t'ai entendu crier.

Non, tout n'allait pas bien.

— Appelle une ambulance. Dis-leur qu'on a un traumatisme et une possible hémorragie interne. Non, dis-leur qu'elle est confirmée. Je vais le perfuser. Apporte-moi le chariot de réanimation, je vais faire un ECG. Ce serait bien si nous étions équipés pour faire des échographies.

Et une autre paire de mains n'aurait pas non plus été de refus. Maxine ne pouvait guère l'aider, après la pose de son stent, sans compter ses jambes affaiblies par l'arthrite.

Pendant qu'ils attendaient les secours, Alex posa le masque à oxygène sur le visage de Frank et lui administra une solution saline ainsi que des antalgiques par voie veineuse, tout en surveillant sa tension.

Au moment où il pensait l'avoir stabilisé, celle-ci tomba de nouveau, ce qui confirma Alex dans son diagnostic d'une hémorragie interne. Il se préparait à mettre en place un drain thoracique, quand les ambulanciers firent irruption dans la pièce, à son grand soulagement.

Il décrivit ce qui s'était passé et rapporta ses observations :

— Le choc à la poitrine a été brutal et le traumatisme interne est sérieux. Sa tension est basse et il souffre beaucoup, bien que je lui aie administré des antalgiques. L'intensité des bruits respiratoires a diminué d'un côté, ce qui me fait soupçonner un pneumothorax. Il faut effectuer rapidement une décompression à l'aiguille.

— D'accord. On le fait tout de suite.

Un instant plus tard, Andrew, l'infirmier qui semblait en charge des opérations, introduisait dans la poitrine de Frank un petit cathéter relié à une aspiration d'air. La ponction se fit au niveau du cinquième espace intercostal, sur la ligne médio-axillaire gauche.

À la vue du sang qui s'échappait dans le drain, Andrew fit la grimace.

— On l'emmène à Lancaster le plus vite possible.

— Je leur téléphone immédiatement, dit Alex.

Quelques minutes plus tard, le patient était transféré sur un brancard. Quand les portes de l'ambulance se refermèrent, Alex put respirer. Si Frank survivait, le chemin vers la guérison serait lent. Ces fermiers avaient beau être robustes, il ne s'occuperait plus de ses moutons avant longtemps.

En retournant dans la Maison médicale, il fut accueilli par Maxine, qui lui adressa un large sourire.

— Tu as fait du beau boulot.

— Tu as réussi à contacter sa femme ?

— Oui. Elle était morte d'inquiétude, mais son fils va l'emmener à l'hôpital de Lancaster. Heureusement qu'elle a une famille !

— Je suis bien d'accord.

Alex pensa à Dennis, qui n'avait pas de proches pour veiller sur lui. Il ne savait que trop bien lui-même ce que c'était, d'être seul entre quatre murs, et ce que cela pouvait produire dans le cerveau d'un homme.

— Salut, tout le monde ! lança Beth en franchissant le seuil de la Maison médicale.

En voyant son sourire éclatant, Alex sentit son rythme cardiaque s'accélérer. Elle paraissait bien plus fatiguée que le matin, et trois cents fois plus belle.

— On ne s'était pas donné rendez-vous pour le chiot, alors je ne savais pas trop à quelle heure on se verrait. J'ai terminé ma journée et je rentre chez moi.

Elle posa Flèche par terre. Le petit chien se précipita dans les jambes d'Alex et aboya jusqu'à ce qu'il le prenne dans ses bras pour le caresser.

Visiblement ravie, Maxine applaudit.

— Il est trop mignon ! Je suis contente de te voir, Beth. Comment va ta maman ?

Pendant qu'elles bavardaient, Alex élabora une stratégie de fuite.

— Justement, je n'attends plus de patients, on va partir ensemble, Beth.

Maxine fronça les sourcils.

— Tu devais m'aider à décorer le sapin !

Désormais, il avait une bonne excuse pour échapper à la corvée.

— C'est impossible, avec un chiot. Regarde-le ! Il va détruire toutes les guirlandes.

Soulevant le carton, Beth le déposa sur le comptoir de l'accueil.

— Il ne pourra plus le faire, déclara-t-elle. Bon, il faut vraiment que je parte. Maman m'attend et j'ai hâte de me changer. Je porte les mêmes vêtements depuis deux jours et j'ai besoin d'un long bain chaud.

Alex imagina Beth nue dans un bain moussant, et chassa aussitôt cette pensée importune.

— On ne pourrait pas s'occuper du sapin demain, Maxine ? Il faut que je ramène Flèche chez moi. Il a eu une longue journée et il doit se reposer, tout comme moi.

Maxine arbora un large sourire.

— Voilà un homme qui connaît les priorités ! Les chiots passent d'abord, c'est ça ?

Les yeux écarquillés de Beth allèrent de l'un à l'autre.

— Depuis quand Bouton est-il ta priorité ? Bon, continua-t-elle en plongeant la main dans son sac. Voilà une laisse, parce qu'il est temps qu'il apprenne à marcher au pied... ou vaguement dans la même direction que toi. Je te souhaite bonne chance !

Alex tenta d'accrocher la laisse au collier noir que Beth avait mis autour du cou du chiot, mais Flèche tournait en rond et chassait sa queue chaque fois qu'Alex l'approchait.

— Viens là, fripouille !

— Montre-lui comment faire, Beth, suggéra Maxine. Alex passe devant la maison de ta mère, pour rentrer chez lui, vous pourriez tenir le chien à tour de rôle.

Le sourire entendu de Maxine prouvait qu'elle était au courant de leur histoire... comme tout le village. Les parents d'Alex lui avaient confié que leur rupture avait longtemps alimenté les potins.

Beth regarda Flèche, puis Alex, tout en se mordant la lèvre inférieure. Elle haussa les épaules, mais elle rougit sous le regard insistant de Maxine, d'Alex et du chiot.

— D'accord, dit-elle finalement. Accompagne-moi jusque chez moi, et ensuite tu continues tout seul.

Ils traversèrent lentement la place tranquille du village. Obtenir de Flèche qu'il s'adapte à leur rythme, au lieu de mordiller sa laisse, se révéla difficile, d'autant qu'il reniflait chaque plante, chaque réverbère.

La neige crissait sous leurs pas, tandis qu'Alex cherchait quelque chose à dire pour alimenter la conversation.

— Comment va ta mère ? demanda-t-il.

Beth haussa les épaules.

— Son état se dégrade, hélas. J'ai l'impression qu'elle s'affaiblit sous mes yeux, pas seulement sur le plan physique, mais aussi mental.

Alex savait combien la mère de Beth était dépendante. Beth avait même failli abandonner ses projets universitaires pour s'occuper d'elle, mais les spécialistes avaient trouvé un nouveau traitement auquel sa mère répondait bien. Au moins, Beth avait pu avoir une vie à elle.

Mais apparemment, les effets du médicament avaient été temporaires.

— Et toi ? demanda Alex sans réfléchir. Comment vas-tu ?

— Je me sens coupable de la laisser pour vivre à Glasgow, répondit Beth avec un soupir. Mais quand j'ai essayé de revenir, à la fin de mes études, elle a refusé que je reste. À l'époque, elle allait beaucoup mieux et elle avait même un ami qui l'aidait. Ils s'entendaient vraiment bien.

— Ça ne t'a pas blessée, après tout ce que tu avais fait pour elle ?

— Un peu, mais en même temps j'étais contente de mener ma vie comme je l'entendais.

Alex songea à sa propre existence, occupée par le travail, l'escalade, les conquêtes féminines.

À l'idée que Beth avait eu elle aussi des liaisons, il fit la grimace.

— Je ne veux pas en savoir davantage.

— Je te rappelle que c'est toi qui as rompu, Alex ! Je ne suis pas une nonne.

Il aurait voulu lui dire combien il regrettait ce qui s'était passé et lui avouer qu'il la désirait toujours.

— Je sais.

Elle prit la laisse, et miraculeusement Flèche marcha près d'eux.

— Huit ans ont passé, dit-elle après un bref silence.

— On pourrait combler les vides.

— Pourquoi ? Pourquoi veux-tu savoir ce que j'ai fait pendant tout ce temps ?

— Cela s'appelle être poli et sociable. D'ailleurs, Flèche est encore un bébé, il a besoin de grandir dans une ambiance sereine. Les chiens ne supportent pas l'hostilité.

Beth eut un petit sourire.

— Je ne suis pas hostile, mais ce sont mes affaires.

— Flèche veut tout savoir de toi. Pas vrai, mon gars ?

Beth leva les yeux au ciel.

— D'accord, mais je ne sais pas par où commencer.

Leurs regards se croisèrent, et Alex devina qu'elle se retenait de lui demander pourquoi il avait rompu avec elle.

— Pourquoi tes parents sont-ils partis en Espagne ? demanda-t-elle.

La question était inattendue, mais les parents d'Alex avaient toujours apprécié Beth et ils avaient eu du mal à accepter de lui mentir comme il le leur demandait. Il voulait seulement protéger Beth, mais ils avaient protesté que c'était injuste, avant de finir par céder.

— Après la mort de Mikey, ma tante Carol et mon oncle Seb se sont installés à Malaga.

Alex n'avait pas besoin de rappeler à Beth qui était Mikey, puisqu'elle était sa petite amie quand on avait diagnostiqué le cancer des testicules de son cousin.

— Ils avaient besoin de quitter un endroit qui leur rappelait leur fils et de repartir de zéro, continua-t-il. Leur union battait de l'aile et l'Espagne les a rapprochés. Deux ans plus tard, mes parents ont décidé de les rejoindre. J'ai racheté leur maison, parce qu'elle est dans la famille Norton depuis quatre générations et je voulais que Mélanie puisse y venir avec ses enfants.

— Ta sœur a des enfants ? J'ai raté cette information. Ma mère ne relaye plus aussi bien les potins d'Oakdale.

Ce bavardage cordial réchauffa le cœur d'Alex.

— Elle a un garçon de deux ans et une petite fille de six mois. Elle est très heureuse. Joe, son mari, travaille dans les médias à Manchester.

— Et toi, tu n'as pas d'enfants ? Je suppose que j'en aurais entendu parler.

— Non, répliqua doucement Alex. Et toi ? Tu ne t'es pas fiancée de nouveau ?

— Non. Et toi ?

Il secoua la tête, surpris de ressentir autant de soulagement.

— Moi non plus. Qu'est-ce que tu as fait, pendant ces huit ans ?

— Mes études de véto, un stage aux États-Unis dans une réserve animale. De retour à Glasgow, j'ai eu mon diplôme, trouvé du boulot et acheté une maison. Maman a rompu avec son ami et, quand je suis revenue la voir un week-end, il y a quelques mois, j'ai décidé de rester. Elle prétendait que tout allait bien, mais elle était dans un état préoccupant.

Beth s'arrêta pour lever les yeux vers Alex.

— Je voudrais juste que les gens soient honnêtes, Alex. Cela éviterait beaucoup de souffrance, tu ne crois pas ?

Bien entendu, elle ne faisait pas seulement allusion à sa mère...

— Beth...

— Je suis arrivée !

Se détournant, elle pointa la maison qu'il connaissait si bien. Combien d'heures y avait-il passées avec elle, après le lycée ? Pendant l'été, quand la mère de Beth travaillait, ils traînaient ensemble toute la journée.

Alex avait pressé Beth contre chacun des murs de la maison pour l'embrasser à perdre haleine. Ils avaient fait l'amour dans la cuisine, dans le salon, dans la salle de bains et dans la jolie chambre de Beth.

Il était clair qu'elle n'y pensait pas, puisqu'elle déclara :

— On se voit demain. Tu préfères déposer le chien ici, ou à ma clinique ?

— Beth…

Que pouvait-il dire ? Qu'il était désolé ? Qu'il s'était comporté comme un idiot ? Mais il savait bien que dans les mêmes circonstances il aurait pris exactement la même décision.

L'espace de quelques secondes, il ne se rappela plus la question qu'elle avait posée. Laissant échapper un soupir, elle suggéra :

— C'est plus facile pour moi à la clinique, à 8 heures demain matin.

Comme elle s'écartait de lui, il posa la main sur son épaule.

— Arrête, Beth !

Elle pivota sur elle-même.

— Quoi, Alex ?

— Je suis désolé de t'avoir blessée.

Elle s'arracha à son étreinte.

— C'était il y a longtemps.

— Je voudrais…

Elle redressa fièrement le menton, comme pour le mettre au défi de poursuivre.

— Qu'est-ce que tu voudrais, exactement ?

Il souhaitait beaucoup de choses, la concernant. Certaines étaient accessibles, mais la plupart ne l'étaient pas.

— Que la situation soit différente.

Les lèvres pincées, elle leva la main.

— Ne fais pas ça, s'il te plaît. Je suis épuisée et je ne peux pas… Je ne comprends pas ce que tu dis.

Lui non plus. Qu'était-il en train de faire ? Ils n'avaient besoin de cela ni l'un ni l'autre. Il tira gentiment sur la laisse pour que Flèche se rapproche, puis il se détourna de ces yeux qui hantaient ses souvenirs et de cette bouche qu'il brûlait d'embrasser.

— À demain, dit-il.

5

Dans son bain, délicieux au demeurant, Beth ne cessait de se poser des questions, tout aussi dérangeantes les unes que les autres.

Pourquoi n'avait-elle pas demandé à Alex la raison de leur rupture, huit ans auparavant ?

Pourquoi disait-il qu'il aurait souhaité que la situation soit différente ?

Et pourquoi fallait-il qu'il lui en parle alors qu'elle se sentait très vulnérable ?

Au bout d'une heure, l'eau avait refroidi. Tout en frissonnant, Beth descendit au rez-de-chaussée, enveloppée dans son peignoir. Elle détestait avoir froid. Quand Alex avait rompu avec elle, elle n'avait pas cessé de grelotter pendant des mois.

Sa mère était dans la salle à manger, entourée de cartons.

— Qu'est-ce qu'on fait de ce ravissant service de porcelaine qui nous vient de grand-mère Masters ? demanda-t-elle. Je suis sûre qu'il a de la valeur. Tu pourrais le vendre, si tu ne souhaites pas le garder.

Les larmes aux yeux, sa mère tourna son fauteuil roulant vers la table sur laquelle se trouvait le contenu du vieux vaisselier en pin. Beth plaqua un sourire sur son visage. Quitter une grande maison pour s'installer dans un studio à Bay View devait être très pénible.

Quoi qu'il en soit, que ferait-elle d'un service pour douze personnes ? Sa mère l'avait utilisé pour la dernière fois quand son père était mort dans un accident du travail, alors que Beth n'avait que six ans.

Tout ce dont elle se souvenait, c'était qu'elle était assise dans cette pièce après l'enterrement, se demandant pourquoi son papa ne rentrait pas. Depuis, chaque fois qu'elle posait les yeux sur cette porcelaine rose ornée de fleurs bleues, elle avait le sentiment que la vie pouvait vous réserver de mauvaises surprises à chaque instant.

— J'aimerais tout prendre, dit-elle, mais cela ne tiendrait pas dans une petite maison comme la mienne.

Sa mère s'essuya les yeux avec la manche de son cardigan.

— J'ai toujours adoré ma collection de porcelaines de Chine. Elles viennent des deux côtés de la famille et je serais heureuse que tu les aies.

Mais est—ce qu'elles me rendraient heureuse ?

Beth ne voulait pas des poupées russes ou des mugs de Malaga, mais elle ne souhaitait pas non plus briser le cœur de sa mère.

— On les met dans la pile des objets à trier, d'accord ?

— Ma chérie, c'est la seule pile que nous ayons faite jusqu'à maintenant. J'espère qu'il y en aura une composée d'objets à garder.

— Oh ! désolée, maman. Je suis fatiguée. On devrait peut-être s'en occuper demain, après le travail.

— Ce n'est pas seulement de la fatigue, Beth. Je vois bien qu'il y a autre chose qui te tracasse, et je suis bien certaine qu'il ne s'agit pas de mon déménagement.

Une conversation à cœur ouvert avec sa mère n'était pas d'actualité. Un peu plus tôt, quand Alex avait posé la main sur son épaule et tenu des propos incompréhensibles, elle avait eu l'impression que sa poitrine était prise dans un étau.

Le pire, c'était que ces paroles et la souffrance qu'elle avait lue dans les yeux d'Alex l'avaient profondément émue. Durant une fraction de seconde, elle avait cru en sa sincérité. Ensuite, elle avait pensé au temps qu'il lui avait fallu pour se remettre de leur rupture.

Elle parvint à sourire à sa mère.

— Tout va bien.

— C'est Alex, n'est-ce pas ?

— Non.

— Ma chérie, j'ai vu comme ton regard s'éclaire chaque fois que quelqu'un prononce son nom. Je sais aussi comment tu étais, quand vous avez rompu. Ce Noël-là, en rentrant, tu as à peine prononcé un mot et tu n'as rien mangé. Tu restais assise dans ta chambre et tu fixais la fenêtre.

— J'étais jeune et naïve, à l'époque, mais j'ai tourné la page.

Et aussi, elle s'était juré de ne plus jamais laisser un homme la faire se sentir aussi vide, à l'intérieur.

— Je le sais, répliqua gentiment sa mère, tu es forte et courageuse, mais tu as gardé un cœur tendre et cette proximité avec lui ne doit pas être facile. La garde partagée de ce chiot ne te vaut rien.

— Je cherche un foyer pour lui. Pour le chiot, je veux dire, pas pour Alex ! J'ai mis des annonces dans tous les journaux locaux, et avec un peu de chance quelqu'un viendra le réclamer. Dès que ce sera fait, la situation reviendra à la normale.

Beth ne précisa pas que, lorsqu'elle n'était pas avec Bouton, elle se faisait du souci pour lui. Ce ne serait pas facile de se détacher de lui... ou plutôt d'eux.

Sa mère lui sourit.

— À propos, il y a quelques cartons qui contiennent les cadeaux d'Alex. Qu'est-ce que tu veux en faire ?

Voulait-elle garder la carte qu'il lui avait envoyée pour son dix-huitième anniversaire ? L'ours en peluche qu'il lui avait offert pour qu'elle dorme avec lui quand il ne serait pas là ? Ou encore cette ravissante bague de fiançailles ?

— J'ai bien envie de tout jeter.

Se détournant, Beth examina les six mugs en porcelaine blanche de sa mère. Tous semblables, très jolis et de tailles différentes. Pourquoi six ? Ils n'avaient jamais été que trois, dans cette maison.

Elle était venue à Oakdale pour un week-end, et sa vie avait basculé... Beth posa les mugs sur un papier où était inscrit « À VENDRE ».

— Bon, dit-elle, la seule décision que je puisse prendre maintenant, c'est de boire un verre de chardonnay. Je t'en sers un ?

— Je ne devrais pas, avec tous ces médicaments, mais…

Sa mère pressa sur un bouton et orienta son fauteuil vers la porte.

— D'accord pour le vin, chérie. Ensuite, on pourrait regarder cette émission sur les virtuoses du rangement. On glanera peut-être quelques conseils.

— Absolument. Je crois qu'on va en avoir besoin…

Beth sourit, reconnaissante envers sa mère de changer de sujet.

La Ferme des chênes se trouvait à six kilomètres du village, très haut parmi les nuages les plus bas et chargés de neige. Celle-ci tombait plus dru à mesure qu'il gravissait la colline et, malgré le chauffage de sa Mazda rouge, Alex sentait l'atmosphère se rafraîchir.

Il sourit en évoquant la description que Beth avait faite de son « joli cabriolet ». Elle avait toujours été franche et moqueuse ; c'étaient même ces traits de caractère qui l'avaient attiré, au début. À ce propos, il se demandait pourquoi elle n'avait pas cherché à connaître la raison de leur rupture.

Lui était-il complètement indifférent, maintenant ?

Cette idée lui donna le vertige… Non, ce n'était pas le vertige ! Il ne contrôlait plus sa voiture, qui glissait sur le verglas en direction de l'un des chênes bordant la route.

Concentre-toi sur ta conduite !

Le verglas. L'arbre. Le verglas.

La voiture roula sur un nids-de-poule… et cala.

Alex resta assis sans bouger pendant un long moment. Il aurait dû faire davantage attention, mais apparemment Beth occupait son esprit, où qu'il aille.

Cela devenait dangereux et il faudrait bien qu'il lui dise la vérité un jour. Ensuite, il serait peut-être débarrassé de toute cette culpabilité. Et avec un peu de chance, elle accepterait de lui pardonner.

Sans doute pas.

Il fut content d'arriver sain et sauf à la ferme de Dennis. Il sortit de sa voiture et inspira l'air raréfié. Il n'y avait pas d'autres véhicules ou d'empreintes de pas sur la neige, et il se demanda si le fermier recevait parfois de la visite.

La ferme était faite des mêmes matériaux que les maisons de la région : des murs en grosses pierres blanchis à la chaux, des toits d'ardoise bleu-vert.

Quand Alex sonna à la porte, il fut accueilli par des aboiements. Meg n'était donc pas le seul chien à tenir compagnie au fermier, ce qui était une bonne chose.

Tout en attendant qu'on lui ouvre, Alex jeta un coup d'œil à la grange située de l'autre côté de la cour. Les portes étaient grandes ouvertes, si bien qu'il put voir deux tracteurs verts, un quad et une remorque. Toutes ces machines étaient visiblement anciennes et menacées par la rouille.

À gauche, il y avait un enclos qui ressemblait à un labyrinthe entouré par des fossés, et au-delà les champs recouvraient la colline en direction d'Oakdale. Après l'accident de Frank, Alex espérait que les béliers étaient parqués quelque part.

— June ! Au pied ! fit une voix masculine et bourrue.

Alex sursauta et se tourna vers la porte, qui s'ouvrit. Un collie bien plus en forme que Meg sauta dans ses jambes, et Dennis parut sur le seuil.

— Bonjour, ma fille, dit Alex en caressant le museau de la chienne. Salut, Dennis, je suis content de vous voir.

Dennis agrippa la poignée de la porte. Alex remarqua que les articulations de ses mains étaient blanches, son visage rouge et sa respiration rapide. L'ensemble de ces symptômes évoquait la rosacée ou la polycythémie, à moins qu'ils ne soient dus à un excès de soleil.

— Il y a de mauvaises nouvelles, docteur ?

— Non. Je passais dans le coin et j'en ai profité pour voir comment vous alliez.

Les chances qu'Alex se promène en voiture sur la colline étaient minces, et ils le savaient tous les deux.

Dennis fronça les sourcils.

— Meg ?

— Pour autant que je le sache, elle va bien. Si j'ai bien compris, vous pourrez la récupérer demain. Je peux entrer ?

Dennis jeta un coup d'œil derrière lui, puis il fixa Alex, visiblement mécontent.

— Pourquoi ?

— Pour rien, dit Alex en faisant un pas en avant. Je me demandais seulement comment vous vous en sortez. Je sais que vous devez beaucoup vous inquiéter pour Meg et je me suis dit que vous auriez besoin de compagnie.

— Pas vraiment, rétorqua le vieil homme.

Fermant la porte derrière lui, il bloqua le chemin d'Alex. Peut-être était-il gêné parce que la maison était sale et en désordre ? Ou peut-être protégeait-il seulement son intimité contre les généralistes trop curieux ?

— À dire vrai, j'ai très soif, dit Alex. Vous m'offrez une tasse de thé ?

— Désolé, j'allais monter sur la colline et...

Dennis fourra ses mains sales dans les poches de son pantalon trop grand tout défraîchi.

— On vous a dit ce qui est arrivé à Frank Entwhistle ?

— Oui. Ça m'étonne, mais il aurait dû savoir qu'on n'embête pas un bélier en rut. Mais vous n'êtes pas venu pour parler de lui, continua le vieil homme en plissant les yeux.

Alex tenta sa chance :

— Je me pose des questions, à propos de l'ibuprofène.

— Pourquoi ?

— Vous en avez retrouvé ?

Dennis claqua des doigts.

— Viens, June, au pied.

La chienne obéit aussitôt et Alex se demanda si le fermier possédait des pouvoirs magiques. Pourquoi évitait-il de répondre à sa question ?

— C'est bon, Dennis, vous n'allez pas avoir d'ennuis. On veut seulement vous aider

Balayant l'air de la main, Dennis secoua la tête.

— Et moi, je veux seulement faire ce que j'ai à faire.

— Très bien, mais si vous souhaitez bavarder, vous savez où me trouver. À n'importe quel moment.

— Je n'ai pas besoin d'un docteur, juste que Meg revienne.

Dennis redressa le menton, une étrange lueur dans les yeux.

— Je lui ai sauvé la vie.

— C'est vrai. Si vous n'aviez pas réagi aussi vite, elle serait morte.

— Oui. Et maintenant, il faut qu'elle rentre à la maison.

Il se dirigea vers le quad, grimpa péniblement dessus et appela sa chienne.

— Viens, June.

Comme attirée par une force invisible, l'animal obéit et Alex songea à interroger Dennis, à propos de son dressage. Parce que, pour l'instant, Flèche faisait exactement le contraire de ce qu'il lui demandait.

Mais Dennis démarra et sortit le quad de la grange, avant de se diriger vers le sommet de la colline.

Alex le vit disparaître, mais auparavant Dennis se retourna deux fois pour le regarder. Quelque chose ne tournait pas rond, mais Alex avait besoin d'en discuter avec quelqu'un qui connaissait Dennis.

Par chance, il connaissait cette personne.

6

Beth accrochait le panneau « Fermé » à la porte de la clinique vétérinaire, quand Alex arriva. Comme chaque fois qu'elle le voyait, son cœur bondit dans sa poitrine. Elle tenta de se persuader qu'il s'agissait d'un réflexe pavlovien, rien de plus, qui cesserait dès que l'éloignement ferait son œuvre.

Mais pour l'instant, elle n'avait aucun moyen d'éviter Alex, aussi chercha-t-elle un prétexte pour ne pas s'attarder. Elle s'écarta pour le laisser entrer.

— Salut, dit-elle. Bouton fait la sieste dans la salle du personnel.

— Tu m'étonnes ! rétorqua Alex en riant. Flèche a eu une promotion ?

Comment faisait-il pour sembler aussi à l'aise en toutes circonstances ? Quoi qu'il en soit, il faudrait qu'ils se mettent d'accord un jour ou l'autre sur le nom de ce chiot.

— Non, mais il est pourri gâté. Tous les employés le considèrent comme la mascotte de la clinique.

Sur ces mots, Beth s'échappa très vite pour aller chercher son pensionnaire. Le chiot aboya joyeusement à la vue d'Alex, dans le hall de réception. L'homme et l'animal se congratulèrent comme des amis de longue date. Beth se demanda comment elle supporterait de rentrer à Glasgow sans eux.

— Comment s'est-il comporté aujourd'hui ? demanda Alex en s'accroupissant pour caresser la tête du petit chien. Il a mangé ?

— Tout ce qui lui est tombé sous les crocs.

Beth se mit à rire, tentant d'ignorer combien ce spectacle lui serrait la gorge. Elle se rappelait les heures merveilleuses qu'elle avait passées auprès d'Alex et tout ce qu'ils partageaient. Faire l'amour avec lui avait été un pur délice.

Arrête !

Il était inutile d'évoquer ce qui n'existait plus. Elle devait se concentrer sur l'avenir. Prenant une profonde inspiration, elle chercha les mots adéquats :

— Il est temps de partir, les gars. J'aide maman, ce soir.

— Encore ?

— Ne m'en parle pas ! Ce sont les objets de toute une vie et en plus elle a du mal à trancher.

Elle tendit à Alex la laisse et les sachets à déjections.

— Tu n'en auras sans doute pas besoin, dit-elle, parce qu'il a été très productif, aujourd'hui. C'est bon ? Au revoir, alors.

Elle n'arrivait pas à croire qu'elle était en train de parler des selles de leur chiot à Alex Norton.

Leur chiot ? Comment en était-elle arrivée à parler ainsi de cet animal ? Plus vite ils trouveraient un foyer pour Bouton, mieux ce serait.

Elle gagna la porte d'entrée.

— Je suis passé voir Dennis, tout à l'heure, déclara subitement Alex.

— Ah bon ? fit Beth en passant son sac à bandoulière à son épaule.

— Il a une autre chienne, dit-il, un collie qui s'appelle June. Elle est plus jeune et plus dynamique que Meg.

— Je sais. C'est la fille de Meg. Il nous l'a amenée plusieurs fois. Elle présentait des symptômes bizarres, mais rien qui permette de poser un diagnostic.

— Elle a l'air plutôt heureuse. En revanche, le comportement de Dennis m'a paru étrange.

— Peut-être parce que tu es passé chez lui sans y être invité ?

— D'accord. J'ai conscience que certaines personnes ont du mal à me supporter, ces temps-ci.

Beth comprit l'allusion.

— Je plaide coupable, répliqua Beth en levant la main.

— J'ai toujours été incompris.

— Vraiment ?

C'était peut-être le moment d'interroger Alex au sujet de leur rupture, mais elle devait d'abord savoir ce qu'il avait à lui apprendre au sujet de Dennis.

— Sérieusement, affirma Alex, je voulais juste m'assurer qu'il allait bien et qu'il pouvait s'en sortir tout seul. Il fait au moins dix degrés de moins qu'au village, là-haut.

Alex releva le col de son manteau, et Beth éprouva l'envie urgente de glisser ses mains sous les pans du vêtement et de se blottir contre lui.

C'était sûrement un cauchemar ! Elle ne pouvait pas penser au sexe chaque fois qu'elle le regardait !

— Tu as remarqué quelque chose qui t'a fait penser le contraire ? demanda-t-elle.

— Sa maison aurait besoin de travaux, son équipement est ancien, mais je ne peux pas affirmer qu'il est en danger. Il est monté sur son quad comme un professionnel chevronné, mais il est bourru et peu sociable. Mais bien qu'il apprécie peu les humains, il fait obéir ses chiens au doigt et à l'œil. Dès qu'il claque des doigts, sa chienne est au pied.

— Tu veux dire… Comme ça ?

Réprimant difficilement un sourire, Beth montra à Alex le tour qu'elle avait appris à Bouton.

— Boy ! Boy ! Viens ici !

Alex ouvrit la bouche à la vue du chiot, qui s'approcha immédiatement d'elle.

— Boy ? Depuis quand… ?

— Je voudrais que nous ne le perturbions pas en l'appelant à la fois Flèche et Bouton. Ses futurs maîtres continueront peut-être de le nommer Boy. Hé, Boy ! Tu es beau ! Assis !

Alex écarquilla les yeux quand le chiot s'assit à ses pieds.

— C'est de la sorcellerie ! Où est ta baguette magique ?

Il regarda derrière son dos, retourna l'une de ses mains, puis l'autre, si proche d'elle qu'elle sentait la chaleur qui émanait de lui. Elle se crispa, pour tenter de réprimer le désir qui la submergea quand leurs peaux entrèrent en contact.

— Je n'en ai pas besoin.

Tournant le dos à Alex, elle plongea furtivement la main dans sa poche et en sortit une friandise pour chien. Elle se baissa pour l'offrir à Bouton en faisant mine de le câliner. Elle n'allait pas révéler à Alex qu'elle avait passé une heure à enseigner ce tour au chiot. Pas plus qu'elle ne lui dirait que son cœur battait la chamade chaque fois que la sonnerie du téléphone retentissait, à l'idée que quelqu'un allait réclamer le petit animal dont elle s'était amourachée.

— Tu n'as qu'à essayer, suggéra-t-elle.

— D'accord. Viens ici, Boy. Au pied !

Mais Bouton se contenta de renifler ses chaussures.

— J'aurais besoin de ta baguette invisible, dit Alex en riant.

— Tu abandonnes au premier échec ?

— Sûrement pas ! Assis, Boy !

Bouton pencha la tête de côté, une oreille pointée vers le plafond et l'autre pendante. Beth aurait pu l'embrasser... Le chien, pas l'homme.

Assurément, l'homme aussi.

Prenant une poignée de friandises dans sa poche, elle referma la main avant d'appeler le chiot, qui obéit aussitôt.

— Ce n'est pas de la magie, dit-elle en ouvrant la main, juste de la corruption.

— Tu veux dire de la triche, rectifia Alex avec un large sourire.

— Les dresseurs en font autant, mais ça prend du temps. Tu dois répéter encore et encore l'exercice jusqu'à ce que ça devienne un réflexe. Je suis sûre que Dennis a passé des heures, voire des jours, à dresser son chien. Mais tu es trop impatient, tu veux toujours tout *tout de suite*.

Alex caressa la tête de Flèche et redressa son oreille pendante.

— Ne l'écoute pas, murmura-t-il, je suis la patience personnifiée.

Elle éclata de rire et leva les yeux au ciel.

— Pour de bon ? Je me rappelle cette fois où nous devions nous voir la semaine suivante et que tu as débarqué sans crier gare à Glasgow.

— J'avais besoin de te voir et les week-ends prolongés sont faits...

—... pour être passés au lit.

Beth regretta aussitôt d'avoir achevé la phrase à la place d'Alex. Elle se souvenait qu'il avait fait irruption dans sa chambre d'étudiante, un bouquet de jonquilles dans une main et une bouteille de vin dans l'autre. Avant qu'elle ait pu prononcer un mot, il l'avait embrassée avec tant de passion qu'elle avait cru mourir de désir...

— De toute façon, reprit-elle, c'est ainsi qu'on dresse un chiot, en le récompensant chaque fois qu'il obéit.

— C'est pareil avec les humains ?

— Il faudrait bien plus longtemps pour que ton comportement soit conforme à mes exigences, Alex Norton.

Au lieu de se décourager, il s'approcha d'elle, les yeux étincelants.

— Combien de temps, exactement ?

La gorge de Beth était si serrée qu'elle ne put articuler un mot. L'atmosphère vibrait de désir, mais Alex fourra ses mains dans ses poches, au lieu de les poser sur elle.

Elle pensait pourtant être immunisée contre son charme !

— Bien plus que tu n'en as.

— Tu en es certaine ?

En tout cas, elle était certaine qu'il avait autant envie qu'elle de l'embrasser. Elle le connaissait trop bien pour se tromper sur ce regard embrumé. Juste une fois, elle aurait voulu presser ses lèvres sur celles d'Alex. Ensuite, elle s'éloignerait de lui. Ce serait à son tour de prendre cette décision.

Alex posa la paume sur sa joue et se pencha vers elle. Sa bouche était si proche qu'elle n'avait qu'à se hausser sur la pointe des pieds comme autrefois.

C'était facile... Si facile ! Comme si son corps savait par cœur ce qu'il avait à faire. Elle posa la main sur l'épaule d'Alex et l'entendit inspirer profondément avant de l'embrasser sur le front. Elle sentit ensuite sa mâchoire râpeuse contre sa joue. Son odeur flottait dans l'air.

Soudain, les souvenirs affluèrent. Ses caresses. Sa bouche. Lui. Elle l'avait aimé de toute son âme, il avait été la prunelle de ses yeux, son tout. Beth frôla la joue d'Alex de ses lèvres, s'arrêtant à quelques millimètres de sa bouche.

Elle rejeta la tête en arrière et plongea dans les yeux azur qui la suppliaient de continuer. Lorsqu'elle passa la langue sur ses lèvres, il gémit. Fermant les yeux, elle effleura la bouche d'Alex de la sienne.

Ce n'était pas un baiser. Pas tout à fait.

Ils ne bougèrent ni l'un ni l'autre, mais elle sentait le cœur d'Alex battre à l'unisson du sien. Pouvait-elle aller plus loin ?

Puis il murmura son prénom, comme une prière, et elle entrouvrit les lèvres. Il avait le même goût qu'autrefois et son odeur familière l'enveloppa. C'était comme glisser lentement dans le passé tout en plongeant dans l'inconnu.

La langue d'Alex se glissa dans sa bouche. Jamais il ne l'avait embrassée avec autant de passion. Submergée par le désir, elle lui rendit son baiser comme si rien d'autre n'avait d'importance.

Alex la prit par la taille et la serra contre lui. Nouant ses bras autour de son cou, elle se laissa aller contre cette large poitrine, dans ces bras musclés.

Jusqu'à ce qu'elle se rappelle qu'il lui avait brisé le cœur et l'avait rendue presque folle. Et il fallait qu'elle le soit, ou qu'elle soit profondément masochiste, pour s'engager de nouveau sur ce terrain. Elle refusait de subir cette torture une seconde fois.

S'arrachant à l'étreinte d'Alex, elle passa une main tremblante sur son visage.

— Il y a longtemps, j'aurais adoré continuer, Alex Norton, mais pas aujourd'hui.

Il hocha la tête et passa les doigts dans ses cheveux.

— Je sais... Je n'aurais pas dû. C'est juste...

Maintenant. Elle avait besoin de réponses maintenant, avant de faire une grosse bêtise.

— D'accord, dit-elle d'une voix tremblante. Il faut que je comprenne ce qui se passe. L'autre jour, tu as dit que tu aurais voulu que les choses soient différentes. De quelle façon ? Tu aurais préféré me laisser tomber autrement ? Avoir été un peu plus sympa ? Tu regrettes de ne pas m'avoir expliqué pourquoi le prétendu amour de ta vie avait cessé de l'être ?

— Tu as toutes les raisons d'être furieuse contre moi.

— Quelle perspicacité !

De nouveau, la colère l'envahit, mêlée au désir qu'il lui inspirait. Comment pouvait-on avoir envie d'embrasser quelqu'un qui suscitait en vous des sentiments aussi contradictoires ?

— Tu m'as laissée tomber juste avant Noël, ensuite tu es parti en voyage, reprit-elle le plus calmement possible. Tu as rompu tes promesses sans que je sache ce que j'avais fait de mal, et tu m'as brisé le cœur.

Alex ferma un instant les yeux, puis les rouvrit.

— Je ne suis pas parti en voyage, Beth.

— Bien sûr que si ! Tes parents m'ont dit que tu étais en Thaïlande, ou quelque chose comme ça.

— Je n'étais pas en Thaïlande, mais à Londres.

— Quoi ? Ne mens pas, s'il te plaît.

— Si tu appelles « voyager » être emporté au bloc opératoire sur un brancard, puis être transféré en oncologie pour subir une chimiothérapie, alors j'avoue avoir bien profité de l'expérience.

Il avait été malade ? Le cœur de Beth se serra.

— De quoi tu parles ? Tes parents m'ont dit...

Alex prit une chaise, derrière le comptoir de l'accueil, et s'assit.

— Je sais ce qu'ils ont dit, Beth, parce que c'est moi qui le leur ai demandé. Je ne voulais pas que tu saches la vérité.

— Mais... Tu as parlé d'oncologie ?

— Cancer des testicules.

— Mon Dieu ! Je suis tellement désolée ! Ça a dû être terrifiant. Et maintenant ? Tu vas bien ?

Le visage d'Alex s'éclaira.

— Guérison totale.

— Merci, mon Dieu !

Il allait bien. Il allait bien.

À mesure que Beth intégrait ce qu'elle venait d'apprendre, les questions se pressaient sur ses lèvres.

— Mais... Tu as eu la même chose que ton cousin ?

Elle avait vécu avec Alex la tragédie qu'avait connue Mikey. Elle avait vu ce jeune homme plein de vie, qui jouait au foot et au basket et qui adorait la musique, ravagé par la maladie.

Elle avait vu sa famille détruite par le chagrin, elle s'était tenue auprès d'Alex pendant toute cette période et cette épreuve les avait encore rapprochés. Il lui avait même dit qu'elle avait été la lumière qui le guidait dans le noir.

Mais au moment où il avait eu besoin d'elle, il avait menti ?

— C'est étonnant, non ? Qui aurait pu penser que la foudre tomberait deux fois au même endroit ? Mais apparemment, certains types de cancer sont liés aux antécédents familiaux. La différence, c'est que j'ai survécu et pas lui.

Ce n'était pas faute de l'avoir souhaité. Alex avait rarement quitté le chevet de son cousin. Il l'avait accompagné à tous ses rendez-vous, prenant soin de poser les questions difficiles à sa place, et il avait été là quand Mikey s'était insurgé contre l'injustice du sort. Mais le cancer de Mikey avait été diagnostiqué trop tard, et rien n'avait pu le sauver, pas même la force et l'espoir d'Alex.

Et après cela, il avait vécu la même épreuve et demandé à ses parents de lui mentir ? Soudain, Beth fut prise de nausée. Il avait été malade et il n'avait pas voulu qu'elle le sache ?

— Tu n'as pas dit à ta petite amie que tu avais un cancer ? À ta fiancée ? À celle qui était censée être la femme de ta vie ?

— C'est vrai.

— Ça n'a aucun sens ! Pourquoi ?

— Je voulais te protéger.

Beth balaya l'argument d'un haussement d'épaules.

— Ça ne marche pas comme ça, en amour. Pas du tout. Normalement, tu permets aux gens qui t'aiment de veiller sur toi, tu ne leur mens pas, tu ne demandes pas à tes parents de leur mentir.

— J'étais en proie à la panique, je ne savais pas quoi faire.

— Et donc, tu as fait semblant d'être en vacances, au lieu de me dire que tu étais à l'hôpital ? Tu m'as anéantie, Alex. J'ai cru que tu avais rencontré quelqu'un d'autre, que tu en avais assez de moi, que je ne te suffisais pas.

— Tu étais tout, pour moi, Beth. Je suis désolé...

— Je ne crois pas que je pourrai te pardonner.

Beth avait besoin de respirer de l'air frais ! Réprimant

difficilement ses larmes, elle gagna la porte et manqua de trébucher sur Bouton. Elle ne voulait plus entendre Alex, quoi qu'il ait à ajouter.

Elle claqua la porte derrière elle et fit quelques pas sur la neige fraîche tout en s'efforçant de comprendre pourquoi il avait agi de cette façon.

Il avait subi une chimiothérapie, il avait effectué un long séjour à l'hôpital, et elle n'avait pas été au courant ! Elle l'avait imaginé sur une plage, en compagnie d'une autre femme avec qui il faisait l'amour sous le soleil. Il riait, il la caressait... Il l'aimait !

Mais en réalité, il avait affronté quelque chose de terrifiant et il n'avait pas jugé utile de faire appel à elle.

Pire, il lui avait menti.

Il l'avait repoussée dans les moments les plus difficiles de sa vie, sans lui donner aucune chance de le soutenir et de l'aimer.

C'était profondément cruel.

Et c'était tout ce qu'elle avait besoin de savoir pour l'instant.

7

Elle avait refusé de l'écouter.

Il avait insisté, mais elle ne s'était pas arrêtée pour lui parler ou entendre ses explications. Depuis, il s'était écoulé plusieurs jours et, chaque fois qu'il déposait Flèche ou revenait le chercher, elle échangeait à peine un regard avec lui.

Ce lundi matin, il était clair qu'elle bouillait encore de colère et il aurait souhaité arranger les choses. Mais c'était impossible, alors qu'il était le seul médecin de la Maison médicale et qu'il devait se concentrer sur sa mission, non sur Beth.

— Je te présente le Dr Fraser Moore et sa fille, Lily. La cavalerie est enfin arrivée ! plaisanta Maxine, lorsqu'il sortit de son bureau pour la pause-déjeuner.

En réalité, Alex aurait de la chance s'il pouvait avoir cinq minutes de répit avant le patient suivant. Le hall de réception était décoré, ainsi que le sapin de Noël. Mais la vue des guirlandes lui rappelait trop Beth pour qu'il puisse l'apprécier. Maxine le foudroya du regard, comme pour lui intimer de prendre un air aimable.

— Et voici le Dr Alex Norton, dit-elle aux nouveaux arrivants. Il va vous faire visiter les lieux.

— Ravi de faire votre connaissance, Alex, dit Fraser. Je ne suis pas certain d'incarner à moi tout seul la cavalerie, mais je ferai de mon mieux pour vous décharger.

Les deux hommes se serrèrent la main. Fraser avait l'air

sympathique. Il devait être un peu plus âgé qu'Alex, puisqu'il était le père d'une adolescente.

— Nous avons hâte de nous intégrer dans la communauté. N'est-ce pas, Lily ? dit Fraser.

La jeune fille hocha la tête sans enthousiasme. Elle avait de longs cheveux noirs réunis en queue-de-cheval et de grands yeux sombres et maussades.

— Euh... Bien sûr, réussit-elle à articuler.

Alex se demanda si une maman faisait partie du tableau, mais ce n'était certainement pas le moment de le demander. Il leur fit donc visiter la Maison médicale, montra à Fraser son bureau, les salles de soins et celle occupée par l'infirmière.

— En hiver, nous avons pas mal de rhumes et de grippes, expliqua-t-il. Je suis seul au cabinet, depuis quelque temps, et je me réjouis de votre arrivée.

— Je peux commencer demain ?

— Ce serait parfait. Maxine vous expliquera le fonctionnement du logiciel, mais je suppose que vous utilisez le même à Londres. Ensuite, nous nous partagerons les patients.

— Bien sûr. Mais j'ai fait beaucoup de remplacements, alors je sais m'adapter.

— Vous voulez une tasse de thé, avant de repartir dans ce froid ?

Maxine les rejoignit dans la pièce réservée au personnel, portant un plateau sur lequel étaient disposés des tasses, une théière et des biscuits.

Alex réprima un soupir. Il fallait qu'il retourne travailler, mais il se devait aussi d'être poli. L'afflux de patients était à la fois une malédiction et une bénédiction. Il avait à peine le temps de respirer, encore moins de réfléchir. Le week-end avait été un vrai fiasco, que ce soit en raison de la météo ou de son humeur. Des nuages noirs avaient recouvert de neige les routes et la montagne, interdisant la randonnée et l'escalade. Être emprisonné chez lui avec un chiot excité avait failli le rendre fou. Entre deux averses, il avait juste pu faire quelques promenades avec Flèche. Le comble, c'était que le chiot s'était montré très désobéissant, alors que sa conduite était exemplaire quand il le confiait à Beth.

Il se tourna vers Lily, qui grignotait un biscuit.

— Tu vas aller au lycée de Bowness ?

L'adolescente haussa les épaules.

— C'est là où mon père va travailler dans un dispensaire, le soir ? Génial ! J'ai hâte.

Fraser fit la grimace.

— Désolé. Oui, elle ira après les vacances de Noël. En attendant, elle m'aidera à nous installer dans notre maison.

— C'est une location ? Un achat ?

— Un achat. Ça nous aidera à nous sentir intégrés.

Lily leva les yeux au ciel.

— On a le wifi, par ici ? C'était nul, ce week-end.

— Le débit est irrégulier, expliqua Alex.

— Mais tu en auras moins besoin qu'en ville, Lily, enchaîna Fraser. Il y a beaucoup de choses à faire, ici.

À condition d'apprécier les promenades dans la nature, songea Alex. Mais pour une adolescente habituée à la vie urbaine, ce qui était peut-être le cas de Lily, ce ne serait pas évident.

Il voulut aider son confrère :

— Il y a un mur d'escalade génial, à Kendal, et des cinémas vraiment sympas à Ambleside. Va au syndicat d'initiative de Bowness, ils pourront te renseigner.

Lily secoua la tête en soupirant. Alex compatit, tant pour la fille que pour le père. Il ne connaissait pas leur histoire, mais il pressentait qu'elle était difficile.

Fraser posa sa tasse.

— Nous allons nous rendre au lycée, pour inscrire Lily. Il faut aussi qu'on emmène Jasper chez le vétérinaire. Vous en connaissez un bon, dans le coin ?

Bien sûr ! Alex connaissait même la meilleure.

— Jasper ? répéta-t-il.

— Notre chien, précisa Lily.

— Il est malade ?

— Sans blague ! Non, il a besoin d'une coupe de cheveux.

Pour la première fois, Alex se réjouit presque de ne jamais avoir d'enfants.

Beth se sentait incapable de pardonner à Alex de ne pas lui avoir dit la vérité. Mais voilà qu'il entrait dans la clinique comme s'il en était le propriétaire et elle n'avait nulle part où courir se cacher sans avoir l'air d'une folle.

Son patron, Angus, lui tenait la porte et bavardait avec lui. Elle leur adressa un signe négligent de la main et s'installa derrière l'ordinateur de la réception. Alex vint vers elle, mais il resta de l'autre côté du comptoir.

— Salut, Beth.

— Bouton est dans une cage de la salle de soins, dit-elle sans lever les yeux.

— Pas dans la salle du personnel ? Il a été rétrogradé ?

— Il se trouve qu'il est légèrement plus têtu que je ne l'avais cru.

À moins qu'elle ait été un peu tendue, aujourd'hui. Ces deux derniers jours, sa mère avait même remarqué qu'elle était d'une humeur massacrante.

— Il a essayé de faire tomber des étagères les sacs de nourriture et il a même réussi à entrer dans l'un d'entre eux, alors il a fallu que je le mette en lieu sûr pendant que je travaillais.

— Beth, il faut que...

— Non !

Pendant qu'Alex entrait dans la salle de soins, Beth se prit la tête dans les mains. C'était trop dur ! Non seulement parce qu'elle lui en voulait, mais aussi parce qu'elle ne pouvait pas oublier son expression, quand il l'avait embrassée. On aurait dit qu'il l'aimait, qu'il la désirait autant que toutes ces années auparavant. Et Beth éprouvait dans la poitrine une douleur qui ne voulait pas disparaître.

Trop vite, l'homme et le chien se firent la fête sous ses yeux, puis Alex s'accouda au comptoir.

— Est-ce que le nouveau médecin et sa fille sont passés, aujourd'hui ? demanda-t-il.

— Oui.

— Ils ont un chien ?

— Oui.

Les yeux fixés sur l'écran de l'ordinateur, Beth devina qu'Alex la regardait.

— Beth, est-ce qu'il faut vraiment que ce soit aussi difficile, entre nous ?

— Oui.

— Nous pourrions au moins nous montrer courtois, discuter un peu. J'ai conseillé à Fraser et à sa fille de venir ici. Ils ont l'air sympathiques, tu ne trouves pas ? En tout cas, je l'espère, parce que nous allons travailler ensemble, d'autant que Joe est en congé et que Jenny est malade.

La mère de Beth lui avait toujours dit que, lorsqu'on n'avait rien d'aimable à dire, mieux valait se taire, aussi ne répondit-elle pas.

Mais Alex ne se découragea pas.

— Quelle est la race de leur chien ? Il pourrait peut-être jouer avec Flèche ? Comme ils viennent de Londres, j'ai pensé que je pourrais leur montrer quelques lieux de promenade.

— C'est un bobtail.

— Beth, regarde-moi, s'il te plaît. Je t'en prie ! Il faut qu'on parle. De tout. De ce baiser...

Fermant les yeux, Beth tenta de ne pas se rappeler combien ce baiser avait été délicieux. Elle détestait cette ambiance, de toute façon, et elle voulait que la douleur logée dans sa poitrine disparaisse. Pourquoi ne pas l'écouter ? Pourquoi ne pas le regarder, après tout ?

Rejetant la tête en arrière, elle croisa le regard brûlant d'Alex. Elle y lut une souffrance qui la déstabilisa et la poignarda en plein cœur.

— Tu m'as menti, dit-elle.

— Je suis désolé, Beth. J'étais jeune, complètement paumé, et j'ai cru agir au mieux pour toi.

— En me tenant à l'écart de l'événement le plus pénible de ta vie ?

— Absolument.

En le voyant hocher la tête avec détermination, Beth se rendit compte qu'il était persuadé d'avoir bien agi.

— Je ne comprends pas. Je ne t'aurais jamais fait une chose pareille, si j'avais été malade.

— Je voulais que tu aies un avenir.

— Qu'est-ce que ça veut dire ?

Alex contourna le comptoir, puis prit une chaise et s'assit en face d'elle. Il semblait chercher les mots appropriés.

— Le 18 décembre, j'ai trouvé une grosseur suffisamment importante pour que je consulte en urgence. Pendant la tournée des patients, à l'hôpital, j'en ai parlé au chirurgien. Il a appelé un confrère urologue qui a dit que, si je pouvais passer à son cabinet privé dans la matinée, il m'examinerait tout de suite.

Beth ne voyait pas en quoi cela avait un rapport avec son propre avenir.

— Et tu n'as pas eu cinq minutes pour me téléphoner ?

— Un million d'hypothèses me passaient par la tête, toutes plus inquiétantes les unes que les autres. Je voulais savoir ce qu'il en était avant de prévenir qui que ce soit. Je pensais à Mikey et je me demandais comment ça se passerait pour moi. J'ai donc vu un spécialiste, j'ai eu une échographie et un scan dans la matinée. Le chirurgien pensait que c'était probablement un cancer et, comme il y avait une annulation, j'ai été opéré le jour même. C'était ça, ou trois semaines après Noël et le nouvel an.

— On ne peut pas attendre, dans ces cas-là.

Haussant les épaules, Alex se détourna un instant. À quoi pensait-il ? Au passé ? À l'hôpital ?

— Quand on m'a annoncé le diagnostic… et le pronostic, qui n'était pas bon, c'était la fin de l'après-midi. Le service était décoré et mes yeux sont tombés sur une crèche, dans un coin. En voyant cet homme, cette femme et leur bébé, je me suis dit que je ne serais jamais père. Je ne savais même pas si je serais encore vivant à Pâques. Je n'arrêtais pas de penser à nos projets d'avenir et au fait que tu voulais ardemment des enfants.

— Ça n'avait pas d'importance. Je serais restée avec toi, tu sais.

Il posa de nouveau les yeux sur Beth.

— Tu dis ça maintenant, mais tu ignores comment tu aurais réagi à vingt et un ans. Tu savais exactement ce que tu voulais, à l'époque.

Et c'était toujours le cas, mais Beth pensait avoir de moins en moins de chances de fonder une famille.

— J'ose croire que cela n'aurait rien changé à mes sentiments pour toi. Je me serais battue avec toi, pour toi.

— C'est justement le problème, Beth. Je ne voulais pas que tu le fasses ! J'avais regardé Mikey se battre et mourir. Je l'avais vu changer et j'avais changé avec lui. C'est dur, de voir quelqu'un qu'on aime traverser ce genre d'épreuve, puis de le perdre.

Beth se rappelait les chuchotements, derrière les portes. Les avis divergeaient, entre ceux qui continuaient d'espérer et ceux qui acceptaient l'issue inévitable selon eux.

— Ta famille a vécu de durs moments.

— Nous ne savions pas comment affronter cette réalité et chacun réagissait à sa façon. La mort de Mikey nous a laissés épuisés et brisés. Je ne pouvais pas te faire ça, mais plus encore je ne voulais pas que tu me voies dans cet état. Je craignais que tu ne te sentes obligée de tenir les promesses que nous nous étions faites. Je pouvais mourir… ou être stérile à vie.

— Si bien que tu as demandé à tes parents de me dire que tu étais parti en voyage ?

— Il fallait que ça ait l'air irrévocable, pour que tu ne puisses pas me trouver et connaître la vérité. Ils ne voulaient pas te mentir, mais ils ont fait ce que je demandais, pour que je me concentre sur ma guérison… Au début, j'ignorais combien de temps il me restait.

Alex semblait si triste que Beth ne put s'empêcher de lui prendre la main. Malgré tout, elle n'arrivait pas à lui pardonner.

— Tu as dû avoir si peur ! Mais le fait que tu n'aies rien pu partager avec moi en dit long sur notre relation.

— Juste que je t'aimais.

Alex posa sur Beth un regard empreint d'une telle tendresse qu'elle fut submergée par l'émotion. Durant une seconde, elle eut envie de presser ses lèvres sur celles d'Alex pour chasser la souffrance qu'il avait endurée. Mais elle se rappelait aussi qu'il lui avait déjà brisé le cœur une fois et que cela ne devait pas se reproduire.

— C'est bizarre… J'avais toujours cru que l'amour impliquait de se serrer les coudes contre vents et marées.

— Bon sang, Beth ! Tu n'avais que vingt et un ans ! À cet âge, personne n'est censé faire un tel sacrifice. Sans compter que je pouvais très bien ne pas m'en sortir, si bien qu'au bout du compte tu n'aurais pas eu la famille que tu voulais ou même l'homme dont tu étais tombée amoureuse.

— C'était à moi d'en décider !

— J'ai essayé de te protéger et de nous éviter beaucoup de chagrin à tous les deux.

Pour sa part, Beth avait souffert comme une damnée.

— Et ça a marché, pour toi ?

— Il y a eu des hauts et des bas… Surtout des bas, pour être honnête.

Alex n'avait lui-même que vingt-trois ans, à l'époque. Beth l'imagina dans sa chambre d'hôpital, avec la perspective d'un avenir bien sombre, voire pas d'avenir du tout.

— Nous étions ensemble depuis six ans. Nous étions fiancés, et projetions de nous marier. Tu n'aurais pas pu me faire confiance ?

— Je ne voulais pas que tu voies ce que j'allais devenir. Pire encore, que tu respectes tes engagements et m'épouses par pure compassion.

— Quoi ? Mais je t'aimais, Alex !

Il ferma un instant les yeux.

— Tu es loyale et aimante, Beth. Tu aurais tenu tes promesses sans penser aux conséquences, que ce soit pour toi ou pour moi.

— Admettons… Mais pourquoi ne pas être revenu me voir, après la fin de ton traitement ? Ou quand tu as su que tu étais guéri ?

— Parce que je ne peux toujours pas t'offrir le foyer que tu souhaites. Je suis stérile, Beth.

— Mais…

La porte d'entrée s'ouvrit brusquement, et Beth réalisa qu'elle ne l'avait pas verrouillée, pas plus qu'elle n'avait accroché la pancarte indiquant que la clinique était fermée.

Dennis Blakely fit irruption dans le hall, tenant dans ses bras un beau golden retriever qui semblait très malade. Le fermier était hors d'haleine et visiblement en proie à la panique.

Beth jeta un coup d'œil à Alex. La conversation était terminée. Elle allait devoir digérer ce qu'il venait de lui apprendre et réfléchir à ce qu'elle allait faire, mais pas maintenant.

Elle courut vers Dennis et constata que l'homme et le chien ne portaient aucune trace de sang.

— Qu'est-ce qui s'est passé ?

— C'est le chien de Frank Entwhistle, Alfie. Je l'ai trouvé dans ma ferme.

— Portez-le dans la salle de soins.

Beth adressa un signe de la main à Alex et caressa rapidement Bouton avant de se précipiter derrière Dennis, qui avait posé l'animal pantelant sur la table d'examen.

— Quels sont les symptômes ? demanda-t-elle.

— Les mêmes que Meg. Il vomit.

Si l'origine était la même, elle connaissait le traitement, mais elle ne pouvait pas en être certaine.

— Pourquoi était-il chez vous ?

— Frank est à l'hôpital et sa famille a moins d'autorité sur Alfie que lui. Ma June est en chaleur et je suppose qu'Alfie s'est libéré de sa corde pour la rejoindre à travers champs.

Alfie n'était pas aussi apathique et épuisé que Meg l'avait été et il ne devait pas avoir ingéré autant d'ibuprofène qu'elle, si du moins la cause était similaire.

— Vous l'avez vu manger quelque chose ?

Dennis lui tournait le dos, mais elle sentit qu'il se crispait.

— Non.

— June et Meg vont bien ?

— Meg est très calme.

— C'est normal, après ce qu'elle a enduré. Et votre autre chienne ?

— Un peu folle, comme toujours.

— Mais en bonne santé ?

Le fermier hocha la tête sans répondre.

Beth posa Alfie dans une cage. Elle le soignerait après le

départ de Dennis, car elle savait que, s'il restait, il regarderait par-dessus son épaule et serait constamment dans ses jambes.

— Je vais faire de mon mieux, Dennis, lui dit-elle. Rentrez chez vous et je vous appellerai quand j'en saurai davantage. Vous pouvez prévenir Mme Entwhistle que son chien est ici ? Merci d'avoir agi aussi vite.

Les yeux du fermier étincelèrent.

— Oui, d'accord.

En le reconduisant à la sortie, Beth constata qu'Alex et Bouton se trouvaient toujours dans le hall de réception.

Alex se leva d'un bond dès qu'il la vit.

— Ça va ? Tu as besoin d'aide ?

Beth ne savait plus très bien comment s'adresser à lui, désormais.

— Je pensais que tu étais parti. Je peux me débrouiller et, toi, tu devrais emmener Bouton. Il est tard et il a besoin de sommeil. Je te rappelle que les bébés ont besoin de routine.

Mais Alex secoua la tête.

— Je reste ici. Si c'est la même chose que pour Meg, tu risques de ne pas dormir de la nuit. On ne te laisse pas seule. Tu es d'accord, Flèche ?

— Ce n'est pas une bonne idée...

— Nous t'attendrons dans la salle du personnel et tu auras des boissons chaudes à disposition.

C'était une gentille attention, mais Beth avait besoin d'espace, pas d'assistants qui la gêneraient plus qu'autre chose... et risquaient de se frayer un chemin jusqu'à son cœur.

— Je ne veux pas, Alex. J'ai besoin de temps pour réfléchir.

Et respirer.

Et faire ces mille choses qui lui permettraient de maîtriser la foule de sentiments contradictoires suscitée par les révélations d'Alex.

Elle se baissa pour caresser Bouton et, lorsqu'elle se redressa, elle fit face à Alex.

— De toute façon, c'est Angus qui est de garde, ce soir. Je le remplace pendant une visite à domicile. Alors, je te remercie, mais je n'ai pas besoin de toi.

Si Alex fut heurté par sa franchise, il ne le montra pas.

— D'accord. Nous parlerons demain.

Beth réprima l'envie de lui dire qu'elle ne voulait plus jamais le revoir, parce que cette perspective lui était insupportable.

8

— C'est le dernier ! annonça Beth. Tous les cartons sont prêts à partir demain.

Elle recula d'un pas, la gorge serrée. Tout ce qui restait de leur maison se trouvait dans une énorme pile de caisses, ainsi qu'un fauteuil et des sacs-poubelle à jeter dans le conteneur. À l'étage, dans la chambre qui avait été son refuge, il ne restait que son lit et une valise de vêtements.

— Nous avons bien travaillé, répliqua sa mère. Ce soir, tu semblais chargée d'une mission, Beth.

Elle fit tourner son fauteuil dans la pièce vide, les joues un peu rouges et les chevilles plus gonflées que d'habitude. Beth se dit qu'elle devrait le signaler à la directrice de la résidence, quand elle amènerait sa mère à Bay View, le lendemain matin.

— Je sais que nous atteignions la date limite, alors ça m'a donné du tonus.

Elle avait attaqué leurs dernières possessions avec une sorte de frénésie, dans l'espoir de faire disparaître la douleur logée dans sa poitrine.

En faisant place nette, elle oubliait un peu Alex, mais cette activité l'attristait aussi parce qu'elle lui rappelait que sa mère était contrainte de s'installer dans une maison de retraite. Pourtant, elle s'efforçait de faire bonne figure par amour pour elle.

— Nous devons nous lever tôt, demain, dit-elle. Le camion sera là à 8 heures.

— Je vais mettre mon alarme.

— Je n'en ai pas besoin.

Beth avait beaucoup de mal à dormir, depuis qu'elle avait embrassé Alex. Bien entendu, elle ne pouvait pas en parler à sa mère.

— Je m'inquiète pour le golden retriever que Dennis nous a amené, dit-elle. Il était plutôt malade.

— Laisse Angus s'en occuper. Dieu merci, il t'a accordé une journée de congé pour le déménagement.

— Je ne suis là que pour l'aider pendant quelques semaines. Il a une dette envers moi parce que je le soulage pendant une période de l'année très chargée.

Prenant un gros feutre noir, Beth inscrivit sur les cartons :

Cuisine Glasgow.

Salon Glasgow.

Photos Bay View.

Salon Glasgow 2.

D'accord, elle avait accepté de garder plus de choses qu'elle n'en avait l'intention, mais au moins sa mère était rassurée.

— Je suis contente que tu sois pressée de t'installer dans ton nouveau logement, dit-elle à sa mère.

— Ce changement ne peut être que bénéfique ; en tout cas, je m'arrangerai pour qu'il le soit. Oh ! j'ai gardé le petit sapin de Noël, pour toi. J'ai pensé que tu pourrais le décorer pour que la maison soit un peu gaie jusqu'à ton départ.

— Je croyais que tu voudrais le mettre chez toi. Je ne suis pas d'humeur très festive, en ce moment.

Beth regarda le petit sapin artificiel posé près des cartons.

Sa mère fit de nouveau tourner son fauteuil en grimaçant de douleur, puis elle redressa une branche.

— Tu devrais faire un effort, Beth. Ça peut te faire du bien, de voir les guirlandes lumineuses. Noël est une période joyeuse de l'année. J'en ai de bons et de mauvais souvenirs, comme la fois où la dinde n'était pas cuite et que nous avons réveillonné avec une boîte de pâté. C'était le premier Noël sans ton père et c'était dur.

Des larmes jaillirent des yeux de sa mère et, contrairement à Beth, elle n'essaya pas de les retenir.

— Est-ce que nous irons réveillonner chez tante Jackie, à Leicester ?

Hochant la tête, sa mère s'essuya la joue avec la manche de son cardigan.

— Elle abusera du bon vin et finira par faire un discours sans queue ni tête… Chaque Noël est différent, Beth, et c'est ce que j'essaie de te dire. Ce qui compte, c'est ce que tu en fais. Je ne sais pas comment ce sera, à Bay View, mais je ferai en sorte de m'amuser.

— Tu es sûre de vouloir y aller ? Vraiment sûre ?

— Chérie, je n'ai jamais voulu partir d'ici, et tu le sais bien. C'est ma maison depuis trente-cinq ans et il m'a fallu un gros effort pour admettre que je ne pouvais pas y rester, mais parfois il faut affronter la réalité. Toi, par exemple, tu pourrais accepter qu'Alex soit au moins ton ami. Tu y gagnerais peut-être un peu d'apaisement.

Beth n'avait pas fait allusion à leur baiser, mais, pendant qu'elles remplissaient les derniers cartons, elle avait raconté à sa mère ce qui s'était produit huit ans auparavant.

— L'eau a coulé sous les ponts, reprit celle-ci. Tu ne peux pas laisser la souffrance te gâcher la vie et t'empêcher de dormir la nuit. Tu as mûri et tu es très différente de ce que tu étais quand vous avez rompu.

La colère que Beth utilisait comme une carapace s'était fissurée quand Alex et elle s'étaient embrassés. Il avait rompu parce qu'il croyait agir pour son bien à elle, non pour le sien. En ce cas, comment entretenir sa fureur contre lui ? Elle restait blessée que les parents d'Alex lui aient caché la vérité. Elle n'avait pas seulement perdu son petit ami, mais aussi la famille qu'elle avait aimée et considérée comme la sienne.

— Il n'a peut-être pas géré la situation comme tu l'aurais souhaité, dit encore sa mère, mais il a vraiment cru bien faire. C'est quelqu'un de bien, Beth. Je l'appréciais déjà en tant que jeune adulte, quand il était fou amoureux de toi. Et il y a deux ans, lorsqu'il a remplacé son père à la Maison médicale, j'ai vu comment il se comportait avec les patients et le personnel. Il est toujours là pour les écouter et les aider. Il faut être un saint, pour passer voir Dennis Blakely, et regarde comment il s'occupe de ce chiot ! Je pense juste que tu devrais écouter ce qu'il a à dire.

Sa mère se tut un instant.

— Et il y a encore autre chose, Elizabeth Grace Masters.

— Oh ! oh ! s'exclama Beth en souriant. Le ton est solennel, à ce que je vois. Qu'est-ce que j'ai encore fait ?

Mais sa mère posa sur elle un regard rayonnant d'amour.

— Des choses admirables, ma chérie. Tu avais huit ans, quand on m'a annoncé que j'étais atteinte de cette terrible maladie. Aussitôt, tu m'as aidée sans jamais te plaindre. Tu as toujours été là pour moi.

— Faux ! Je suis partie faire des études supérieures.

— Parce que je t'y ai obligée.

Si sa mère ne l'avait pas fait, Beth n'aurait pas obtenu toutes les qualifications qui lui permettaient aujourd'hui de venir en aide à des animaux, mais aussi à leurs maîtres. Pourtant, elle aurait sans hésiter renoncé à tout cela si ce sacrifice avait permis à sa mère de ne plus souffrir.

— Tu sais bien que je ne regrette rien.

— Absolument. Mais dorénavant, je vais avoir de l'aide sept jours sur sept et vingt-quatre heures sur vingt-quatre. Tu peux donc te consacrer à tes passions, et pas à des corvées ennuyeuses à cause de moi. Saisis les opportunités qui te sont offertes sans penser à moi.

— Des opportunités ? Ici ? À Oakdale ?

— Où que tu ailles, ma chérie. À Glasgow, en Amérique du Sud, en Asie, ou ici, à Oakdale.

Voyant que sa mère tendait les bras vers elle, Beth vint s'y blottir comme elle le faisait petite fille.

— Je t'aime, maman.

— Et je t'aime aussi, Elizabeth Grace, répliqua sa mère d'une voix légèrement tremblante. Et maintenant, va chercher la bouteille de vin, mets de la musique et décorons cet arbre !

Ce sapin, qui avait trôné dans la chambre de Beth pendant vingt ans, était plutôt déplumé et il aurait sans doute dû être mis à la poubelle. Mais sa mère avait envie de le décorer et elle n'avait aucune raison de la contrarier.

Après avoir rempli deux verres de vin et branché la radio, Beth fouilla dans la boîte portant l'inscription « Noël ». Elle en sortit le renne en bois que sa grand-mère lui avait offert quand elle était toute petite. Le colifichet suivant lui rappela son père et son bonnet de Père Noël qui lui tombait sur les yeux, quand il découpait la dinde. Tout en riant aux éclats, elle le redressait pour voir son regard espiègle. Et ensuite, tante Jackie chantait… très faux.

Sa mère avait raison : chaque Noël était différent. Cette année, elle le passerait avec sa mère, mais qui pouvait dire où elle serait l'année suivante, et avec qui ?

Elle avait un métier, à Glasgow, et une maison qu'elle aimait. Et elle avait pu renouer le contact avec Alex. Il lui avait raconté les moments les plus noirs de sa vie. Elle pouvait au moins faire l'effort de le comprendre, se montrer bienveillante et compatissante… Tout ce qu'elle était envers n'importe qui d'autre.

Elle pouvait écouter l'homme qu'elle avait passionnément aimé autrefois.

Quand le sapin fut décoré, elle se sentait beaucoup mieux. En se redressant, elle regarda autour d'elle pour voir ce qu'il restait à faire.

— Je vais mettre ces sacs dans le conteneur, dehors, dit-elle.

Sa mère jeta un coup d'œil aux sacs en question, presque aussi nombreux que les cartons à conserver.

— Tu es sûre de vouloir jeter tout cela ?

— On repart à zéro toutes les deux, non ?

Beth souleva les sacs et sortit de la maison. Le ciel nocturne était illuminé par des étoiles étincelantes, et l'air était frais et vif. La campagne était silencieuse, les toits et les routes recouverts de neige. Le tableau était féerique, comme sorti d'un livre de contes de Noël pour enfants. Parvenue à la grille, elle s'attendit presque à voir le Père Noël descendre du ciel sur son traîneau.

Cette maison, ce jardin, cette vue avaient toujours représenté pour elle un filet de sécurité. Pendant des années, elle avait fait des allers-retours pour venir voir sa mère, qui avait toujours été là pour elle. Mais dans une semaine environ, elle devrait laisser les clés et repartir pour Glasgow.

Elle refermait le portail lorsqu'elle entendit une voix masculine.

Alex, *évidemment.*

Il promenait Bouton et ils lui tournaient tous les deux le dos. Les empreintes de pas, devant la grille, pouvaient signifier qu'ils s'étaient arrêtés devant la maison. Elle se demanda si Bouton avait flairé son odeur, ou si c'était Alex qui avait pensé à elle.

Alex marchait à grandes enjambées, tandis que Bouton bondissait tout autour de lui. Soudain, le chiot s'arrêta. Beth sourit en voyant Alex tirer doucement sur la laisse. Comme le petit chien ne lui prêtait aucune attention, il s'accroupit pour lui dire quelque chose qu'elle ne put entendre.

Tout en les observant d'un œil distrait, elle prit de la neige sur le mur du jardin et la fit glisser entre ses doigts. Elle brûlait la peau, mais elle était parfaite pour...

Faisant courir sa paume sur le mur, elle en prit davantage pour fabriquer une boule de neige. À la vue d'Alex, toujours penché sur le chiot, elle sentit son cœur battre plus vite... Certainement parce qu'elle s'était attachée à Bouton et qu'elle ne le verrait plus jamais après son départ.

Mais c'était plus que cela.

C'était la faute d'Alex. En arrivant à Oakdale, elle avait les idées claires, à son sujet, mais il avait semé le désordre dans sa tête et dans son cœur.

Elle avait besoin de faire quelque chose pour évacuer toutes ces émotions. Le sexe ? Ce n'était pas une bonne idée parce que le seul homme qui l'attirait s'appelait Alex et c'était hors de question.

S'enivrer ? Peut-être, mais elle n'avait qu'une bouteille à moitié pleine qu'elle devait partager avec sa mère.

Elle tassa la boule dans sa main.

Juste ce qu'il lui fallait !

Le tir à la cible.

Alex expira lentement et regarda la buée qui formait une volute dans l'atmosphère. Pourquoi avait-il hérité d'un chiot désobéissant, qui ne lui accordait aucune attention quand Beth était présente ?

Beth… Leur dernière conversation ne s'était pas aussi bien passée qu'il l'espérait, mais il avait mis cartes sur table.

— J'ai fait ce qu'il fallait, Flèche. Depuis que je lui ai dit la vérité, je me sens un peu plus libéré.

À en juger par la façon dont Flèche reniflait le lampadaire, il était clair qu'il ne l'écoutait pas.

— Elle ne voudra plus jamais m'aimer, maintenant, continua-t-il, et c'est bien comme ça. Plus de confusion ou d'émotions inutiles.

Beth partirait dans quelques jours. Il supporterait de la savoir toute proche, s'il savait que cela ne durerait pas toujours. Mais si elle s'installait à Oakdale, il faudrait qu'il s'en aille très loin.

Flèche lécha la joue d'Alex, puis il fit un bond de côté. Pris par surprise, Alex lâcha la laisse.

— Flèche ! Reviens tout…

Au moment où il se redressait pour voir de quel côté était parti le chiot, quelque chose de dur lui heurta l'épaule. Des flocons s'éparpillèrent sur son manteau.

Une boule de neige ?

Faisant volte-face, il vit Beth près de son portail, le poing levé et Flèche à ses pieds. Voyant qu'elle s'apprêtait à lui lancer un autre projectile, il marcha vers elle, convaincu qu'elle ne mettrait pas la menace à exécution.

— Petite folle ! Tu aurais pu toucher mon chien.

Petite folle. Elle n'était plus la jeune fille dont il était tombé amoureux lorsqu'il était lui-même adolescent, mais une femme superbe. Même s'il ne l'avait pas aimée dix ans auparavant, elle l'aurait irrésistiblement attiré.

Pour la première fois, il la vit arborer un large sourire.

— Sûrement pas ! Je vise très bien.

— On fait une trêve ?

— C'est tentant, mais non merci.

Sur ces mots, elle glissa de la neige sous le col d'Alex, qui sentit la glace dégouliner le long de son dos. C'était froid, mais pas suffisamment pour éteindre le feu qui brûlait en lui.

— Très bien. Tu l'auras cherché.

Sur ces mots, il prit à son tour de la neige par terre et en frotta la nuque de Beth, qui se mit à crier. Elle se tourna vers lui en gigotant, si proche qu'il respira son parfum tandis que le désir qu'elle lui inspirait ne faisait que croître.

— D'accord, Alex. On fait une trêve.

— Tu n'apprécies pas tes propres remèdes, hein ?

Il se pencha pour saisir la laisse, puis il souleva le chiot.

— Flèche te dit bonjour et te demande de ne plus jeter de boules de neige à son gentil papa.

— Bonjour, beau gosse ! Je m'adresse au chien, évidemment.

Les yeux brillants, plus détendue qu'il ne l'avait jamais vue, Beth caressa le petit chien.

— Et... Bonjour, Alex, ajouta-t-elle.

Il s'orienta sur un terrain plus sûr :

— Comment va Alfie ?

Beth passa la main dans ses cheveux, manquant de peu un flocon de neige qui restait.

— Angus m'a appelée, il y a une heure. Il est presque certain qu'Alfie a avalé quelque chose et qu'il ne s'agit pas d'une maladie. Il n'est pas aussi mal que Meg l'était, mais assez pour qu'il le garde cette nuit en observation.

— Donc, ils ont mangé la même chose. C'est ce que tu penses ? Flèche, arrête de mordiller ma manche, s'il te plaît.

— Il s'ennuie. Mais ça peut vouloir dire qu'il fait une poussée dentaire. Pose-le, pour qu'il puisse renifler.

— Il a sans doute besoin de marcher, tout comme moi, d'ailleurs. Je sens mes pieds s'engourdir, dit Alex en martelant le sol. Et il a envie que tu nous accompagnes.

— J'ai promis à maman de passer un peu de temps avec elle, pour notre dernière soirée. Elle part demain pour Bay View.

— Bien sûr, pas de souci.

— On se voit demain, quand tu déposeras Bouton.

— Très bien.

Au moment de refermer le portail derrière elle, Beth s'arrêta et se tourna vers lui.

— Je voudrais te parler très vite de quelque chose.

— Je suis tout ouïe, répliqua Alex, le cœur battant.

— Au sujet d'Alfie, de Meg et de Dennis, j'aurais besoin qu'on discute... J'ai quelques hypothèses.

D'accord, il ne s'agissait pas de lui.

— Bien sûr. Maintenant ? Demain ?

— Je ne... C'est juste une impression. Ce n'est peut-être rien, dit Beth en haussant légèrement les épaules.

— Ça peut attendre ?

— C'est-à-dire... Quand tu déposes Bouton, nous sommes toujours pressés. En plus, demain je le confie à l'équipe pendant que j'accompagne maman à Bay View. Écoute, je vais chercher mon manteau et dire à maman que je vais me promener avec Bouton.

— D'accord.

Quelques minutes plus tard, Beth revint tout en enfilant une doudoune turquoise. Ils prirent la direction d'Oak's Top, la petite colline recouverte de chênes qui avait donné son nom au village.

Tout en marchant, Beth se mit à parler :

— Je pense que si deux chiens ont mangé la même chose, nous devons découvrir ce que c'est avant qu'un autre animal tombe malade. C'est une énigme. J'étais sûre que Meg avait avalé des comprimés, mais comment Alfie aurait-il pu en faire autant ?

— Sauf si c'est une plante, ou un produit utilisé dans les fermes. Un fertiliseur ou un insecticide, par exemple.

— Les champs sont couverts de neige et je suis presque certaine que les fermiers ne s'en servent pas avant le printemps. Qu'est-ce que ça pourrait être d'autre ? Pas du chocolat... Éventuellement un antigel. C'est doux et les chiens aiment bien en boire. Il se peut que le camion de Dennis fuie, ou qu'il n'ait pas bien rangé les bouteilles.

— C'est possible.

— Et si c'était l'eau ?

— C'est peu probable, puisque lui-même n'est pas malade.

— J'aimerais bien avoir d'autres idées. Tu as des nouvelles de Frank ?

— Il n'est plus dans un état critique. On lui a enlevé la rate. Son foie a été bien atteint et il a des côtes cassées, mais il va s'en sortir. Retiens bien la leçon, Beth : il faut se tenir à l'écart des béliers en rut !

— Je garderai ça en tête, dit-elle avec un sourire. Autre chose... Quand j'ai relu le dossier médical de June, j'ai vu qu'elle avait été traitée par des remplaçants successifs pour des symptômes étranges. Dennis a aussi apporté un chat parce qu'il titubait, mais l'examen n'a rien donné. En bref, Dennis a amené quatre animaux domestiques présentant les mêmes symptômes, qui ont été soignés par des vétérinaires différents.

— C'est le problème, avec les remplaçants. Ils manquent d'une vue d'ensemble, d'un schéma comportemental. Attends ! Il leur manque des informations sur l'attitude du *maître*. Tu ne penses pas que Dennis pourrait chercher à attirer l'attention ?

— Pourtant, c'est lui qui a signalé des problèmes que personne d'autre ne voyait.

— Jusqu'à maintenant. Meg a été vraiment malade, ainsi qu'Alfie. Tu ne penses pas... Non ! Je n'arrive pas à y croire !

— Quoi ?

— Imagine que Dennis les empoisonne pour te les amener ensuite ?

— Je ne vois pas pourquoi il ferait ça ! Non ! C'est sûrement accidentel. Il oublie des choses... Tu sais, comme ces gens atteints de démence précoce. Ou alors... Il fait une dépression.

— Dans tous les cas, il a besoin d'aide, et c'est même urgent.

Alex jeta un coup d'œil à sa montre. Il était tard et ce genre d'affaire devait être traitée avec prudence. Débarquer chez Dennis en pleine nuit serait une erreur. D'ailleurs, ces hypothèses ne reposaient sur aucune preuve.

— J'irai le voir demain.

— Tu es sûr ?

— Oui. Il faut qu'on sache de quoi il retourne exactement.

— Tu ne devrais pas y aller tout seul. Ton nouveau collègue ne pourrait pas t'accompagner ?

— Fraser a une consultation pédiatrique toute la matinée et une formation dans l'après-midi. D'ailleurs, ce n'est pas la meilleure façon de l'accueillir parmi nous. Pourrais-tu venir pour m'aider à découvrir si nous avons affaire à quelqu'un qui fait du mal à ses animaux ?

— Tu as pensé à Joe ?

— Il est en vacances avec sa famille. Je suis pris toute la journée, mais je monterai jusqu'à la ferme pendant ma pause-déjeuner.

— Très bien. Maman devrait être installée, à ce moment-là, et elle fera sa petite sieste de l'après-midi. Je viendrai avec toi.

— Vous avez terminé les cartons ?

La neige rendait la marche difficile, et une fine pellicule de sueur recouvrait le front de Beth. Elle l'essuya de la main.

— C'est terminé. Les déménageurs vont arriver de bonne heure, ensuite je conduirai maman à Bay View et je veillerai à ce qu'elle soit bien installée. Elle en est à un stade où elle a hâte que ce soit fait.

— Et toi ? Tu te sens comment ?

Beth plissa le nez et fit la grimace.

— Je suis contente qu'elle ait trouvé un endroit qu'elle aime, mais ça me fait bizarre de ne plus avoir une maison où revenir le week-end quand je veux la voir.

— J'ai une chambre d'amis, dit Alex sans réfléchir.

Comme Beth le fixait sans mot dire, il se hâta de préciser :

— Tu serais accueillie en tout bien tout honneur, bien entendu.

Ils étaient parvenus en haut de la colline et contemplaient le village, en contrebas. Autrefois, c'était leur lieu de prédilection. En hiver, ils faisaient de la luge, et au printemps ils s'étendaient sur l'herbe et se murmuraient des promesses entre deux baisers. Alex se demanda si Beth évoquait les mêmes souvenirs et si, tout comme lui, elle brûlait de l'embrasser.

Parce que, malgré tous ses efforts, il la désirait toujours autant. Il se répéta pour la millième fois qu'elle allait quitter Oakdale et qu'il devrait s'habituer à ne plus la voir.

— Et ensuite… Tu vas partir pour Glasgow ?

— Je rentre chez moi, oui. Qu'est-ce qu'on va faire, pour Bouton ? Personne ne l'a réclamé et il nous est de plus en plus attaché.

Elle n'ajouta pas que l'attachement était réciproque, mais

Alex devait admettre que le chiot lui manquerait, quand il serait accueilli dans sa nouvelle famille.

Beth se pencha pour le caresser.

— Je m'en vais dans quelques jours et, vu que je suis seule à la clinique, je ne peux pas l'adopter.

— Même chose pour moi. Mes longues heures de travail ne me permettent pas de garder un chien. Il s'ennuierait trop, chez moi.

— On en revient à ma question : qu'est-ce qu'on fait ?

— Je vais mettre des annonces un peu partout. Quelqu'un finira par répondre. Mais on devra s'assurer que les gens qui le prennent savent ce qu'ils font. Je ne veux pas qu'il atterrisse chez n'importe qui.

Beth se mit à rire.

— Si le nouveau propriétaire ignorait totalement comment s'occuper d'un chiot, ce serait terrible, non ?

— Tu parles de moi ?

— Bien sûr, mais j'admets que tu apprends vite. Il n'y a pas beaucoup de gens qui accepteraient d'accueillir sous leur toit un chiot turbulent.

— Il y a des bénéfices secondaires.

Comme de fournir à Alex une raison de sortir promener Flèche, ainsi qu'un prétexte pour voir Beth deux fois par jour. C'était ce qui lui avait permis de renouer avec elle, après toutes ces années… Même s'il avait perdu au passage ses meilleures chaussures d'escalade.

— Il fait une bonne bouillotte, ajouta-t-il.

— Ne me dis pas qu'il dort toujours avec toi !

— Où est le mal ?

— Alex Norton, si je partageais ton lit, je n'accepterais certainement pas qu'un chiot y soit aussi. Oh ! je ne voulais pas dire…

Il vit les yeux de Beth briller dans la nuit et devina qu'elle rougissait.

— Oh ! tu sais très bien ce que j'ai voulu dire ! reprit-elle. Je ne parlais pas vraiment de nous.

— Je sais, Beth, je sais.

Mais l'image était là. Alex fut submergé par l'envie d'attirer

Beth contre lui et de l'embrasser à perdre haleine. Parce que ce moment était parfait. Ils étaient ensemble, tous les trois, au sommet d'une colline, sous un ciel nocturne annonciateur de neige. Le silence qui régnait alentour n'était troublé que par leurs voix et les jappements de Flèche. C'était comme autrefois, tout en étant différent. Alex se demanda ce qui aurait pu être, si son corps ne l'avait pas lâché, brisant du même coup ses rêves.

Pourrait-il reconquérir Beth ?

Mais elle enveloppa sa poitrine de ses bras et se détourna.

— Je suis frigorifiée, rentrons. Et maman va se demander ce que je fais.

Le moment était passé sans qu'il ait saisi sa chance.

9

Tout en aidant sa mère à s'installer, Beth ne cessa de penser à Dennis toute la matinée.

Était-il possible que le fermier ait sciemment empoisonné ces chiens ?

C'était difficile à croire. Monter jusqu'à la Ferme des chênes pour y jouer les détectives la mettait un peu mal à l'aise. Elle n'avait pas l'habitude de gérer des situations aussi délicates, mais Alex serait avec elle.

Son cœur battit plus vite à cette idée. Elle devait admettre que la veille ils avaient fait un pas dans la bonne direction. Elle s'était sentie vraiment bien, en haut de la colline... Du moins jusqu'à ce qu'elle suggère qu'elle pourrait partager le lit d'Alex.

Elle jeta un coup d'œil à sa montre. Midi et quart. Il aurait déjà dû l'appeler. Elle reprenait sa consultation à 14 heures et elle aurait juste le temps de monter jusqu'à la ferme et de redescendre.

Elle finit par appeler la Maison médicale et, après des pourparlers avec Maxine, elle finit par avoir Alex au bout du fil.

— Qu'est-ce que tu fais ? Tu as oublié qu'on doit monter voir Dennis ?

— Je suis désolé, mais l'un des fils Archer fait une crise d'asthme plutôt sérieuse et j'attends l'ambulance. Je ne peux pas partir tout de suite.

— Bien sûr que non ! De mon côté, je dois retourner à la clinique pour récupérer Bouton. J'ai déjà abusé de la patience des collègues, puisque je leur avais dit que je serais là à midi et qu'il est déjà midi vingt. Je vais y aller seule.

— Sûrement pas ! Nous irons ensemble plus tard.

Le ton était autoritaire et, durant une fraction de seconde, Beth faillit se laisser convaincre, mais elle ne pouvait pas attendre et Dieu seul savait pour combien de temps Alex en avait. Si Dennis faisait du mal à des animaux, quelqu'un devait l'arrêter.

Un instant plus tard, elle conduisait sur la route verglacée. Elle dérapa plusieurs fois, mais finit par arriver à la Ferme des chênes. Elle se gara dans la cour, respira un grand coup et sortit de la voiture.

— Tu restes là, Bouton. Je reviens tout de suite.

Après avoir posé un bol d'eau près de la banquette, elle ferma la portière et baissa la vitre de quelques centimètres, après quoi elle traversa la cour.

Sur sa droite, les portes de la grange étaient ouvertes et elle vit des traces de pneus dans la neige. Dennis était peut-être déjà rentré. Elle frappa à la porte de la maison, mais personne ne répondit. Elle la poussa et appela de nouveau depuis le seuil.

— Dennis ? C'est Beth.

Il y avait un bol rempli de nourriture pour chien, sur le sol. En se penchant pour l'examiner, elle remarqua une poudre blanche. Ou était-ce son imagination qui lui jouait des tours ? Elle en mit un peu dans un sac plastique qu'elle glissa dans son sac. Dès son retour à la clinique, elle ferait analyser cet échantillon. Lorsqu'elle se redressa, un collie sortit d'une pièce située à l'arrière de la maison.

— C'est toi, June ?

La chienne s'approcha d'elle et renifla sa main.

— Tu vas bien, ma fille ? Où est Dennis ?

Mais June se coucha devant elle.

— Qu'est-ce que tu as, ma belle ? demanda Beth en la caressant.

Elle se penchait pour examiner la bête, lorsqu'il y eut un mouvement vif, derrière elle, puis quelque chose la heurta.

C'était Meg, qui aboya et frotta son museau contre la hanche de Beth.

— Salut, Meg. Comment vas-tu ?

La chienne se laissa caresser un instant, puis elle courut dehors et revint quelques secondes plus tard. En tout cas, elle avait retrouvé toute son énergie, pensa Beth.

Meg alla vers la porte, stoppa net et regarda Beth avant de bondir vers elle. Elle saisit le bord du manteau entre ses crocs et tira dessus, puis elle repartit vers la porte.

— Où est Dennis ? demanda Beth tandis que Meg faisait des allers-retours en aboyant. Tu veux que je vienne avec toi ?

Que faire ? June semblait épuisée et léthargique, ce qui était anormal.

Dieu merci, j'ai laissé Bouton dans la voiture.

De nouveau, Meg mordilla l'ourlet du manteau.

Beth frémit de peur. Que s'était-il passé ? Sortant son téléphone de sa poche, elle constata qu'elle n'avait pas de réseau. L'espace d'un instant, la panique la submergea. Elle ne pouvait pas appeler Alex pour savoir ce qu'elle devait faire. Devait-elle emporter June à la clinique, ou se mettre en quête de Dennis ? Et pourquoi Meg était-elle aussi agitée ? Ce n'était pas bon signe.

Du moins, June était au chaud et elle n'avait pas l'air d'avoir vomi. Beth prit sa décision.

— D'accord, ma belle, on y va.

Après avoir mis le bol de nourriture dehors et fermé la porte pour que June ne sorte pas, Beth se mit en marche derrière Meg. Elles suivirent les traces de pneus qui menaient vers le sommet de la colline.

La chienne savait visiblement où elle allait. Elle courait devant, se retournant parfois pour vérifier que Beth maintenait le rythme. Celle-ci fut vite hors d'haleine. C'était comme si de la glace était suspendue dans l'air, épaisse et lourde.

Une fois au sommet, Beth balaya la campagne des yeux, sans savoir exactement ce qu'elle cherchait. Comme elle scrutait la pente, sur sa gauche, elle aperçut un quad dont les roues se dressaient vers le ciel.

— Mon Dieu ! Il est tombé de son quad !

Elle se mit à courir. Et soudain, sans qu'elle sache ce qui s'était passé, elle trébucha et dégringola le long de la pente. À son passage, pierres et rochers la heurtaient, la faisant grimacer de douleur. Quand la chute fut stoppée par un monceau de neige, elle avait mal à l'épaule, au dos et à la cuisse gauche. Elle se trouvait encore à quelques mètres de Dennis.

Le cœur battant la chamade, elle réalisa qu'elle était seule au milieu de nulle part. Il y avait un chien malade à la ferme et Dennis était coincé sous son quad. Elle devait se calmer et ne pas se mettre en danger. La première règle du secourisme n'était-elle pas de préserver en priorité la sécurité du secouriste ?

D'accord. Respire un grand coup. Encore une fois.

Réunissant toutes ses forces, elle parvint à se mettre debout. Ensuite, elle plaça ses bottes sur les marques de pneus pour que ses semelles adhèrent mieux au sol. Elle était fatiguée, endolorie et hors d'haleine lorsqu'elle parvint jusqu'au quad retourné.

Dennis était là, une jambe coincée sous l'engin. La neige était rouge, tout autour de sa tête.

Soupçonnant une fracture du crâne et une jambe écrasée, elle s'agenouilla près du blessé, ignorant le froid et l'humidité qui imprégnaient son jean et lui transperçaient les os. Elle enleva son gros manteau et le posa sur Dennis dans le vain espoir de le réchauffer, puis elle examina sa blessure à la tête. Il y avait une grosse plaie à l'arrière du crâne, causée sans doute par un caillou pointu.

Elle secoua doucement le bras du fermier.

— Dennis ? Vous m'entendez ?

Il ne bougea pas.

Posant deux doigts sur son cou, elle chercha son pouls.

— Allez, Dennis ! Je vous en prie !

Elle perçut enfin des battements faibles et lents : Dennis était vivant. Beth posa ses mains sur le quad et tenta de le repousser sans y parvenir. Depuis combien de temps Dennis était-il là ?

Elle tapota sa joue glacée. Sa peau était pâle et ses lèvres presque bleues.

— Vous m'entendez, Dennis ?

Que faire ? D'une main tremblante, elle sortit de nouveau son téléphone de sa poche et constata qu'elle n'avait toujours pas de réseau.

Tout en respirant le plus lentement possible, elle s'efforça d'être logique.

— Dennis ? Parlez-moi, Dennis !

Un gargouillis sortit de la gorge du fermier, et sa bouche s'ouvrit pendant une fraction de seconde.

— C'est Beth, Dennis.

Seule, elle ne parviendrait pas à soulever le quad pour le libérer.

Elle avait besoin d'aide !

Elle avait besoin d'Alex.

Plus que jamais, elle aurait voulu qu'il soit là, avec son calme réconfortant. Elle se refusait à l'admettre, mais le seul fait de penser à lui la réchauffait. Mais il n'était pas là, il se trouvait au chevet d'un enfant malade, au village.

Elle était seule.

Même si elle était parvenue à soulever le quad, elle n'aurait jamais pu porter Dennis. Peut-être que, si elle grimpait plus haut, elle aurait du réseau...

— Dennis ? Je ne sais pas si vous m'entendez, mais c'est Beth. Je vais chercher du secours et en attendant tenez bon. June et Meg ont besoin de vous.

En entendant son nom, la chienne émit un gémissement avant de lécher la joue de son maître, qui battit des paupières.

— Je suis... désolé.

— C'est bon, Dennis. Je vais chercher de l'aide.

Parvenu dans la cour de la Ferme des chênes, Alex freina brusquement. La voiture de Beth était là... bien qu'il lui ait demandé de l'attendre.

Il jaillit hors de sa voiture, regarda autour de lui et frappa à la porte.

— Beth ? Dennis ? Il y a quelqu'un ?

Il poussa la porte et faillit trébucher sur June, qui était étendue par terre. À sa vue, la chienne souleva la tête et geignit.

Alex n'aimait pas cela, pas plus qu'il n'apprécia le silence quand la chienne se tut. En sortant de la maison, il remarqua les empreintes, dans la neige. Il les suivit, la gorge serrée par l'angoisse.

— Beth ! Dennis ! appela-t-il dans le brouillard en train de s'installer.

Parvenu au sommet, il aperçut une petite silhouette qui descendait la pente de l'autre côté, se frayant un chemin dans l'épaisse couche de neige.

Où allait-elle ?

— Beth !

Elle s'arrêta pour se retourner.

— Alex ?

À cause du vent, sa voix était lointaine, à peine perceptible, mais au moins elle allait bien !

Ils coururent l'un vers l'autre, glissant parfois sur des plaques de glace. Lorsqu'ils se rencontrèrent à mi-parcours, les joues de Beth étaient rosies par l'effort et elle semblait hors d'elle.

— Dieu merci, Alex, tu es là !

— Que s'est-il passé ? Où est ton manteau ? Tu dois être gelée.

Enlevant le sien, il le posa sur les épaules de Beth. Elle parut surprise, comme si elle n'avait pas conscience d'avoir enlevé son propre manteau, mais elle glissa ses bras dans les manches.

— C'est Dennis. Il a eu un accident, avec son quad. Sa tête saigne et sa jambe est coincée dessous. Il a un pouls, il est vaguement conscient, mais je ne suis pas optimiste. Il est plus bas...

En regardant dans la direction qu'elle lui indiquait, Alex vit une tache rouge dans la neige. Pour autant qu'il s'en souvienne, le quad était vieux et rouillé.

— Appelle les secours.

— Je viens de le faire. J'étais montée pour avoir du réseau et je redescendais. Ils arrivent mais... Oh ! Alex !

Le visage de Beth se plissa. Sans réfléchir, Alex l'attira contre lui.

— J'ai installé Meg contre lui pour le réchauffer, continua-t-elle.

— Tu as fait ce qu'il fallait, Beth. On va voir si on peut l'aider.

C'était le premier contact physique qu'ils avaient depuis qu'ils s'étaient embrassés. Malgré la situation, Alex éprouva une brusque montée d'adrénaline. Il enfouit son visage dans la chevelure glacée de Beth, fou de joie à l'idée qu'elle était indemne.

Elle s'écarta de lui et le regarda dans les yeux.

— Merci. J'en avais besoin. Dépêchons-nous.

Le vieil homme était très mal en point. Alex utilisa son écharpe pour faire un pansement compressif sur la plaie à la tête.

— Il n'y a pas que le saignement qui m'inquiète, dit-il. Ce sont surtout l'hypothermie et le poids du quad sur sa jambe qui affectent la circulation. Tu sais depuis combien de temps il est là ?

— Aucune idée. Je me charge de sa tête, occupe-toi de sa jambe, dit-elle en prenant la place d'Alex.

— Dennis, vous m'entendez ? demanda Alex.

Le vieux fermier battit des paupières. C'était bon signe. Au moins, il réagissait.

— Je vais soulever le quad, continua Alex. Ça va faire mal, alors tenez bon.

Prenant sa ceinture, Alex garrotta la cuisse de Dennis.

— Il y a beaucoup de sang, expliqua-t-il. Je vais essayer de stopper l'hémorragie, mais il faut que je voie la plaie tout de suite. Alors je vais soulever cet engin.

— D'accord, répliqua Beth. Fais-le.

Elle leva vers lui un regard confiant qui le galvanisa. Pressant son épaule contre le quad, il poussa de toutes ses forces, encore et encore. Finalement, le quad bougea avec un craquement sinistre.

Alex ne pouvait risquer d'aggraver l'état de Dennis en tentant de le déplacer, mais il parvint à libérer le fermier de ce poids en modifiant l'angle du quad, qui glissa sur le côté.

La jambe de Dennis était sévèrement atteinte.

— C'est une fracture complexe, annonça Alex. J'ai peur que la circulation ait été compromise. Il a besoin d'être opéré en urgence.

Il resserra le garrot et entoura de glace la jambe blessée. À son grand soulagement, un bruit d'hélices retentit dans le lointain.

Un instant plus tard, deux ambulanciers arrivaient avec des couvertures, de l'oxygène et des antalgiques. Pendant qu'ils mettaient Dennis sur un brancard, Alex leur fit son rapport.

— Les veines sont collapsées, expliqua-t-il. Il faut faire une perfusion intra-osseuse dans sa jambe gauche.

Alex souffla sur ses mains pour les désengourdir. Il allait avoir besoin d'une certaine dextérité, pour manipuler le mandrin et introduire le cathéter directement dans la moelle osseuse.

Un instant plus tard, Beth, qui tenait la main de Dennis, fit la grimace quand Alex retira l'aiguille. Mais dès que les ambulanciers eurent transféré le blessé dans la cabine, elle expira lentement.

— Tu penses qu'il va s'en remettre ?

— Si c'est le cas, ce sera grâce à toi. Mais pourquoi être venue seule, alors que je t'avais demandé d'attendre ?

— Il fallait que je sache si les animaux allaient bien.

— Tu le soupçonnais de les empoisonner et tu es venue l'affronter ? Tu n'as pas envisagé que ça pouvait être dangereux ? Tu aurais dû m'attendre !

— Quoi ?

— Je répète : tu aurais dû m'attendre.

Voyant Beth se raidir, Alex regretta d'avoir parlé trop vite. En tant que professionnelle, il était persuadé qu'elle pouvait gérer la situation, mais cela ne l'empêchait pas de s'inquiéter rétroactivement.

— Tu n'as pas à me dire ce que je dois faire, Alex. Je ne savais pas pour combien de temps tu en avais et je devais agir.

Les mains de Beth tremblaient. En décollant, l'hélicoptère les aspergea de neige et, quand il eut disparu parmi les nuages, elle soupira de nouveau.

Alex lui toucha le bras.

— Je me suis inquiété pour toi, Je ne savais pas où tu étais ni ce qui s'était passé.

— Maintenant, tu sais ce que ça fait, et ça n'a duré que quelques heures, pas huit ans.

Pinçant les lèvres, Beth commença à remonter la pente, le dos raide et les pieds martelant la neige.

— Je t'en prie, Beth, je ne peux pas revenir en arrière. Il ne nous reste plus beaucoup de temps avant que tu repartes pour

Glasgow. Je t'en prie, est-ce que tu pourrais éviter de me jeter le passé à la figure ?

Elle s'arrêta et se tourna vers lui.

— Tu m'as fait très mal.

— Je le sais, et j'essaie d'arranger un peu les choses.

Il écarta les bras, ignorant le vent qui fouettait son corps. Il était en train de se muer en bonhomme de neige, mais il s'en moquait bien.

— Je n'aurais pas dû dire ce que j'ai dit, Alex. C'était particulièrement méchant, surtout après ce qui s'est passé ces derniers jours. Je suis un peu chamboulée.

— C'est compréhensible. Moi aussi, mais nous disputer ne sert à rien.

— C'est vrai, mais je ne sais pas où j'en suis, avec toi, ou ce que je ressens à ton égard. Je t'aime bien... Beaucoup, même, mais j'ai besoin de faire le tri dans tout ça.

Elle l'aimait bien... C'était déjà quelque chose, mais il allait devoir y réfléchir attentivement. Il ne fallait pas qu'elle se fasse des idées sur des choses qui ne pouvaient simplement pas arriver. En revanche, il voulait que leur relation s'apaise.

— J'en suis à un point où ressentir quelque chose n'est plus qu'un lointain souvenir, dit-il. Je suis complètement engourdi.

Beth scruta son visage et le haut de son corps.

— Tu trembles !

— C'est en général l'effet de l'hypothermie.

— Et tu arrives à plaisanter ? fit-elle en souriant.

Elle voulut retirer le manteau d'Alex, mais il l'arrêta.

— Garde-le. Je ne vois pas l'utilité que nous soyons tous les deux frigorifiés. Mais pour te répondre, je ne sais pas où j'en suis avec toi non plus. Je n'ai pas voulu compliquer les choses en t'embrassant, mais je suis content de l'avoir fait. Et j'ai envie de recommencer...

— Tu as besoin de te réchauffer.

Prenant les mains d'Alex dans les siennes, Beth souffla dessus.

— Il faut que nous parlions, Beth.

— Oui, mais pas maintenant. Pour l'instant, il faut nous

mettre à l'abri, répliqua-t-elle en l'entraînant vers le sommet de la colline.

— Quand, alors ?

— Je n'en sais rien.

Elle ouvrit et ferma la bouche à plusieurs reprises, comme si elle cherchait quoi ajouter.

— C'était incroyable, quand tu as soulevé le quad.

— L'escalade muscle un homme.

Il voulut fléchir le bras pour montrer ses biceps, mais il en était incapable.

— Tu as une force intérieure qui te permet d'accomplir des exploits, et c'est encore mieux. Tu me fais sourire, même quand j'essaie d'être fâchée contre toi… et tu m'as passé ton manteau.

Cessant de marcher, Beth regarda Alex dans les yeux.

— Je sais qu'il va falloir qu'on parle, mais pour l'instant, avant que tu sois gelé jusqu'aux os, il faut que tu saches que, même quand j'étais furieuse contre toi, j'ai adoré t'embrasser.

Alex ne parvenait pas à la quitter du regard. Les cheveux de Beth dégoulinaient, le froid brûlait ses joues et elle avait le nez rouge, pourtant elle était plus belle que jamais.

Tout en souriant, elle se hissa sur la pointe des pieds.

— En fait, j'ai très envie de recommencer, dit-elle.

— Ça pourrait dégeler ma bouche.

— Tu me connais, je suis toujours prête à aider.

Nouant ses bras autour du cou d'Alex, elle l'embrassa. Ses lèvres étaient glacées mais douces. Comme elle se pressait contre lui, Alex fut envahi par une chaleur intense. Laissant échapper un soupir de plaisir, il repoussa les cheveux de Beth en arrière et approfondit leur baiser.

Elle enfonça ses ongles dans les épaules d'Alex. Alors que leur dernier baiser avait été empreint de tendresse, celui-ci était fougueux, électrique. Glissant ses mains sous le manteau de Beth, Alex lui caressa les seins.

— Alex !

Elle déposa une pluie de baisers sur sa mâchoire, ses joues et sa bouche. Et soudain, elle glissa et il dut la retenir contre lui.

— Fichu verglas !.

— Je te tiens.

À cet instant précis, il aurait voulu lui promettre tout ce qu'elle désirait.

Beth s'écarta de lui en riant.

— J'ai repris mon équilibre. Allons-y, maintenant.

Il souleva son menton d'un doigt léger.

— Tout va bien, entre nous ?

— Tout va bien. Plus de piques, promit-elle.

Alex remarqua que la main de Beth tremblait presque autant que la sienne. Posant ensuite le manteau sur leurs épaules, elle le prit par la taille et se remit à marcher.

— Allez, Meg, on va chercher ta fille.

Leur arrivée à la ferme brisa leur intimité, mais Beth savait qu'elle venait de partager des instants précieux avec Alex, et lui le savait aussi.

Beth se précipita vers la porte d'entrée.

— Je vais chercher June et on l'amènera à Angus, ainsi que Meg. Quelqu'un doit s'occuper d'elle, maintenant que Dennis est à l'hôpital.

— Bien sûr.

Alex aurait voulu appeler Maxine pour lui expliquer qu'il ne pouvait pas recevoir ses patients, mais il n'y avait pas de réseau. Il essaya tout de même. Tout en composant le numéro sur son clavier, il ouvrit la portière de Beth. Quelque chose en jaillit et traversa la cour.

— Quoi ? Hé ! Flèche ! Viens ici !

Glissant le téléphone dans sa poche, il se lança à la poursuite du chiot, déjà hors de portée.

Il arrivait devant la porte, quand Beth sortit de la ferme. En voyant Flèche, elle poussa un hurlement et écarta le chiot d'un bol de nourriture.

— Arrête, Bouton. Oh ! Alex...

Alex fut pris de nausée à l'idée que leur petit chien avait pu absorber de la nourriture empoisonnée.

— Bon sang, Beth ! Je ne savais pas qu'il était dans la voiture. J'ai ouvert la portière et il est sorti. Il en a mangé ?

— Un peu, je crois. C'est un bébé !

Comme Beth était prise de panique, Alex lui prit la main et la serra très fort.

— Il faut qu'on amène les trois chiens à Angus !

10

— Je devrais être dans la salle de soins, déclara Beth en arpentant de long en large le hall de réception.

Angus était en train d'examiner Bouton, Meg allait bien et June était très malade. Beth avait été autorisée à lui faire une prise de sang et une radio, mais Angus lui avait demandé de sortir quand il avait administré le charbon à Bouton.

— C'est moi le vétérinaire, lui avait-il dit, et tu es la propriétaire. Fais-moi confiance.

Beth s'y efforçait, mais elle se tordait les mains, folle d'angoisse.

— Je t'en prie, essaye de te calmer, dit Alex en se levant de sa chaise pour la prendre par l'épaule.

Elle s'immobilisa aussitôt, mais son esprit continua de bouillonner.

— Angus a dit qu'il valait mieux que tu ne voies pas Bouton malade, reprit Alex. Viens t'asseoir.

— Mais si…

— Ne jouons pas au jeu des « si », Beth.

Après avoir demandé à Fraser de le remplacer à la Maison médicale, il était resté avec Beth, aussi inquiet qu'elle pour le chiot.

Pour la centième fois, Beth réprima ses larmes.

— J'espère que nous l'avons amené à temps.

— J'en suis sûr. Respire, Beth. Tu ne pourras rien pour lui, si tu t'épuises.

Alex avait raison. Elle avait besoin de toutes ses forces, si leur chiot était malade... ou pire. Elle s'efforça d'inspirer et d'expirer lentement, puis elle secoua ses mains pour les détendre.

— J'ai l'impression qu'il y a un siècle que j'ai emmené maman à Bay View.

— Bon sang ! Je ne t'ai même pas demandé comment ça s'était passé !

— Elle est très contente. La chambre lui plaît, et sa voisine est tout de suite devenue sa meilleure copine. Je me suis presque sentie de trop.

Alex la fit s'asseoir et prit place auprès d'elle.

— J'ai eu la même impression, quand mes parents sont partis. Mais tu es forte, et tu peux le supporter.

— Franchement, après ce que nous venons de traverser, j'ai plutôt le sentiment d'être une mauviette.

— Tu plaisantes ! Je n'oublierai jamais la façon dont tu as aidé Dennis. Tu es extraordinaire, Beth. Mais je le savais déjà, tu l'as toujours été.

— Comme toi...

Elle aussi se rappelait la manière dont il avait soulevé le quad et plus tard effectué la perfusion intra-osseuse. Sans lui, Dennis ne s'en serait jamais sorti.

Aujourd'hui, elle avait éprouvé une cascade d'émotions, mais aucune d'entre elles n'avait été aussi intense que le désir que cet homme lui inspirait en cet instant.

Elle continuait pourtant de regretter amèrement d'avoir manqué huit ans de la vie d'Alex... Des années perdues à jamais. Elle n'aurait jamais l'occasion de lui montrer qu'elle pouvait le soutenir dans les pires moments.

Mais elle ne lui ferait plus de reproches à ce sujet. Tout ce qui importait, c'était qu'ils soient ensemble et se réconfortent mutuellement.

Alex passa un bras autour de ses épaules, et elle se blottit contre lui. Lentement, à mesure qu'il lui communiquait sa chaleur, elle sentit son corps se détendre, et elle ne fut pas surprise lorsqu'il posa ses lèvres sur son front.

Levant les yeux vers lui, elle croisa son regard troublé mais aussi chargé de tendresse.

Angus fit irruption dans la pièce.

— Maintenant, Beth, tu as un choix à faire.

Beth se leva d'un bond, le cœur battant.

— Tout va bien ?

— Il est groggy et il m'en veut de lui avoir imposé un lavage gastrique, mais je crois que j'ai tout fait sortir et ses analyses sanguines sont bonnes. Il n'y a pas de quoi s'inquiéter... Du moins jusqu'à maintenant. Mais je n'ai pas besoin de te dire à quelle vitesse les choses peuvent évoluer, surtout chez les bébés. D'accord ?

Beth serra très fort la main d'Alex.

— D'accord.

Angus ouvrit la porte de la salle de soins et leur fit signe d'entrer.

— Donc... J'ai pas mal de pensionnaires et je dois m'occuper de June. Elle est très malade et elle va avoir besoin de toute mon attention. Alors, tu peux me laisser Bouton en observation, mais je serai d'accord si tu préfères l'emmener chez toi pour le surveiller toi-même. En tant que vétérinaire, tu peux t'en charger.

— Bien sûr ! Je l'emmène !

Submergée par le soulagement, Beth se précipita auprès de Bouton, qui dormait dans une cage. En consultant son dossier, elle constata que tout allait bien, mais elle n'oubliait pas qu'Angus avait précisé *jusqu'à maintenant*. Cela signifiait que le poison pouvait encore être présent et qu'il n'était pas hors de danger.

Angus ouvrit une autre cage pour examiner June, dont le dossier était bien plus inquiétant que celui de Bouton.

— Je garde aussi Meg, dit-il. L'état de June est toujours critique. Une fois qu'elle ira mieux... Si elle va mieux... Je les prendrai en pension jusqu'à ce que nous sachions comment ça se passe pour Dennis.

Alex sortit Bouton de sa cage.

— Parfait, dit-il. Viens, mon petit gars, il est temps de rentrer à la maison !

— Il est de mauvaise humeur, précisa Angus en riant.

— Je m'en doute.

— Rappelez-vous que son état peut évoluer. Nous ignorons toujours ce qu'il a ingéré.

Beth frissonna.

— Merci pour tout, Angus.

— Pas de problème. Tu m'as bien aidé, ces derniers mois. Maintenant, excusez-moi, mais j'ai du travail.

Une fois dehors, Beth soupira :

— Je ne peux pas prendre Bouton à l'hôtel, alors je vais dormir chez ma mère.

— Mais il n'y a plus de meubles !

— J'ai toujours mon lit. Je le garderai dans ma chambre.

Alex tenait toujours le chiot au creux de son bras. De sa main libre, il souleva le menton de Beth et la regarda dans les yeux. Aussitôt, elle eut des papillons dans le ventre.

— Non, Beth. Nous ne tiendrons pas à trois dans ton lit de jeune fille.

— Nous ?

Cette fois, Beth ressentit des picotements dans tout son corps. Non que l'idée de dormir avec Alex ne lui ait pas traversé l'esprit, et même de nombreuses fois, mais pas dans ces circonstances.

— C'est juste Bouton et moi, reprit-elle.

Alex secoua la tête.

— Sûrement pas ! C'est moi qui ai sa garde la nuit, c'est le contrat. Il est habitué à dormir sur ma poitrine... dans mon lit. D'ailleurs, ma maison est plus près de la clinique que la tienne, au cas où il faudrait revenir.

Il était vraiment exaspérant ! Beth libéra son menton.

— Mais je suis vétérinaire, Alex. C'est à moi qu'Angus l'a confié.

Alex berçait le chiot comme s'il était le cadeau le plus précieux qu'il ait jamais possédé.

— En ce cas, tu n'as qu'à venir aussi. Qu'est-ce que tu en penses, Flèche ?

Le petit chien frotta son museau contre la main de Beth, qui en déduisit qu'il était d'accord.

— Merci, dit-elle en riant.

— Ne nous dérange pas, surtout, nous avons notre routine.

— Très bien. Je me ferai toute petite, répliqua Beth en levant les yeux au ciel.

Ils marchèrent dans la nuit. Alex déposa Bouton à l'arrière de la voiture.

— Ramenons Flèche à la maison, dit-il en attirant Beth contre lui pour déposer un baiser sur son nez.

— Une seconde !

Elle fixa un instant la bouche sexy qu'elle connaissait si bien et soudain sa poitrine se gonfla d'une émotion presque insupportable.

Se pressant contre Alex, elle l'embrassa. Aussitôt, elle sentit des bras puissants lui enserrer la taille tandis qu'il la poussait contre la voiture. Cela valait mieux, car les jambes de Beth ne la soutenaient plus. Après huit années de traversée du désert, elle avait l'impression de rentrer à la maison. Ce baiser était son cadeau de bienvenue.

Lorsqu'il se redressa, elle était hors d'haleine. Il lui caressa la joue.

— Tu trembles. Tu n'as pas encore dégelé ?

— Tu peux m'appeler « la princesse de glace ».

Beth ne plaisantait qu'à moitié, car ses vêtements étaient mouillés depuis qu'elle s'était agenouillée dans la neige.

Tout en parlant, elle avait glissé les mains sous le polo d'Alex.

— Qu'est-ce que tu fabriques, Roussette ? Tu souffles le chaud et le froid.

Elle ne put s'empêcher de sourire parce qu'il ne l'avait pas appelée par ce surnom depuis très longtemps.

Il leur fallut cinq minutes pour arriver chez Alex. Cinq minutes durant lesquelles Beth lutta contre l'envie de lui demander de se garer pour pouvoir l'embrasser encore. Mais ils transportaient une cargaison précieuse et ils devaient rentrer au plus vite.

Dès qu'elle franchit le seuil de la maison, Bouton dans ses bras, les souvenirs se pressèrent dans la mémoire de Beth. Combien d'heures, de jours, de semaines avait-elle passés ici ? Combien de dîners avait-elle partagés avec la famille d'Alex, à rire avec sa sœur ou à parler de ses études avec ses parents ?

Il lui suffisait de fermer les yeux pour se rappeler la disposition des lieux. Pourtant, quelque chose avait changé.

— Tu as rafraîchi les pièces. C'est vraiment bien.

Le sourire d'Alex la fit fondre.

— Merci. Il y avait du boulot. Mon père était un médecin génial, mais il n'avait rien d'un bricoleur.

Elle n'aurait pas non plus imaginé qu'Alex le soit. Pourtant, il y avait une banquette de fenêtre exactement à l'endroit où elle l'aurait placée, bien qu'il manque des coussins. Les murs étaient gris pâle, alors qu'elle aurait choisi des couleurs plus chaudes. C'était la maison d'un homme et elle ressemblait à Alex.

Des papillons se mirent à voleter dans le ventre de Beth. Il n'allait pas être facile de passer la nuit ici. En tout cas, cela lui permettrait de tester sa résistance.

Mais étant donné qu'elle avait déjà embrassé Alex deux fois, on pouvait considérer que c'était mal parti.

— Pose-le là, dit-il. Je vais allumer le feu.

Alex caressa la tête du chiot et lui montra un tapis, près de la cheminée.

— C'est le tapis de ta grand-mère ?

Celui sur lequel ils avaient fait si souvent l'amour, en l'absence de sa famille…

Alex chiffonna une feuille de journal, puis la posa dans l'âtre et y jeta une allumette. Aussitôt, des flammes orangées jaillirent. Il tira un pare-feu pour protéger Bouton contre les étincelles.

— Ça en fait partie, oui, répondit-il en riant. La partie que Flèche m'a permis de garder. Je vais demander à Joe si sa nouvelle épouse, Rose, pourrait le réparer avec son crochet magique.

Rose était connue à Oakdale pour ses talents de couturière. Si elle avait vécu dans cette maison, Beth lui aurait demandé de l'égayer avec des couvertures en patchwork et des coussins multicolores.

Elle s'aperçut qu'elle était en train de faire des projets qui ne se réaliseraient jamais.

— Ou bien je ferais mieux de le mettre à la poubelle, reprit Alex avec un sourire.

Beth s'assit sur le canapé gris anthracite.

— Ta décoration est minimaliste, mais ça me plaît. Tu travaillais à Londres, non ? Pourquoi es-tu revenu ici ?

Accroupi près du chiot, Alex le caressait distraitement.

— C'est mon père qui me l'a suggéré. Il voulait prendre sa retraite et il cherchait un remplaçant. Il m'a demandé si je n'envisageais pas de rentrer chez moi. Chez moi… Cela ne voulait rien dire, puisque tu n'y étais pas. Mais de toute façon, je ne pouvais pas t'avoir.

— Alex…

Il s'assit par terre, près du canapé, puis il lui retira une chaussette et se mit à lui masser le pied.

— Après le traitement, continua-t-il, j'étais un peu à la dérive. Je travaillais dans le quartier d'East End, à Londres. Je me suis dit que je pouvais m'accorder une seconde chance, mais que je devais réfléchir avant de faire un choix. J'aime les collines, les montagnes, la pêche et le bateau. Après tout, si j'acceptais de travailler ici, je pouvais toujours changer d'avis et partir. Deux ans ont passé et j'y suis toujours.

En songeant à ce qu'il avait traversé, Beth ressentit un froid intense.

— Le traitement a été pénible ? Autant que pour Mikey ?

— Oui et non. Je savais ce qui m'attendait, puisque j'avais été à ses côtés pendant toute la durée de sa maladie.

Chirurgie, chimiothérapie, radiothérapie… Mais Mikey n'était pas tout seul, contrairement à Alex.

Il continuait de lui masser les pieds comme il le faisait jadis, après une longue promenade.

— Je suis désolée de ne pas avoir été là, Alex.

Il leva vers elle un regard implorant.

— S'il te plaît, Beth…

— Rassure-toi, je ne suis pas fâchée, mais je regrette sincèrement de ne pas avoir été là pour te soutenir.

— Tu es là, maintenant, et ça me suffit.

Une sonnerie les fit sursauter. Alex sortit son téléphone de sa poche.

— C'est l'hôpital. Je décroche.

Il jeta un coup d'œil à Bouton, que le bruit avait tiré de son sommeil.

— Je vais dans la cuisine pour ne pas le déranger.

Quelques minutes plus tard, il revint avec deux verres de vin qu'il posa sur la table basse avant de s'asseoir sur le canapé, près de Beth. Il paraissait très secoué, et elle ne savait pas si c'était à cause de cet appel ou des souvenirs du passé.

— Dennis ? demanda-t-elle.

— Ils m'ont appelé parce que je suis son seul contact.

— Il est vraiment seul ! Pauvre homme ! Il va bien ?

— Il est en soins intensifs, mais ils ont dû l'amputer. Son état est critique, mais les médecins pensent qu'il devrait s'en sortir.

— Je suppose qu'il n'a rien dit à propos de ses chiens, ou pourquoi ils étaient malades ?

— Rien, mais ils l'ont plongé dans un coma artificiel, alors il n'est pas près de dire quoi que ce soit.

— On n'aura peut-être jamais la clé de l'énigme. J'ai regardé Internet, hier, et j'ai vu que le syndrome de Münchhausen pouvait s'appliquer aux animaux domestiques. Certains maîtres rendent leurs animaux malades pour attirer l'attention.

Alex but une gorgée de vin.

— On forme une bonne équipe, tous les deux. Sur le plan médical, je veux dire. Tu lui as sans doute sauvé la vie. Ton idée de mettre Meg sur sa poitrine l'a réchauffé. En tout cas, Flèche... On ne peut pas continuer à l'appeler Bouton et Flèche, Beth. Il a besoin d'avoir un seul nom, quand il arrivera dans sa nouvelle famille. Tu n'es pas d'accord ?

Beth avait du mal à réfléchir, quand l'un de ses pieds était toujours entre les mains d'Alex.

— On pourrait juste l'appeler Boy ?

Alex leva son verre.

— Ce sera Boy, alors ! dit-il en riant.

S'emparant de son autre pied, il lui retira sa botte, sa chaussette, et reprit son massage magique. L'espace d'un instant, elle s'abandonna à la caresse, vibrant de désir sous la pression des doigts habiles... et imaginant le plaisir qu'elle éprouverait, s'ils montaient plus haut...

Et ensuite... Ensuite, quoi ?

— Qu'est-ce qu'on est en train de faire ? demanda-t-elle en relevant les jambes.

Alex émit un long soupir.

— Ce ne sont que tes pieds, Beth.

Ce n'était pas juste les pieds, et ils le savaient tous les deux. Il s'agissait de savoir où cela les mènerait. Non qu'elle n'ait pas envie de coucher avec Alex, d'ailleurs, mais entameraient-ils une relation à distance, comme quand ils étaient étudiants ?

— Ton jean est toujours humide, dit Alex. Je vais te chercher des vêtements secs.

Un instant plus tard, il rapportait une pile de linge propre. Beth lui jeta un regard soupçonneux avant de se mettre à rire.

— C'est la scène où je te tombe dans tes bras ?

— Si c'est ce que tu souhaites, pas de problème. Mais je te promets que je ne pensais pas à ça.

Il lui tendit les vêtements et s'assit de nouveau près d'elle... Beaucoup plus près !

— Ah bon ? À quoi pensais-tu ?

— Je me demandais si j'avais assez de lessive pour laver tes affaires et, si je mettais la machine en marche, à quelle heure le cycle serait terminé.

— Vraiment ? Donc, le massage de pieds, ce n'était pas...

Elle avait été la seule à rêver de sexe, apparemment.

Alex lui adressa un sourire en coin et posa de nouveau la main sur sa jambe.

— Beth, j'espérais que tu prendrais une douche pour te réchauffer et que, peut-être, tu m'inviterais à te rejoindre. Ensuite, tu enfilerais ma chemise et tu serais encore plus sexy que maintenant, du moins si c'est possible.

Soudain, Beth eut la bouche sèche.

— Euh... Pour de bon ?

— Et plus tard, quand nous aurions mangé des huîtres et bu du champagne, je te déshabillerais et...

— Tu as envie de me faire l'amour.

Ce n'était pas une question. Elle avait juste besoin de le dire à voix haute.

Alex la prit par la nuque et l'attira à lui.

— Oui. Je n'ai jamais cessé d'en avoir envie, Beth Masters. Pas une fois en huit ans. Ça figure en haut de ma liste des choses à faire avant de mourir. Seulement, je n'ai pas d'huîtres ni de champagne. Seulement du vin.

— C'est suffisant.

Elle serait bientôt partie et tout cela serait derrière eux, mais serait-elle vraiment capable de tourner la page ?

— On ne peut pas, conclut-elle au bout d'une fraction de seconde.

Alex déposa une pluie de baisers sur la gorge de Beth.

— Tu vas partir pour Glasgow, ta vie est là-bas et la mienne ici. Où est le problème ?

— Je veux dire... On ne peut pas monter à l'étage et laisser Boy tout seul.

— Il dort, pour l'instant. On peut le quitter des yeux pendant quelques minutes, non ?

— C'est tout ? Huit ans d'attente, et je n'ai droit qu'à quelques minutes ?

Beth ne pouvait plus éteindre l'incendie qui se répandait rapidement en elle. Elle savait comment Alex embrassait, comment il faisait l'amour. Mais plutôt que de se rappeler ce que c'était autrefois, pourquoi ne pas chercher à savoir de quelle manière il s'y prenait aujourd'hui ?

Serait-il plus sûr de lui ? Plus habile ?

Beth voulait s'en assurer, et tout de suite ! Elle se redressa, posa ses mains sur les épaules d'Alex et bascula sur lui. Elle allait prendre ce qu'elle voulait, et ensuite elle s'en irait avec son cœur intact.

— Boy ! murmura-t-elle.

Le chiot ne remua pas une oreille.

— Il dort profondément...

— Tant mieux, parce qu'il est trop jeune pour voir ça.

Sur ces mots, il l'attira vers lui et l'embrassa avec passion.

Ce n'était pas un réapprentissage.

C'était une communion.

C'était voluptueux, l'aboutissement de huit années d'attente. Beth s'abandonna aux mains d'Alex, qui la hissaient sur ses genoux. Elle sentit son sexe dressé sous elle et s'ouvrit à lui, mue par un désir qu'elle n'avait jamais ressenti avec autant de force.

Alex fit passer son pull encore humide par-dessus la tête de Beth, puis il s'empara de ses seins à travers son soutien-gorge.

— Tu n'as pas idée à quel point j'ai attendu cet instant, murmura-t-il.

Elle tira sur sa ceinture, mais il la stoppa.

— Attends !

La bouche gonflée par ses baisers, elle se redressa.

— Il y a un problème ?

Il jeta un coup d'œil au chiot.

— Je préfère qu'on monte.

Sur ces mots, il glissa un bras sous les jambes de Beth et se leva d'un mouvement souple avant de grimper l'escalier quatre à quatre. Lorsqu'il poussa la porte de la chambre qui avait été autrefois celle de ses parents, Beth craignit un instant de revoir les rideaux imprimés et le couvre-lit des années 1990. Mais la pièce était décorée dans les tons chics et masculins du rez-de-chaussée. Elle jeta un coup d'œil au lit, très moderne lui aussi.

— Je croyais qu'on allait faire l'amour dans des draps de coton à fleurs.

Les yeux d'Alex étincelèrent de malice.

— Un fantasme sexuel ? Désolé de te décevoir.

— Je suis loin de l'être, Alex.

— Et je n'ai même pas commencé !

Quand il la posa sur la couverture blanche, Beth eut l'impression d'être au paradis. Et plus encore lorsqu'il défit la fermeture Éclair de son jean et le fit lentement glisser le long de ses jambes. Elle cessa de respirer au moment où il posa de nouveau sa bouche sur la sienne.

Après l'avoir débarrassée habilement de son soutien-gorge, Alex caressa ses tétons durcis

— Tu es toujours aussi belle, Beth.

Il se pencha pour happer entre ses lèvres la pointe d'un sein.

Beth gémit de plaisir et protesta quand il s'écarta, mais c'était uniquement pour la taquiner. Il couvrit alors ses seins d'une pluie de baisers jusqu'à ce qu'elle ne puisse plus penser...

Lentement, elle s'agenouilla et fit glisser le pantalon d'Alex, puis son boxer, le long de ses cuisses musclées, révélant du même coup son érection. Il gémit lorsqu'elle prit son sexe dans sa main pour lui prodiguer une délicieuse caresse.

Fou de désir, il la renversa bientôt sur le dos et traça un sillon de baisers humides sur son ventre, puis il glissa la langue au cœur de son intimité.

— Alex ! souffla-t-elle.

Elle lutta pour réprimer le plaisir qui menaçait d'exploser. Elle avait rêvé de cet instant tant de fois, persuadée qu'il n'arriverait jamais !

Mais ce n'était pas suffisant. Elle le voulait en elle.

— Attends ! dit-il contre ses lèvres.

— Non. Je ne veux plus attendre.

Il tendit la main vers la table de chevet.

— Je prends un préservatif.

Une fois protégé, il l'embrassa avec tant d'ardeur qu'elle crut que son cœur allait s'arrêter, puis il la pénétra.

— Je veux te regarder ! Tu m'as tellement manqué, Beth !

Elle avait imaginé pouvoir garder son cœur intact, mais il était trop tard. Elle réprima un sanglot sans pouvoir retenir les larmes qui lui piquaient les yeux.

Se cambrant contre Alex, elle l'encouragea à la pénétrer plus profondément, pressée d'apprendre ce qu'il aimait aujourd'hui, ce qui le faisait gémir de plaisir. En retour, il la tourmentait en allant et venant en elle, de plus en plus vite...

Lorsqu'il murmura son prénom dans le noir et trembla contre elle, elle ne put retenir davantage ses larmes. Agrippés l'un à l'autre, ils jouirent dans un même cri.

11

— C'était fabuleux, murmura Beth.

Hors d'haleine, elle s'écarta d'Alex et resta longtemps immobile, allongée près de lui. « Fabuleux » n'était pas le terme qui décrivait le mieux ce qu'il ressentait. Beth illuminait sa vie, elle anéantissait ses défenses, elle lui faisait voir ce à quoi il avait renoncé.

Il avait rompu sa promesse de ne pas faire l'amour avec une femme pour qui il compterait. Or il comptait pour Beth ; il le voyait à la façon dont elle le regardait, comme s'il était un super héros. Il ne se rappelait pas qu'une autre l'ait contemplé de cette façon.

Et elle comptait aussi pour lui, bien plus qu'il ne l'aurait voulu, car hélas rien n'était possible, entre eux. Il ne pouvait pas accepter d'être heureux au prix du malheur de Beth.

Comme elle caressait son torse de ses doigts tremblants, Alex lui prit la main. Les yeux encore humides, elle semblait partagée entre le bonheur et une sorte de gêne.

Il déposa un baiser sur son front.

— Tout va bien ?

— Je crois... C'est juste que j'ai du mal à intégrer tout ça. Pas toi ?

Je ne sais pas.

— Bien sûr ! Ça a été plutôt intense. En réalité, je suis épuisé.

Tâchant de chasser ses doutes, il l'attira plus près de lui.

Si tout cela devait se terminer – et ils savaient tous les deux que c'était inéluctable —, il allait faire en sorte que ce soit le moins douloureux possible.

— Combien de taches de rousseur as-tu, maintenant ?

— Elles sont innombrables.

— Où t'es-tu fait ce bleu ?

Elle haussa les épaules.

— Sans doute en tombant dans la neige, à la ferme de Dennis. J'ai fait une sorte de roulé-boulé.

— Tu te lances à corps perdu dans tout ce que tu fais. Tu as toujours été ainsi. Je ne pensais pas que nous aurions de nouveau cette chance. Je voudrais seulement que nous ayons plus de temps.

Elle leva les yeux vers lui.

— Nous avons du temps, Alex. Je ne repars pas pour Glasgow avant plusieurs jours et ensuite... Qui sait ce qui se passera ? Glasgow n'est pas si loin.

Il n'en avait pas envie, mais il devait le dire :

— Nous savons tous les deux que ça ne nous mènera nulle part.

— On dirait que tu as déjà tout décidé. Raconte-moi.

C'était la *conversation* sur laquelle ils s'étaient mis d'accord la veille. Beth voulait tout savoir... Tout ce qu'il aurait préféré oublier. Tout comme elle voulait savoir où ils en étaient tous les deux et ce que l'avenir leur réservait.

Et gâcher ce moment ?

Non merci !

Repoussant les draps, Alex se leva et enfila son boxer, trop conscient de l'abîme qui séparait leurs désirs de la réalité.

— Il faut descendre veiller sur Boy.

Beth se tut un instant, puis répondit à contrecœur :

— D'accord...

Elle s'enveloppa dans une couverture et descendit l'escalier en emportant deux oreillers. Alex en prit deux autres et la suivit. Les cheveux miel de Beth tombaient dans son dos, et sa bouche était meurtrie par ses baisers. Il se demanda s'il était possible de mourir d'amour, parce qu'il avait l'impression de vivre ses derniers instants sur terre.

— Il va bien ? demanda-t-il.

— Il a l'air endormi.

Elle installa les oreillers et la couverture sur le canapé de manière à leur confectionner un lit de fortune. Dès qu'elle fut installée, elle fit signe à Alex de la rejoindre et il s'étendit près d'elle.

— C'est encore plus étroit que ton lit, remarqua-t-il en la serrant contre lui.

— Moi, ça me plaît.

Lorsqu'elle passa un bras sur son torse, il sentit son souffle sur sa peau.

— Vu ce qui était arrivé à Mikey, je suppose que tu vérifiais régulièrement si tu ne présentais pas les mêmes symptômes, à l'époque ?

S'il avait cru qu'elle abandonnerait, il s'était trompé !

Alex fixa l'obscurité en silence, repensant au passé et au temps qui leur avait été volé à tous les deux. Il lui devait cette discussion.

— Si, bien entendu. Mais j'ai été pris par les gardes successives, à l'hôpital. Travailler de longues heures sans dormir n'était pas facile, d'autant que je devais aussi étudier. Tu finis par ne plus savoir quel jour on est. Tu vois des malades, tu sais que tu ne l'es pas et tu commences à croire que tu es à l'épreuve des balles.

— Quand on est jeune, on se croit invincible.

— Et puis un jour, l'impossible est arrivé... J'ai fait l'examen habituel.

Le jour où il avait senti la grosseur avait été l'un des plus noirs de sa vie. Il n'avait pas eu besoin d'un spécialiste pour savoir ce qui se passait.

— Je n'avais pas pensé que cette tumeur pourrait grossir autant en aussi peu de temps.

Beth se blottit contre Alex et lui prit la main.

— On ne t'a pas proposé de prélever ton sperme ?

Les médecins l'avaient-ils fait ?

— Mes souvenirs sont flous, en dehors du diagnostic. C'est comme si l'oncologue n'avait prononcé qu'un seul mot : cancer, cancer, cancer. Je me rappelle ma panique, le gel froid pendant l'échographie, le masque à oxygène sur mon visage. Et aussi la diffusion du produit anesthésique dans mon corps, juste avant que je m'endorme. Ils ont dû me parler de banque du sperme, mais je ne crois pas avoir donné suite. J'étais bien trop focalisé sur cette fichue tumeur. Je savais que j'allais affronter des mois de traitement, que les choses pouvaient empirer et qu'ensuite ce serait la fin.

Il se souvenait d'avoir téléphoné à Beth. Il s'était efforcé de s'exprimer calmement, sur un ton dénué de toute émotion, alors que les larmes ruisselaient sur son visage.

Puis il avait attendu ses parents.

— Moi aussi, j'aurais été folle de peur, dit Beth en embrassant sa main. Et maintenant ? Tu redoutes toujours le pire ?

— Les derniers examens disent que je n'ai aucune chance de concevoir un enfant, tout comme les précédents. Parfois, la fertilité augmente avec le temps, mais ce n'est pas mon cas et j'ignore si cela changera. Je ne veux pas faire de promesses que je ne pourrai pas tenir.

Beth fixa un instant les braises rougeoyantes, dans la cheminée.

— Tu n'es pas le seul à pouvoir décider, Alex.

— Je ne laisserai personne se sacrifier pour moi par pitié, d'accord ?

Il voulait l'amour de Beth. Il voulait être l'homme qu'elle méritait, mais c'était impossible.

— Laisse-moi te prouver que mes sentiments pour toi ne comportent aucune pitié, répliqua Beth. Et je sais qu'ils sont réciproques.

Voyant qu'elle réprimait ses larmes, Alex l'attira contre lui.

— Profitons de l'instant présent.

Elle posa la main sur son torse.

— J'aime le présent.

— Moi aussi. Et je t'aime, Beth Masters. Je t'aime tant !

Tout ce qu'il voulait, c'était ne plus parler, ne plus penser et se perdre en Beth. Prenant son visage entre ses mains, il l'embrassa sur la bouche, exprimant par ce baiser tout ce qu'il souhaitait lui dire : ses regrets et ses sentiments pour elle, qui ne faisaient que croître. Le temps qu'ils passaient ensemble rendait la séparation plus douloureuse encore, mais il allait vivre à fond l'instant présent.

Il se préoccuperait de l'avenir un autre jour.

Au moment où les choses devenaient intéressantes, Beth sursauta.

— Qu'est-ce que c'est ? Bouton... Je veux dire Boy frotte son museau contre ma hanche.

— Il fait ça quand il veut faire ses besoins.

— Je vais le sortir.

Sans laisser à Beth le temps de se lever, Alex se mit debout et ceignit sa taille avec le plaid plié sur le dossier.

— Je m'en occupe. Reste là et ne t'avise pas de t'endormir !

— Je n'ai pas sommeil, docteur Norton, mais je croyais que notre jeune chien n'était pas censé assister à un spectacle qui n'est pas de son âge.

La poitrine d'Alex se gonfla d'amour.

— Tu n'es pas au courant ? Les couvertures sont faites pour ça.

— Alex ?

Il n'était plus près d'elle... Où était-il ? Était-ce déjà fini ?

Prise de panique, Beth se redressa.

— Oh !

Il était à l'autre extrémité du canapé, un chiot endormi sur son torse nu. Les lumières de l'aube filtraient à travers les volets, les baignant tous les deux d'un halo doré.

Seigneur, comment pouvait-il être aussi sexy ?

C'est ainsi que les choses auraient pu se passer... Elle et lui, un chien ou deux et, plus tard, une ribambelle d'enfants. C'était la famille dont elle avait toujours rêvé. S'il le lui avait demandé, y aurait-elle renoncé ?

Elle n'en savait rien.

Pouvait-on trafiquer son horloge biologique ?

Elle se plaisait à penser qu'elle aurait soutenu Alex pendant toute la durée de son traitement, mais, pour être honnête, il était impossible de l'affirmer avec certitude.

Pendant cette période, elle avait terminé ses études et acquis son indépendance sans Alex. Elle avait survécu à leur rupture et aujourd'hui elle savait exactement ce qu'elle voulait.

Abandonnerait-elle son rêve pour l'homme qui lui avait brisé le cœur… Et le lui demanderait-il ?

Alex remua, puis il posa la main sur Boy.

— Tu es là, Beth ! Bien dormi ?

Beth rampa sur le canapé afin de les embrasser tous les deux.

— Très bien. Et toi ?

— Nous avons eu trois pipis cette nuit et quelques jeux sur le coup de 4 heures du matin… jusqu'à 5 h 20.

Il ne semblait pas contrarié, juste un peu ensommeillé et très soucieux de son chien.

— Cet animal va visiblement très bien, dit-il.

Beth éprouva un soulagement mêlé de tristesse.

— C'est bon à entendre, mais tu aurais dû me réveiller.

Alex lui caressa la jambe.

— Je préférais que tu puisses utiliser ton énergie autrement.

— Tiens donc ! De quelle façon ?

— Tu le sais très bien.

Beth poussa un petit cri quand les doigts d'Alex atteignirent sa cuisse. Aussitôt, elle vint se blottir dans ses bras.

Comment lui refuser quoi que ce soit ?

Bien sûr, elle savait exactement ce qu'il voulait, puisqu'il le lui avait montré deux fois, sous les couvertures. Elle s'était délectée de chaque caresse, de chaque baiser.

Alors pourquoi troubler cette harmonie par des questions ? Personne ne pouvait prévoir l'avenir, alors autant profiter de la parenthèse tant qu'elle durerait… Jusqu'à Noël, sans doute, lorsqu'elle repartirait pour Glasgow.

Luttant contre l'émotion qui lui serrait la gorge, elle se serra contre Alex, qui arbora un sourire espiègle.

— Tu vas te mettre sur ton trente et un, parce que nous allons sortir ensemble.

— Ah bon ?

— Boy veut aller au marché de Noël, à Carlisle. Je lui ai promis qu'on l'emmènerait.

— Donc, tu sors avec Boy, pas avec moi ?

— Il est d'accord pour que tu viennes à condition de te comporter correctement.

Beth éclata de rire.

— Je croyais que tu détestais Noël. C'est une fête que je n'aime pas trop non plus. J'ai trop de mauvais souvenirs.

Alex lui caressa la joue.

— Désolé, Beth. Je sais que c'est ma faute.

Elle haussa les épaules, tentant de se convaincre que c'était sans importance.

— Il n'y a pas de souci, je t'assure. C'est différent chaque année. À nous d'en faire quelque chose d'agréable.

— Exactement, répondit Alex en l'embrassant. Je ferai en sorte que ça soit mieux que les autres fois.

— C'est déjà mieux.

— Parfait.

Se levant d'un bond, Alex mit le chiot par terre. Enveloppant ensuite Beth de ses bras, il l'embrassa jusqu'à ce qu'elle demande davantage.

— Très bien, dit-il en se redressant. Va prendre ta douche pendant que je prépare le petit déjeuner.

— Tu fais la cuisine ? C'est inattendu ! J'apprécie le nouveau toi, Alex Norton.

— Ce sera du müesli, alors ne t'emballe pas !

Beth gravit les marches en dansant presque. Pourtant, elle trouvait son enthousiasme légèrement stupide... Alex lui avait déjà brisé le cœur et il pouvait recommencer.

Mais une femme avertie en vaut deux et elle savait qu'elle ne devait pas nourrir d'espoirs. Elle resta sous le jet d'eau chaude jusqu'à ce que sa peau rougisse et, lorsqu'elle retourna dans la chambre, Alex l'attendait.

— Oh ! tu voulais me rejoindre ? Désolée ! Je veux bien retourner...

— Non, Beth.

Très pâle, il tenait son téléphone à la main. Sans nul doute, il venait d'apprendre un événement grave. Le cœur serré, Beth resserra la serviette autour de son corps, toute idée de sexe effacée de son esprit.

— C'était l'hôpital ? Il s'agit de Dennis ?

— Non, dit-il d'un air triste.

— Quoi, alors ? Tu es malade ?

La prenant par la main, il la fit asseoir sur le lit.

— Non. Il y a quelqu'un qui veut adopter Boy.

Le cœur de Beth bondit dans sa poitrine.

— C'est impossible !

— C'est possible. Nous avons mis une annonce, fait marcher le bouche-à-oreille. C'est une famille. Les deux enfants souhaitent désespérément avoir un chiot pour Noël.

— C'est un engagement pour la vie, Alex, pas juste pour les fêtes.

— Ils ont l'air sérieux, Beth. Ils vivent dans une ferme, si bien que Boy aura plein d'espace pour jouer et courir.

Beth serra les poings. Si elle s'était laissée aller, elle se serait précipitée dans les bras d'Alex, mais elle voulait être forte. Hélas, c'était trop tard ! Elle s'était attachée à Boy et...

— Quand ? Quand vont-ils le prendre ?

— Ce soir, après leur travail.

— Si vite ?

— C'est mieux comme ça, tu ne trouves pas ? fit Alex d'une voix rauque qui trahissait son émotion. Mieux vaut nous en séparer avant qu'il ne soit trop tard.

— Je travaille, ce soir, et je ne serai pas là pour faire leur connaissance... Ou m'assurer qu'ils sont aussi bien que tu le dis.

Beth déglutit avec peine, incapable d'en dire davantage. C'était ce qu'ils avaient décidé depuis le début, puisqu'ils ne pouvaient ni l'un ni l'autre prendre Boy chez eux. Quand elle serait à Glasgow, elle serait absente toute la journée, et Alex n'aurait plus personne pour le garder pendant ses consultations. Et de quel droit aurait-elle refusé à deux jeunes enfants un chiot aussi adorable que Boy ?

Mais il lui semblait que son cœur était en train de se briser.

12

Alex ne savait pas quoi faire pour rendre son sourire à Beth. Lorsqu'il était passé chercher Boy à la clinique vétérinaire, elle pinçait si fort les lèvres qu'elles en étaient blanches. Ses adieux courageux à leur chiot avaient poignardé Alex en plein cœur. Et même lorsqu'elle était revenue chez lui, le lendemain matin, ils avaient fait l'amour avec une sorte de désespoir.

Il en avait été de même la veille. Beth s'efforçait de faire comme si tout allait bien, mais ce n'était pas le cas.

C'était le 24 décembre, en fin d'après-midi. Angus l'avait libérée pour la journée, afin qu'elle prépare son départ, ce qui ne semblait pas la réjouir non plus.

S'étant donné pour mission de la dérider, il la trouva dans la chambre de sa mère, à Bay View. Elles regardaient ensemble un album photo et quelqu'un avait suspendu quelques guirlandes aux murs… Quelqu'un qui aimait Noël, et il était certain que ce n'était pas Beth.

— Alex ?

Elle leva vers lui un regard si affectueux qu'il sentit ses yeux se mouiller de larmes.

— Ho. Ho. Ho !

Incapable de s'en empêcher, il s'approcha pour lui donner un baiser qui n'avait rien d'amical. Il embrassa aussi sa mère sur la joue.

— Vous ne voyez pas d'inconvénient à ce que je vous enlève votre fille pendant quelques heures, madame Masters ?

— Hazel. Tu m'appelais toujours Hazel, autrefois. Partez, tous les deux. Je pourrais rester assise là un siècle, à regarder ma petite Beth. Tu veux jeter un coup d'œil ? demanda Mme Masters en tendant l'album à Alex.

— Non, maman ! protesta Beth. Il n'a pas envie de savoir à quoi je ressemblais quand j'étais bébé, voyons !

Hazel posa sur sa fille un regard mi-affectueux, mi-agacé.

— Certes, tu es devenue une adulte qui a besoin de vivre sa vie. Vas-y !

— J'ai déjà vu ces photos, précisa Alex en riant. Tu étais un bébé très mignon, mais tu l'es encore plus maintenant.

Beth leva les yeux au ciel, mais ses joues avaient rosi.

— Où sommes-nous censés aller ?

Sans répondre, Alex fit ses adieux à Mme Masters, puis il conduisit Beth jusqu'à sa voiture.

— Cesse de poser des questions et grimpe !

Un instant plus tard, ils roulaient sur une route venteuse.

— C'est vraiment beau, ici, en hiver, remarqua Beth en regardant par la vitre.

La neige avait cessé de tomber, mais il faisait assez froid pour qu'elle tienne. Les arbres dénudés ressemblaient à d'étranges sculptures au milieu d'un paysage austère et blanc.

— Tu restes avec moi, ce soir ? demanda Alex.

Elle battit des paupières et lui jeta un regard curieux.

— Oui. Finalement, nous ne réveillonnons pas avec ma tante Jackie, maman et moi.

— Et tu as... fait tes valises ?

— J'ai presque fini.

Ne pars pas.

Il repoussa cette pensée égoïste. Il y avait tant de choses qu'il aurait voulu lui dire et qui se pressaient sur le bout de sa langue.

« C'est mieux comme ça. »

« Je t'aime. »

Quoi ?

Beth lui parlait, et il devait se concentrer.

— Oh ! avant que j'oublie... June et Meg sont au refuge. Et on a les résultats des analyses.

— Ils ont trouvé quelque chose ?

Alex avait bien entendu, mais il restait distrait. Il aimait Beth, il lui avait demandé de passer la nuit avec lui, mais il aurait voulu qu'elle reste toujours.

Égoïste.

— Oui, répondait Beth. Des traces d'ibuprofène que Dennis mettait dans la nourriture des chiens. Heureusement que Boy n'en a pas mangé beaucoup et que le lavage d'estomac a été efficace. J'en veux à Dennis, mais cela m'attriste. Pourquoi faire une chose pareille ?

— Il se sentait seul, c'était sans doute un appel à l'aide. Il avait besoin de se sentir important. Tu te rappelles comme il était fier quand on lui a dit qu'il avait sauvé Meg ? Tu vas faire un rapport ?

— J'y suis obligée.

— S'il survit, il ne retournera sans doute plus à la ferme et il y a peu de chances pour qu'il ait le droit d'avoir des animaux. Il est malade, Beth. Pauvre homme ! Il faut vraiment être désespéré, pour faire un truc pareil.

Lorsqu'ils arrivèrent à Carlisle, Alex se gara dès que ce fut possible.

— On dirait que la route est barrée. On va devoir continuer à pied.

Beth sortit de la voiture. Une minute plus tard, au coin d'une rue, elle ouvrait des yeux émerveillés.

— Waouh ! C'est magnifique.

Alex dut admettre que les petites cabanes de bois ornées de minuscules lumières blanches formaient un spectacle féerique, avec ce tapis de neige blanche et scintillante.

— On m'a dit que le vin chaud épicé était exceptionnel, ici, dit Alex. Trouvons le stand !

— Excellente idée.

Beth glissa la main dans celle d'Alex, tandis qu'ils faisaient le tour des échoppes. Ils n'allèrent pas loin avant de croiser un Père Noël, dont le bonnet rouge clignotait, et ils firent un selfie avec lui.

Alex embrassa Beth sous un bouquet de gui en plastique, puis sous un vrai, et encore une autre fois pour le plaisir.

Ils mangèrent des pâtés à la viande, des cakes aux fruits, et burent du limoncello. Un petit quatuor de cuivres jouait des airs de Noël, et Alex se mit à fredonner si faux que Beth ne put s'empêcher de rire. Ensuite, il l'embrassa de nouveau sous un lampadaire. Décidément, parfois Noël avait du bon !

Pourtant, il ne demanderait pas Beth en mariage, comme il l'avait fait tant d'années auparavant. Il l'aimait, mais il la laisserait partir. C'était le cadeau qu'il lui faisait.

— C'est le meilleur vin chaud que j'aie jamais bu ! déclara Beth en se léchant les lèvres.

Comme elle s'éloignait du stand, elle faillit heurter une femme enceinte, qui tenait dans ses bras un bambin d'environ un an.

— Oh ! je suis désolée !

Beth sourit à la mère et au bébé avant de s'exclamer :

— Laura ! Je ne t'avais pas vue depuis des siècles ! Comment vas-tu ?

— Beth Masters ! Bonjour. Tu sais ce que c'est… Je suis un peu débordée.

Elle montra deux petits enfants qui couraient autour d'elle.

— Tu as des jumeaux ! Chanceuse !

Beth se pencha pour les admirer, puis elle sortit deux sucettes de son sac et les leur donna avec la permission de la mère.

— Ils sont magnifiques !

— Mais toujours en train de se chamailler, malheureusement. Celui-ci commence à marcher et il est aussi très actif. J'espère que le prochain sera plus calme, dit Laura en se tapotant le ventre. J'aimerais bien avoir une fille. Et toi ? Tu as des enfants ?

— Non.

— Tu as de la chance !

Beth caressa la tête du bébé.

— Non, c'est toi qui en as. Il est trop mignon, quand il sourit !

Quand Laura s'éloigna, Alex entraîna Beth vers une échoppe qui proposait des savons et des bougies.

— Une amie à toi ? demanda-t-il.

— Du lycée, oui. C'est incroyable ! Elle a trois enfants et elle en attend un quatrième. Elle doit être très occupée.

— Elle ne sait pas vraiment ce que c'est tant qu'elle n'a pas eu un chiot réfractaire à l'autorité.

— Oh ! Alex, il me manque ! dit Beth en serrant très fort Alex dans ses bras. J'espère qu'il est heureux, dans sa nouvelle famille.

— J'en suis sûr.

Pour ne pas inquiéter Beth, Alex ne lui dit pas qu'il avait déjà reçu trois appels des nouveaux maîtres, lui demandant comment empêcher Boy de mordiller tout ce qui passait à sa portée.

Elle méritait d'être heureuse, entourée de bébés et de chiots, et il n'était pas l'homme de la situation. En réalité, ils jouaient les couples épanouis, alors que cela n'arriverait jamais.

Elle lui prit le bras.

— Qu'est-ce qu'il y a, Alex ?

— Rien. Tout va bien.

— C'est faux ! Parle-moi.

Il s'arrêta pour lui faire face.

— C'est... Je ne peux pas... Je ne peux pas rester.

S'agrippant à son bras, elle retourna avec lui jusqu'à la voiture.

— Je t'en prie, Alex, ne fais pas ça ! Tu m'as promis cette soirée. Tu as promis.

— Ce soir, et puis demain matin, et ensuite ? On arrête quand ? Glasgow n'est pas si loin, on se retrouverait le week-end et pendant les vacances ? Ensuite, tu t'installerais avec moi dans une relation dont tu ne pourrais plus te dépêtrer ?

Il ouvrit la portière, et elle grimpa dans la voiture.

— Je ne comprends pas. Tu me demandes de rester ?

— Non. Je te demande de partir.

Les lèvres tremblantes, elle secoua vigoureusement la tête.

— Pourquoi ? demanda-t-elle enfin d'une voix sans timbre.

Alex démarra et s'engagea sur la route, en direction d'Oakdale.

— Si je te demandais de rester, j'ai le sentiment que tu pourrais accepter. Et Dieu sait qu'il n'y a rien que je souhaite davantage. Nous savons tous les deux à quel point nous sommes bien, ensemble. Tu me fais ressentir ce que je croyais perdu à jamais pour moi.

Il aurait voulu lui dire combien il l'aimait, mais elle refuserait de le quitter par loyauté envers un rêve qu'ils avaient autrefois partagé.

— Mais...

— On s'installerait dans une relation harmonieuse, reprit-il, et un jour tu regarderais en arrière, tu constaterais que tu n'as pas eu ce que les autres ont. Tu te demanderais pourquoi tu as abandonné tes rêves pour moi. J'ai vu comment tu regardais ces enfants, Beth. Tu mérites d'avoir une famille, n'essaie pas de me dire le contraire.

— Nous pourrions recourir à l'adoption. Voir quelqu'un, un spécialiste. Attention ! Il y a du verglas.

La voiture dérapa. Alex ralentit et parvint à reprendre le contrôle. Il n'arrivait pas à croire qu'il brisait le cœur de Beth pour la seconde fois.

— Tu veux fonder une famille, dit-il, ne me dis pas le contraire. L'adoption n'est jamais garantie.

— Toi aussi, tu voulais des enfants, Alex. C'est aussi la fin de ton rêve, pas seulement du mien. Ne fais pas semblant de t'en moquer, parce que je sais que c'est faux.

Elle avait raison, bien sûr !

— Tu peux réaliser ce rêve avec quelqu'un d'autre, insista-t-il.

Jetant un coup d'œil de côté, Alex vit que Beth avait les larmes aux yeux. Elle les essuya du dos de la main.

— Alors, c'est comme ça ?

— Ça a toujours été comme ça, tu le savais depuis le début. Il faut que tu reportes tes espoirs sur un autre homme.

— Une fois de plus, tu prends des décisions à ma place, Alex. J'ai le droit de choisir.

Alex se gara devant chez elle. Il faisait nuit, il n'y avait pas de guirlandes sur la porte, pas de lumières accueillantes.

— Ne me choisis pas.

— Et ensuite ? Tu vas finir tout seul, comme Dennis, c'est ce que tu veux ?

Elle criait presque. Elle était furieuse.

— Pour l'amour du ciel, continua-t-elle en martelant la poitrine d'Alex de ses poings fermés, je ne comprends pas que tu agisses de cette façon après tout ce que nous avons partagé. Je n'aurais jamais dû te laisser encore entrer dans mon cœur.

Sur ces mots, elle bondit hors de la voiture et fit claquer la portière.

Alex venait de renoncer à sa dernière chance de bonheur.

Comment osait-il s'immiscer dans sa vie et lui briser le cœur encore une fois ?

Beth entra dans la maison obscure et déserte, puis elle referma la porte derrière elle et s'y appuya un instant. Elle devait absolument se calmer.

Elle était anéantie.

Non ! Elle était furieuse.

Après avoir allumé la lumière, elle gagna le salon où trônait le sapin pathétique qu'elle avait décoré avec sa mère. Elle arracha les boules et les guirlandes, qu'elle remit dans leur boîte, puis elle s'attaqua à l'arbre dont elle cassa les branches avant de le mettre dans un sac-poubelle.

Au diable Noël, et au diable les hommes !

Une première larme tomba sur le plastique, puis une autre. Pourquoi fallait-il qu'elle souffre autant ? Pourquoi choisissait-elle toujours les hommes qu'il ne fallait pas ?

Sauf que cela avait toujours été Alex, le seul qu'elle ait jamais aimé. Et elle était assez stupide pour l'aimer encore !

Elle monta dans sa chambre et buta sur sa valise, par terre. Dieu merci, elle allait quitter cet endroit. Elle avait une maison et un travail à Glasgow.

Ce rêve-là, Alex n'avait pas réussi à le détruire.

Mais à quoi bon réaliser un rêve, si l'homme que vous aimiez ne le partageait pas avec vous ?

13

Le matin de Noël, quand Alex ouvrit ses volets, la neige était tombée de nouveau et il était de très mauvaise humeur.

Mais il avait fait ce qu'il fallait. Plus jamais il ne s'engagerait dans une relation sentimentale. Il se contenterait de travailler, de faire de l'escalade ou des randonnées, et de dormir.

Il regarda par la fenêtre les habitants d'Oakdale se réunir sur la place du village, vêtus de gros manteaux et coiffés de bonnets rouge et blanc.

Alex fourra ses mains dans ses poches en frissonnant. L'an prochain, il passerait les fêtes au soleil, en Australie. N'importe où, plutôt qu'ici !

On frappa à la porte.

Beth ? Elle était revenue ? Le cœur d'Alex fit des bonds dans sa poitrine. Mais lorsqu'il ouvrit, il trouva sur le seuil Joe, Rose et Katy, la fille de Joe. Celle-ci portait un gros pull imprimé de rennes.

Joe tendit la main à Alex.

— On ne fait que passer pour te souhaiter un bon Noël.

C'était gentil de leur part, mais il n'avait pas vraiment envie de jouer la comédie du bonheur alors que son cœur était en miettes.

— Euh... Merci. Joyeux Noël à vous aussi.

Rose passa les mains sous les aisselles de Katy, dont les pieds glissaient sur le verglas. Elles riaient toutes les deux, et Rose serra sa belle-fille dans ses bras avant de déposer un baiser dans ses cheveux.

— Katy voulait essayer ses nouveaux patins à roulettes, mais par ce temps ce n'est pas formidable.

— Ça ne l'est pas non plus sur le béton, précisa Joe avec un sourire. Je crois qu'il faut incriminer l'utilisatrice. Tu vas bien, Alex ? continua-t-il plus sérieusement.

— Oui, très bien.

C'était faux, mais pas question de gâcher le premier Noël de la petite famille...

Dix heures s'étaient écoulées depuis que Beth avait claqué la portière de sa voiture. Il pensait avoir fait ce qu'il fallait, mais il réalisait qu'il venait de repousser sa seule chance de bonheur.

Il voulait aimer Beth.

Il voulait vivre avec elle.

Mais il s'était persuadé qu'elle ne pouvait éprouver pour lui que de la pitié. Pourtant, quand ils avaient fait l'amour, il était clair qu'elle ne cherchait pas seulement à le réconforter. Entre eux, le sexe avait été intense, chaud, électrique.

Et pourquoi refuser l'adoption ?

Joe et Katy avaient bien laissé Rose entrer dans leur cœur. Et Rose aimait Katy comme sa propre fille...

Alex en était à ce point de ses réflexions, quand son téléphone vibra dans sa poche. L'espace de quelques secondes, son cœur se gonfla d'espoir.

Ce n'était pas le numéro de Beth qui s'afficha sur l'écran. Un peu déçu, Alex adressa un signe de la main à ses visiteurs.

— Désolé, je dois prendre cet appel. Passez un bon Noël, les amis, et profitez du ski !

Pendant que le trio s'éloignait, Alex décrocha. Il discuta longuement avec son interlocuteur avant de remettre le téléphone dans sa poche en souriant.

Après avoir déjeuné à Bay View en compagnie de sa mère et de ses nouvelles amies, Beth prit la direction de Glasgow. Elle fit le trajet sans encombre et, lorsqu'elle se fut garée dans son garage, elle laissa échapper un gros soupir.

Elle avait espéré que la vue de sa maison adoucirait sa peine, mais ce n'était pas le cas. Une fois rentrée chez elle, elle brancha le chauffage et se fit une tasse de thé. Elle le but assise dans *son* salon, dans *sa* maison. Un jour, elle s'y sentirait sûrement chez elle et ses plaies cicatriseraient avec le temps. Elle n'était pas à plaindre, par rapport à d'autres... Comme ce pauvre Dennis, par exemple. Sa gorge se serrait lorsqu'elle pensait à lui, aux chiens ou à son adorable Boy.

Et bien sûr, à Alex...

L'an prochain, elle achèterait un sapin immense et elle oublierait cet affreux Noël, mais elle ne pourrait jamais oublier Alex. Simplement, elle devait tourner la page, comme elle l'avait déjà fait auparavant.

— Il est temps de commencer le reste de ma vie, murmura-t-elle en se levant.

Environ une heure plus tard, on frappa à la porte d'entrée. Qui pouvait venir la voir le jour de Noël ? Elle ne connaissait pas ses voisins. Était-ce la police ? Était-il arrivé quelque chose à sa mère ?

Elle dévala l'escalier, ouvrit la porte et cessa de respirer.

— Alex.

Il était sur le seuil de chez elle, vêtu d'un pull ridicule orné de petites cloches rouges. Beth pensa qu'il n'y avait pas de justice, sur terre, parce qu'il était incroyablement sexy.

Il lui adressa un sourire incertain.

— Euh... Joyeux Noël.

— C'est Noël, oui. Mais heureux... À ton avis ?

Beth posa les yeux sur la voiture extravagante d'Alex, garée dans l'allée. Quelque chose bougeait... ou plutôt sautait à l'intérieur.

Son cœur battit plus vite.

— Oh ! c'est... C'est Boy ? Qu'est-ce qui s'est passé ?

— Ça n'a pas marché avec ses nouveaux maîtres, répondit Alex en haussant les épaules.

— Pourquoi ?

Alex était-il venu pour lui donner le chiot ? Ou plutôt pour s'en débarrasser, comme il avait tenté de le faire quelques semaines auparavant ? En tout cas, il ne venait pas pour elle.

— Il n'était pas heureux, Beth. Il hurlait et grattait à la porte, sans compter qu'il a mordillé tous les cadeaux de Noël.

— Et ils n'ont pas tenu plus de trois jours ?

— Ils ont tout essayé, mais nous lui manquions trop et ils ont pensé qu'il était injuste de le garder, alors qu'il était si triste. Finalement, ils ont trouvé un autre chiot qui les aime et leur obéit... Du moins, la plupart du temps.

— Et tu m'as amené Boy pour que je le garde, c'est ça ? Mais c'est petit, chez moi, dit Beth en montrant son entrée minuscule. Je ne vais pas pouvoir...

— En fait, j'ai décidé de le garder. On s'entend plutôt bien et je ne perds pas l'espoir d'avoir une paire de chaussures qu'il ne grignotera pas. Ou un tapis qui n'aura pas été troué par ses petits crocs. Je me suis arrangé avec la fille de Fraser, qui le gardera pendant mes consultations. Quand elle reprendra l'école, il faudra que je trouve une solution, mais la femme de Frank serait d'accord pour le prendre à la ferme dans la journée. À ce propos, Frank est rentré chez lui. Il a appelé hier pour nous remercier et nous souhaiter de bonnes fêtes.

— C'est génial ! Je suis contente pour vous.

Ce n'était pas totalement vrai. Jusque-là, Beth avait pensé qu'Alex était triste et seul, comme elle. Mais maintenant, l'homme et le chiot étaient ensemble, et... tout allait pour le mieux.

Ou presque.

— Tu veux voir Boy ? suggéra Alex. Avant qu'il fasse des trous dans mes banquettes ?

— Bien sûr !

Est-ce qu'Alex était venu la narguer ? Beth le suivit des yeux pendant qu'il allait ouvrir la portière. Aussitôt, une boule de poils jaillit de la voiture et s'élança vers elle.

Elle s'agenouilla et enfouit son nez dans le pelage brun, la gorge serrée à lui faire mal.

— Oh ! Boy ! Comment mon bébé a-t-il supporté le trajet ? Est-ce qu'il a pleuré ?

— Oui, un peu..., précisa Alex.

Beth l'imagina, tentant de calmer le chiot. Ça n'avait pas dû être drôle ! Boy était capable d'émettre un hurlement très convaincant.

— Au moins, il n'est pas malade en voiture.

— C'est ce que tu crois ?

Beth couvrit le chiot de caresses pour évacuer toute la charge émotionnelle que lui causait cette visite.

— Bon chien, Boy. Il a vomi sur tes jolies banquettes, le pauvre chéri !

Alex les observait, les sourcils froncés.

— Tu n'étais pas censée ne t'intéresser qu'à lui.

Beth leva les yeux.

— Ça t'étonne ? Je te ferai remarquer que Boy ne veut pas me briser le cœur, *lui*.

Alex s'agenouilla près d'elle.

— Moi non plus, Beth.

— Il est un peu tard pour t'en préoccuper, tu ne crois pas ?

— Est-ce qu'on peut entrer ?

— Je suppose que oui, grommela Beth. Cinq minutes.

Elle souleva le chiot et franchit le seuil de sa maison, Alex sur les talons.

— C'est tout ce dont j'ai besoin. Oh ! ou alors, d'une vie entière.

Beth se retourna brusquement.

— Quoi ?

— Pardonne-moi, Beth. Je me suis convaincu que je ne pourrais jamais vivre notre rêve.

— On peut au moins essayer.

— Je sais. Je ferais n'importe quoi pour t'offrir la famille que tu veux. Il existe une foule de solutions, tu sais. Je t'aime tant, Beth ! J'ai passé huit ans à tenter en vain de t'oublier. Aucune femme ne t'arrive à la cheville. Tu es ma meilleure amie, mon amante et mon amour. Je te veux dans ma vie, et pas simplement pour Noël.

— Tu m'aimes ?

Jamais aucun homme n'avait contemplé Beth avec une telle adoration.

— Oui, Elizabeth Grace, et je ne supporte pas que tu sois partie.

Prenant le chiot des mains de Beth, il agita sa patte, avant d'ajouter :

— Pas vrai, Boy ?

Beth posa les mains sur ses hanches.

— Tu utilises un animal innocent pour me récupérer ?

— Les situations désespérées exigent de mettre en œuvre les moyens adéquats. Je compte passer chaque seconde des deux cents prochaines années à me faire pardonner. Je t'en prie, Beth, reviens à Oakdale ! Reviens chez nous pour toujours.

Passant son bras libre autour de la taille de Beth, il l'attira contre lui.

— Oh ! Alex ! Oui ! Je veux rentrer chez nous.

Une larme coula sur la joue de Beth, mais cette fois c'était une larme de bonheur. Et quand Alex l'embrassa, elle s'abandonna totalement à son étreinte. Les choses commençaient à devenir intéressantes, quand elle sentit quelque chose d'humide sur sa joue. S'écartant de l'homme, elle déposa un baiser sur le crâne du chiot.

— Je t'aime aussi, dit-elle, je t'ai toujours aimé. En fait, je vous aime tous les deux.

La bouche d'Alex frôla la sienne.

— Joyeux Noël.

Le cœur de Beth se gonfla d'amour.

— Oui ! C'est le plus heureux de toute ma vie.

Un an plus tard...

— Il est venu ? Il est venu ?

Le petit Leo tira sur la couverture de ses parents, si excité que ses petits pieds dansaient sur la moquette.

Ouvrant un œil, Beth retint son souffle à la vue de son fils, si vif et drôle. Le chemin avait été semé d'embûches, mais Alex et elle avaient signé les papiers d'adoption la semaine précédente. Elle mordit sa lèvre inférieure pour l'empêcher de trembler, et sourit.

— On y va ? demanda-t-elle.

— Attends !

Jaillissant hors du lit, Alex traversa la chambre en quelques enjambées et souleva dans ses bras le petit garçon de trois ans. Tout en chatouillant son ventre dodu, il sortit de la pièce et descendit l'escalier.

Beth se pinça le dessus de la main pour s'assurer qu'elle ne rêvait pas. Parce que, si c'était le cas, elle ne voulait pas se réveiller.

Au rez-de-chaussée, elle fut accueillie par des gloussements ravis et des aboiements joyeux. Alex passa un bras autour de sa taille.

— Je t'avais dit que ce sapin était trop grand, dit-il. Le sommet bute contre le plafond.

Beth se retourna contre lui pour l'embrasser.

— Tais-toi donc, Alex Norton ! Un sapin de Noël n'est jamais trop haut, tout comme il n'y a jamais trop de pudding et jamais trop de bonheur.

— Et tu es heureuse ?

D'un doigt léger, Alex souleva le menton de Beth, qui plongea dans ses prunelles bleues.

— Plus que tu ne peux l'imaginer. Et toi ?

— Eh bien… C'est Noël, non ? Je suis obligé de me réjouir, c'est la loi.

Une petite grimace espiègle aux lèvres, Alex sortit un écrin de sa poche et le lui tendit.

— Mais je serai très heureux si tu dis oui, continua-t-il.

— Qu'est-ce que c'est ?

Elle prit l'écrin dans ses mains tremblantes et l'ouvrit. À l'intérieur, il y avait…

— Oh ! Alex ! C'est…

— C'est la bague que j'avais achetée pour toi.

Beth contempla un instant le diamant le plus pur et le plus étincelant qu'elle ait jamais vu.

— Mais je pensais… ne plus l'avoir.

— Oui, mais ta mère m'a fait savoir qu'elle l'avait récupéré, *juste au cas où.*

Un sourire presque timide aux lèvres, il lui prit la main.

— C'est mon rêve, dit-il. Beth, veux-tu m'épouser ?

— Oui ! Oui ! Je t'aime tant, mon chéri !

Alex la serra très fort contre lui, et elle sentit battre son cœur à l'unisson du sien.

— Je suis l'homme le plus heureux de la terre, dit-il, avant de l'embrasser passionnément.

ANN McINTOSH

Passion en Écosse

BLANCHE

HARLEQUIN

Titre original :
THE NURSE'S CHRISTMAS TEMPTATION

Ce roman a déjà été publié en 2020.

1

En découvrant la petite île écossaise du nom d'Eilean Rurie, Harmony Kinkaid éprouva un étrange sentiment d'empathie.

La fine pluie tenace qui crépitait sur le pont du ferry contribuait à renforcer l'aspect lugubre du paysage qu'elle avait sous les yeux. Émergeant comme un bloc de granite de l'écume des flots en colère, une barrière de falaises noires se profilait dans la brume. Le ciel nuageux enveloppait le tout d'un gris maussade.

Après l'année qu'elle venait de vivre, cet endroit lui semblait s'accorder parfaitement à son état d'esprit. Nichée dans la courbe abritée d'un bras de mer, Eilean Rurie était juste assez éloignée de la côte ouest de l'Écosse pour lui donner l'impression de tout laisser derrière elle. Bien sûr, elle n'avait aucune idée de ce qu'elle allait y trouver. Venir travailler sur une île isolée où elle ne connaissait personne l'obligeait à quitter sa zone de confort, mais elle était décidée à se montrer à la hauteur de la tâche.

Ce job s'était présenté à elle de façon inattendue, et à point nommé. Lorsqu'elle avait reçu ce coup de téléphone de Caitlin, une amie qu'elle avait connue à l'école d'infirmières, elle n'avait pu s'empêcher d'y voir un signe du destin.

— Salut, je suis à l'hôpital de Fort William, et je ne pourrai pas retourner travailler à Eilean Rurie. Accepterais-tu de me remplacer le temps que le Dr MacRurie trouve quelqu'un pour occuper le poste de façon permanente ?

— Que t'arrive-t-il ?

— Une prééclampsie. Les médecins veulent que je reste

alitée, et l'île est trop éloignée du continent pour que nous y demeurions. Comme je sais que tu es sans travail actuellement, je me suis dit que tu voudrais peut-être bien me remplacer.

Caitlin attendait son premier enfant, et Harmony avait perçu dans la voix de son amie, d'habitude si calme, tout le stress qu'elle éprouvait.

— Là-bas, avait poursuivi Caitlin, c'est très différent de l'ambiance d'un cabinet londonien, mais Cam – je veux dire le Dr Cameron MacRurie – est quelqu'un avec qui il est facile de travailler, et l'île ne compte que deux cent cinquante habitants. Bien sûr, si tu acceptes, tu devras passer Noël loin de chez toi...

Harmony avait crispé les doigts sur le téléphone. S'efforçant d'oublier sa gorge nouée, elle s'était empressée de rassurer Caitlin.

— Pas de problème. Je vais faire ce remplacement, bien sûr. Un peu d'argent sera le bienvenu.

Et surtout, cela lui éviterait de passer la période des fêtes toute seule dans une maison déserte où elle avait toujours célébré Noël en famille. Jusqu'à ce que sa grand-mère décède et que sa mère décide de se rendre cette année dans le Yorkshire avec son nouvel ami.

Oh ! elle n'en voulait pas à Fred ! C'était un homme charmant, et sa mère méritait bien d'être heureuse après avoir passé sa vie à s'occuper de sa grand-mère et d'elle. Mais elle s'était sentie affreusement trahie lorsque celle-ci l'avait informée de ses projets de vacances.

— Fred aura quelques jours de congé, et il a envie de les passer avec ses enfants et ses petits-enfants. Ce sera pour moi l'occasion de faire connaissance avec toute sa famille... J'ai accepté de l'accompagner.

Sous le choc, Harmony avait été incapable de répondre quoi que ce soit. Elle s'était dit intérieurement que, vraiment, rien ne lui serait épargné durant cette horrible année, la pire qu'elle ait jamais connue.

Sa grand-mère était morte au printemps, ce qui leur avait brisé le cœur, à sa mère et elle. Cette dernière avait tenu une grande place dans leur petite famille, elle était venue vivre avec elles alors qu'Harmony avait six ans, à la mort de son père lors d'une sortie en montagne. Et voilà que, deux mois plus tard, il y avait eu sa rupture avec Logan après une liaison qui avait duré deux ans...

Lorsque sa mère avait annoncé qu'elle ne serait pas là à Noël, Harmony s'était sentie complètement perdue. Elle détestait le changement. L'idée qu'elle ne passerait pas les fêtes avec sa mère alors qu'elle l'avait toujours fait jusque-là l'avait paniquée. Elle allait se retrouver seule ! Rien que d'y penser, elle avait envie de pleurer.

Sa mère avait sans doute ressenti son désarroi, car elle s'était empressée d'ajouter que l'invitation la concernait également.

— Toi aussi, tu seras la bienvenue, bien sûr.

Son ton inquiet avait poussé Harmony à se ressaisir.

— Non, maman. Vas-y et profite bien de ton séjour là-bas. J'ai posé ma candidature à différents jobs, et je veux être disponible si quelqu'un me propose un entretien d'embauche.

En effet, comme si ça ne suffisait pas, le patron pour lequel elle travaillait depuis six ans avait décidé de prendre sa retraite cette année, et malgré la promesse faite au personnel du cabinet médical que chacun garderait son poste, le nouveau médecin généraliste s'était empressé de tous les licencier.

Elle battit des paupières pour chasser les larmes stupides qui menaçaient de rouler sur ses joues.

Peut-être que le fait de rompre avec ses habitudes, de ne pas fêter Noël et de connaître une solitude forcée lui serait bénéfique, en fin de compte ?

Elle ne resterait pas assez longtemps dans l'île pour que les gens l'adoptent. D'après ce qu'elle savait, dans les petites communautés de ce genre, on a tendance à se méfier des étrangers. Cela lui convenait parfaitement. Elle avait envie de tranquillité. Même s'il ne lui serait pas facile de vivre seule, sortir de la routine lui permettrait de réfléchir sérieusement à ce qu'elle voulait faire de sa vie.

La voix du matelot l'arracha à ses sombres pensées.

— C'est la première fois que vous vous rendez à Eilean Rurie ?

— Oui, dit-elle.

Le ferry était en train de contourner la pointe de l'île pour se diriger vers ce qu'elle supposait être le port.

— C'est un peu maussade aujourd'hui, mais dans quelques jours il en sera autrement.

— Que se passera-t-il dans quelques jours ?

Mais l'homme était déjà parti pour préparer l'accostage.

Elle ne voyait pas ce qui pourrait donner un air plus riant à cette île. Bien que...

En cet instant, le petit port déclinait sous ses yeux toutes les nuances de gris, du plus pâle au plus foncé, mais elle devait admettre que c'était principalement dû au mauvais temps. Les bâtiments en pierre ou blanchis à la chaux se blottissaient au pied d'une colline d'un vert léger. Les frondaisons des jardins abrités étaient déjà dégarnies par l'automne, mais l'ensemble offrait une image pittoresque. Le cri des mouettes, le bruit du vent et la fraîcheur de l'air marin avaient quelque chose de vivifiant.

Elle sentit une petite bouffée d'excitation s'emparer d'elle.

Cet endroit paisible, si éloigné de la frénésie et du vacarme de Londres, serait un cadre parfait pour réfléchir à son avenir.

Cette impression de sérénité vola en éclats lorsqu'elle entendit un *whoosh* facilement audible malgré le bruit assourdissant des moteurs du ferry. Elle vit alors un homme partir en fusée au-dessus de l'eau.

Il lui fallut quelques secondes avant de se rendre compte que cet homme était équipé d'un « jetpack », un réacteur dorsal qui lui permettait de s'élever assez haut dans les airs.

Elle le vit soudain redescendre en piqué, puis tournoyer sur lui-même, effectuant des acrobaties au ras de l'eau.

À la fois horrifiée et fascinée, elle ne pouvait le quitter des yeux. La main sur la bouche pour étouffer le cri de terreur qui risquait de lui échapper, elle regarda malgré elle les évolutions spectaculaires auxquelles se livrait ce fou.

La peur fit place à la colère. Elle se mit à maudire intérieurement cet homme qui lui causait une telle frayeur juste avant de rencontrer son nouveau patron.

Pourquoi les gens se livraient-ils à des activités aussi

dangereuses ? Ce type ne mesurait-il pas à quel point c'était périlleux ? Et qu'il risquait sa vie en faisant quelque chose d'aussi stupide ?

Le cœur battant à tout rompre, l'estomac noué, elle tenta de se relaxer du mieux qu'elle pouvait.

Tandis que le ferry s'apprêtait à accoster, elle jeta un regard vers le quai pour essayer de voir si elle apercevait le Dr MacRurie.

Il y avait bien un homme âgé, mais il ne pouvait s'agir du médecin, Caitlin avait précisé qu'il avait la trentaine.

Pourvu qu'il n'ait pas oublié qu'elle arrivait aujourd'hui !

Mais peu importe. Elle trouverait bien son chemin pour se rendre au cabinet médical et à l'appartement qu'elle occuperait juste au-dessus. Le village n'était pas si grand, après tout.

Consultant sa montre, elle constata que le ferry avait quelques minutes d'avance sur son heure d'arrivée. Sans doute le Dr MacRurie était-il en route, à moins qu'il n'ait dû partir prendre en charge une urgence quelque part.

Machinalement, elle jeta un coup d'œil vers l'endroit où elle avait vu évoluer l'homme au jetpack.

Il marchait maintenant dans l'eau pour rejoindre les galets du rivage. Même à cette distance, elle fut frappée par la perfection de sa silhouette sportive, mise en valeur par la combinaison de plongée qui soulignait une impressionnante musculature.

Soudain, comme s'il avait senti qu'elle l'observait, il se retourna et regarda dans la direction du ferry.

Elle savait qu'il était trop loin pour la voir, mais elle détourna les yeux, éprouvant une gêne inexplicable.

Quel mal y avait-il à admirer la silhouette d'un bel homme, surtout quand il ignorait être l'objet d'une telle attention ? Et elle appréciait vraiment le spectacle...

C'était certainement un touriste, elle ne risquait pas d'avoir affaire à lui. Elle ne serait donc pas tentée de lui dire qu'elle le trouvait complètement fou de se livrer à une activité aussi dangereuse.

De toute façon, pour l'instant, elle n'était pas disposée à s'intéresser aux hommes, même dotés d'un physique avantageux. Son expérience avec Logan lui avait suffi. Elle avait cru trouver en lui l'homme parfait : un bel expert-comptable, réservé et plein de bon sens, avec la tête sur les épaules. Du moins l'avait-elle cru, jusqu'au jour où il lui avait annoncé qu'il était tombé amoureux d'une collègue et qu'il allait quitter son job pour partir s'installer en Australie avec celle-ci pour créer là-bas une agence de tourisme.

Elle était restée sans voix, partagée entre le chagrin et la colère.

Sa mère s'était montrée compatissante mais pas tellement surprise. Grand-mère, elle, avait toujours déclaré que, de toute façon, c'était un homme ennuyeux.

Mais c'était justement ce côté placide qui lui avait plu chez Logan ! Pour rien au monde elle ne voudrait partager son existence avec quelqu'un comme son père, qui avait payé de sa vie son imprudence et son goût pour l'aventure. Elle voulait quelqu'un de rassurant et de fiable, qui ne lui briserait pas le cœur ni ne la laisserait se battre toute seule pour élever un enfant, comme sa mère s'était vue contrainte de le faire.

Finalement, peut-être était-elle mieux toute seule. L'amour n'apportait que de la souffrance, si elle en croyait son expérience.

Tandis que le ferry accostait, elle balaya de son esprit ces sombres pensées. Son gros sac accroché à l'épaule, elle saisit la poignée de sa valise à roulettes, respira un grand coup et se dirigea vers la passerelle en tentant d'ignorer la boule d'anxiété qui lui nouait l'estomac.

Elle ne pouvait rien changer au passé. La seule chose qu'elle avait à faire, c'était d'essayer de surmonter les épreuves. Ce nouveau job, cet endroit dont elle ignorait tout, voilà qui allait l'obliger à vaincre sa peur de l'inconnu.

S'arrêtant pour laisser passer une vieille dame devant elle, elle remonta le col en fourrure synthétique de son manteau de tweed préféré.

Elle avait pensé s'habiller plus simplement puis s'était dit que ce serait une erreur. Ce n'était pas parce que son nouveau poste se trouvait sur une île perdue qu'elle devait paraître négligée. Par ailleurs, elle aimait les beaux vêtements. Elle avait davantage confiance en elle quand elle était bien habillée.

Redressant le menton, elle descendit sur le quai. Comme

personne ne venait au-devant d'elle, elle marcha d'un pas décidé vers un bâtiment sur la façade duquel était marqué « CAPITAINERIE ».

Soudain, quatre dames âgées l'encerclèrent, l'obligeant à s'arrêter.

— Mademoiselle Kinkaid, n'est-ce pas ?

— Oui.

— Oh ! c'est merveilleux ! N'est-ce pas, les filles ?

Se demandant ce qu'il y avait de si merveilleux, elle se contenta d'afficher un sourire tandis que les quatre dames se mettaient à parler toutes en même temps.

— Quel bonheur de vous avoir ici !

— Êtes-vous écossaise ?

— Aimez-vous bricoler ?

— Quel âge avez-vous ?

— J'adore votre manteau !

Abasourdie par cet accueil, elle posa sa valise par terre et serra son parapluie contre elle.

Trois des femmes se turent et opérèrent un mouvement de recul. La quatrième ne bougea pas, gardant un grand sourire.

— Ces moulins à paroles ne doivent pas vous effrayer, mademoiselle Kinkaid, même si elles sont bavardes comme des pies !

Elle tendit la main. Harmony la saisit et eut droit à une chaleureuse poignée de main.

— Mon nom est Eudora Moxley, mais appelez-moi Dora. Et ces vieilles toupies sont Ingrid, Sela et Kat.

— Katherine, grommela la plus grande des trois femmes.

— Kat se montre un peu susceptible dès qu'il s'agit de son prénom. C'est son côté anglais qui ressort.

— Pour l'amour du ciel, Eudora ! maugréa l'intéressée. Je vis ici depuis trente ans. Est-ce que je ne mérite pas d'être écossaise, maintenant ?

— C'est trop tard, Kat, lança une autre de ses compagnes.

Toutes se mirent à rire, à part Katherine.

— Cela suffit, dit-elle. La nouvelle infirmière va penser que nous sommes quatre fofolles.

— Oh ! mais c'est ce que nous sommes ! rétorqua Dora. Et il vaut mieux qu'elle le sache dès maintenant.

Elle se tourna vers Harmony.

— Nous sommes les « Insulaires débrouillardes », dites les ID, en charge de… Eh bien, de presque tout ici, sur Eilean Rurie. Nous tenions à être là pour vous accueillir et vous souhaiter la bienvenue sur l'île.

— Merci, répondit Harmony d'une petite voix. Savez-vous où je pourrais trouver le Dr MacRurie ?

Elle n'était pas encore tout à fait remise de cet accueil qui se voulait chaleureux mais ressemblait presque à une agression.

— Oh ! il va arriver d'une minute à l'autre ! Le laird se montre toujours très ponctuel, mais le ferry avait un peu d'avance.

— Le laird ?

N'était-ce pas l'équivalent, en Écosse, d'une sorte de lord ? Caitlin n'avait pas dit que son patron était un lord.

— C'est juste un surnom qu'on lui donne, expliqua Katherine. Bien qu'il possède en effet la presque totalité de l'île, Cam n'est pas homme à faire des chichis. Ce n'est pas comme s'il était duc ou quelque chose de ce genre.

— Ah, voilà ! lança Dora avec un sourire en coin. C'est là qu'on voit que tu n'es pas encore écossaise. Un laird est bien supérieur à un duc.

— Pff, tu ne sais pas ce que tu dis, rétorqua Kat d'un ton irrité.

Et elles commencèrent à s'asticoter, échangeant des remarques acerbes tandis qu'Harmony s'interrogeait.

Si ces quatre femmes jouaient vraiment un rôle important dans l'île, comment parvenaient-elles à avoir une quelconque efficacité ? Et se mêleraient-elles de la façon dont elle remplirait ses fonctions ? Elle voulait en avoir le cœur net. En tant qu'infirmière auxiliaire et responsable administrative, elle ne tolérerait dans son travail aucune ingérence venue de l'extérieur.

— *Mesdames ?* dit-elle d'une voix assez forte pour interrompre leur querelle.

Elles se turent toutes les quatre et la regardèrent.

— J'ai été ravie de faire votre connaissance, mais si vous pouviez maintenant m'indiquer quelle route je dois prendre…

— C’est inutile, déclara Dora avec un sourire rayonnant.

Suivant la direction de son regard, Harmony se retourna.

À part le type en combinaison de plongée qui marchait sur la digue, il n’y avait personne d’autre.

Soudain, elle comprit et encaissa le choc.

Oh non !

Son nouveau patron n’était autre que le magnifique casse-cou équipé d’un jetpack qu’elle avait admiré depuis le ferry.

2

Cam se sentait encore habité par la bouffée d'adrénaline que le jetpack avait déclenchée chez lui.

Il avait trouvé l'engin si excitant qu'il avait oublié l'heure et qu'il n'avait plus le temps de se changer. Il allait devoir accueillir sa nouvelle infirmière vêtu de sa combinaison de plongée. Avec un peu de chance, elle ne serait pas du genre à s'en formaliser...

Dommage qu'il n'ait pas pu autoriser Sanjit à proposer aux touristes des locations de jetpack, malgré la qualité des arguments avancés par le garçon.

— Ce serait un bon moyen d'attirer les touristes l'été, avait plaidé Sanjit. Si cette activité figurait sur le site Internet, les gens seraient tentés de venir ici à d'autres moments qu'à Noël.

— C'est vrai, avait-il répondu, mais nous devons d'abord vérifier la question de la sécurité. Le jetpack est très excitant, mais il suffirait d'un accident grave pour que toute l'île en subisse les conséquences.

Il avait raison. La plus grande partie d'Eilean Rurie appartenait au MacRurie Trust. Même si Sanjit contractait une assurance qui couvrirait les risques liés à son activité de location de jetpack en cas d'accident, ce serait le trust, et Cam en tant que directeur, qui serait considéré comme responsable. Une action en justice pourrait provoquer une véritable catastrophe financière. Or, il avait le sentiment que l'île lui avait été confiée et que son devoir consistait avant toute chose à assurer la protection de ses habitants.

Cependant, il était tenté de donner à Sanjit l'autorisation de monter son affaire... Ne serait-ce que pour pouvoir pratiquer lui-même cette activité !

En arrivant sur le quai, il vit que les ID, les Insulaires débrouillardes, étaient déjà là. Elles formaient un cercle autour d'une élégante jeune femme qu'il supposa être sa nouvelle infirmière et administratrice. Celle-ci brandissait son parapluie comme si elle cherchait à se défendre contre les quatre vieilles dames.

À ce spectacle, il faillit éclater de rire.

Il comprenait parfaitement la réaction de Mlle Kinkaid. Faire face aux quatre ID demandait un certain courage. Elles l'avaient sûrement bombardée de questions sans même lui laisser le temps de répondre. Leur *modus operandi* était de nature à effrayer le cœur le plus vaillant.

Il pressa le pas, espérant mettre fin à leur interrogatoire avant que la situation ne devienne critique.

C'est alors que la jeune femme se retourna. Lorsqu'elle le vit, elle ouvrit de grands yeux et lui lança un regard... furieux.

Quelque chose dans la courbe de son visage et la finesse de son cou déclencha en lui une bouffée d'adrénaline. Avant qu'elle ne lui tourne le dos, il eut le temps de noter ses pommettes hautes et son teint coloré qui semblait le fruit d'un mélange de sirop doré et de cannelle.

En dépit de ses sourcils froncés et de sa moue désapprobatrice, elle était magnifique !

Il y avait longtemps qu'une femme ne lui avait fait un tel effet, excitant sa curiosité et lui provoquant une attirance physique immédiate – ce dont il se serait bien passé.

Depuis qu'il avait quitté quatre ans auparavant le poste qu'il occupait dans une organisation humanitaire pour prendre en charge la gestion d'Eilean Rurie, il avait fait de l'île sa base. Devenir sédentaire après avoir longtemps voyagé dans le monde entier n'avait pas été facile mais, curieusement, cela lui avait donné l'occasion de s'adonner aux activités audacieuses qu'il aimait pratiquer. Il avait le loisir, à présent, de faire de l'escalade, de la spéléologie, et tout ce qu'il avait envie d'expérimenter. Il avait enfin du temps pour lui et en profitait au maximum. Pas question de se laisser envoûter par cette jeune femme qu'il n'avait vue qu'un bref instant.

Tout allait bien se passer, se dit-il pour se rassurer tandis qu'il s'approchait du petit groupe. Elle ne resterait pas longtemps dans l'île. Il avait juste besoin d'elle pour passer la période de Noël, toujours assez frénétique. Ensuite, il se mettrait en quête d'une remplaçante qu'il garderait de façon permanente. Il n'aurait pas trop de mal à ignorer cette bizarre attirance qu'il éprouvait pour elle.

— Ah, vous voilà enfin, dit Dora.

— Vous réussirez à arriver en retard à vos propres funérailles, ajouta Sela.

— Le plus tard possible. Mais je vous ferai remarquer que je suis à l'heure, souligna-t-il en regardant sa montre.

Il se tourna vers la jeune femme, restée silencieuse, et lui tendit la main.

— Mademoiselle Kinkaid, je présume ?

— Vous présumez bien, répondit-elle en échangeant avec lui une rapide et ferme poignée de main. Et, si j'ai bien compris, vous devez être le Dr MacRurie ?

Elle avait des yeux magnifiques. Couleur noisette, bordés de longs cils noirs recourbés, ils étaient en parfaite harmonie avec sa peau dorée et lui donnaient l'air d'une lionne hautaine. Son regard perçant et sa voix de gorge achevèrent de lui donner le frisson.

Déconcerté par la réaction qu'elle déclenchait en lui, il prononça la première chose qui lui passait par la tête.

— En chair et en os.

— Vous voulez dire plus exactement en combinaison de plongée, n'est-ce pas ?

Prenant soudain conscience de sa tenue, qui révélait un peu trop les détails de son anatomie, il fronça les sourcils, tandis que le clan des ID éclatait de rire.

— Heu... Eh bien... Si vous voulez venir avec moi à la capitainerie, mademoiselle Kinkaid, je commencerai par me changer, et je vous emmènerai ensuite au cabinet médical.

— Alors, avez-vous autorisé Sanjit à monter son affaire ? lança Katherine avant qu'il ne s'éloigne.

— Malheureusement, non.

— Pour une question de responsabilité ? demanda Ingrid, l'ancienne avocate.

Il hocha la tête.

— Exactement. Donnez-moi votre valise, mademoiselle Kinkaid, et allons-y.

Tandis qu'il joignait le geste à la parole, les ID déversèrent à l'intention de la nouvelle venue un flot de propos aimables, disant qu'elles étaient ravies d'avoir fait sa connaissance et promettant de la revoir bientôt.

Celle-ci leur répondit par un petit signe de la main et un léger sourire.

— Vous verra-t-on à la réunion de ce soir, Cam ? lança encore Dora alors qu'ils s'éloignaient.

— Bien sûr, répondit-il, se gardant bien de ralentir le pas.

— Waouh ! s'exclama Harmony dès qu'ils furent hors de portée des oreilles de la bande des quatre. Ce sont de sacrés personnages, non ?

— En effet. Mais même si elles me tapent souvent sur les nerfs, elles sont précieuses pour la vie de l'île. Quand on est si peu nombreux, c'est bien qu'il y ait des gens prêts à s'investir et à organiser les choses.

— J'en suis sûre. Cependant, j'espère que cela ne concerne pas votre cabinet médical ? Je préférerais n'avoir qu'un seul patron, cela évite les malentendus.

— Mon Dieu, non, bien sûr ! s'écria-t-il en riant. Mais elles s'occupent de presque toutes les autres choses concernant la vie de l'île, comme vous allez vite le constater.

Il ouvrit la porte de la capitainerie et s'effaça pour laisser Harmony Kinkaid passer devant lui. Lorsqu'elle franchit la porte, il admira sa ravissante silhouette. Elle marchait en balançant les hanches, ce qui exerça sur lui un effet hypnotique. Il finit par se ressaisir et détourna le regard, plus pressé que jamais de quitter sa tenue de plongée.

— Si vous voulez bien m'attendre ici, mademoiselle Kinkaid,

je vais aller me changer, et je vous conduirai ensuite à votre appartement.

— Je vous en prie, appelez-moi Harmony.

— Bien sûr, oui, très bien... Je reviens tout de suite.

Elle le déstabilisait complètement.

Tout en ôtant sa combinaison de plongée, il se demanda de quoi elle aurait l'air si elle affichait un vrai sourire. Quelque chose lui disait que ces lèvres pincées deviendraient alors somptueuses, attirantes, appelant irrésistiblement au baiser...

Il se mit à jurer tout bas.

Elle allait vraiment être un problème.

Il devait veiller à ce que, quoi qu'il arrive, ce problème ne le concerne pas. Malgré l'intérêt qu'elle suscitait chez lui, il n'avait aucune intention de passer à l'acte. Outre le fait qu'il trouvait déplacé de sortir avec une employée, il préférait avoir de brèves aventures sans lendemain, n'impliquant aucun engagement de sa part.

Après s'être rhabillé, il attrapa sa veste et retourna dans la pièce où il avait laissé Harmony.

Il la trouva plantée devant l'un des tableaux accrochés au mur. Il représentait un bateau de sauvetage comme ceux qu'on utilisait sur l'île au début du XXe siècle.

— C'est mon arrière-grand-père qui se tient à la proue de ce bateau, expliqua-t-il en s'approchant. Sans doute portait-il secours à des marins en difficulté. Du moins, c'est ce que l'artiste a voulu représenter.

Elle lui lança un bref coup d'œil, et de nouveau il eut l'impression de recevoir une décharge électrique.

Elle avait les yeux plus verts que dorés. Il allait avoir du mal à s'habituer à ce regard-là.

— Avez-vous encore des bateaux de sauvetage ici ?

— J'aimerais bien. Maintenant, ce sont les garde-côtes qui se chargent des secours en mer. Autrefois, presque toutes les îles avaient leur propre embarcation, car leur intervention pouvait être plus rapide que celle des secours officiels. Aujourd'hui, il suffit de lancer un appel radio pour que les hélicoptères décollent aussitôt. Je crois que, ici, la dernière équipe de sauvetage locale a été supprimée dans les années 1970.

— Ah.

Il comprit que, pour elle, le sujet était clos.

— Si nous allions au cabinet médical ? proposa-t-il.

— Bien sûr.

Ils contournèrent le bâtiment et s'engagèrent dans la rue principale du village.

Il n'y avait pas grand monde dehors, mais il savait que beaucoup d'yeux les épiaient derrière les rideaux tirés. Toute l'île savait que la nouvelle infirmière arrivait aujourd'hui, et chacun était curieux de voir à quoi elle ressemblait.

Tandis qu'ils parcouraient la rue, il lui montra le bureau de poste, l'épicerie, le pub et le restaurant de Sanjit.

En passant devant le pub, Harmony remarqua l'enseigne.

— *Les Femmes de l'enfer* ?

— Cela fait allusion au surnom d'un célèbre régiment écossais.

— La Garde noire. Ce pub a dû être ouvert par un ex-militaire. Et vous avez aussi une boutique indienne ici ?

Comment connaissait-elle la Garde noire et le surnom qu'on lui avait donné pendant la Seconde Guerre mondiale ?

Il eut envie de lui demander mais remit cela à plus tard.

— En fait, dit-il, nous avons beaucoup de chance. Eilean Rurie a attiré beaucoup d'artistes, d'agriculteurs et d'entrepreneurs au cours des deux dernières décennies, et notre population est plus éclectique que celle de la plupart des autres îles de la région.

— Comme le propriétaire du magasin indien ?

— Exactement. Sanjit Gopaul est venu ici en vacances avec ses parents, et il est tombé amoureux de l'île. Il y est revenu et m'a demandé l'autorisation d'ouvrir un restaurant. J'ai dit oui, bien sûr. C'était il y a cinq ans. C'est devenu un atout incroyable pour l'île. Sanjit possède aussi une agence de location de canoës, et il organise des excursions l'été. En fait, il cherche toujours à démarrer une nouvelle entreprise.

— Y compris cette histoire de jetpack ?

Le ton d'Harmony était clairement désapprobateur, ce qui l'agaça.

— Oui, y compris le jetpack nautique. Je regrette d'avoir à lui dire non. J'ai trouvé cela très amusant. Cela vous dirait d'essayer ?

Elle lui lança un regard vide de toute expression.

— Non, merci. Ce genre de choses ne m'attire pas.

— Quel genre de choses ? Faire des trucs amusants ?

— Je parle des activités qui risquent de vous tuer ou de vous estropier.

— Oh ! mais c'est sans danger si l'on est prudent et qu'on sait ce qu'on fait !

Elle prit un air sceptique puis changea de sujet de conversation.

— Votre village est très joli. Je dois avouer, cependant, que lorsque j'ai découvert l'île depuis le ferry, je lui ai trouvé un air sinistre.

Il savait exactement ce qu'elle avait vu en arrivant.

Il éclata de rire.

— Vous parlez certainement d'Eigg Point, qu'on aperçoit juste avant de contourner le cap et d'arriver en vue du village. Je vous le concède, cette falaise noire au pied de laquelle viennent s'écraser les vagues semble sortie d'un film d'horreur, surtout quand il y a de la brume et un ciel nuageux comme aujourd'hui. Mais par beau temps, quand les collines commencent à verdir et que la mer est calme, le paysage est tout à fait différent… Voici le cabinet médical.

Harmony ouvrit des yeux ronds devant l'élégant bâtiment de deux étages.

— Vraiment ? Cela ressemble plutôt à un hôtel de haut standing !

Cela le fit sourire.

— Mon arrière-grand-père l'avait fait construire dans l'espoir d'attirer dans l'île un médecin de qualité. J'avais l'habitude de taquiner mon grand-père en disant que, s'il avait opté pour des études de médecine, c'était juste pour pouvoir occuper le deuxième plus beau bâtiment de l'île. Il ne le niait pas.

— Je le comprends.

— Habituellement, je coupe par le green pour aller au cabinet médical, mais l'herbe est mouillée, et vos talons hauts s'y enfonceraient.

— Merci.

Elle s'exprimait d'un ton un peu guindé qui l'amusait, et la façon dont elle prononçait certains mots, marquée par un fort accent du nord de Londres, avait son charme, mais ce n'était pas tout. Caitlin avait dit que la famille maternelle d'Harmony était d'origine jamaïcaine, et il décelait dans la voix de l'infirmière des traces de cette migration, surtout avec ces intonations rauques qui la caractérisaient. C'était si charmant, qu'il avait envie de la faire parler le plus longtemps possible.

— Les patients entrent soit par la porte principale, soit par celle qui est plus près du parking, du côté nord. Mais vous disposez d'une entrée privée de l'autre côté.

Il lui fit faire le tour du bâtiment.

Alors qu'ils tournaient le coin, Harmony poussa un petit cri de surprise.

— Ah, qu'est-ce que c'est, là-bas ? demanda-t-elle, les yeux fixés sur le chemin qu'il empruntait tous les jours.

— C'est la plus belle construction de l'île. Rurie Manor.

Les grands yeux couleur noisette le regardèrent fixement.

— C'est là que vous vivez ?

— Oui, mais je n'en occupe qu'une partie. Le reste est devenu un hôtel.

Il ouvrit la porte et la tint pour laisser passer Harmony.

Avant de franchir le seuil, elle se retourna pour contempler une fois encore le manoir, puis elle entra.

Comme c'était l'heure de tester sa glycémie, il lui tendit les clés.

— Une autre porte se trouve en haut de l'escalier. Celle qui est derrière moi donne accès au cabinet médical. Il m'arrive parfois de passer par là, mais autrement vous êtes la seule à utiliser cette entrée. Montez voir votre appartement, je vous apporterai votre valise dans un petit moment.

— Merci.

Est-ce qu'elle se montrait toujours aussi froide ?

Il avait hâte de briser la glace. Il avait l'habitude de travailler dans une atmosphère détendue, et il espérait bien établir ce type de relation professionnelle avec elle. Toutefois, il devait maintenir entre eux une certaine distance. Le simple fait de se trouver à côté d'elle dans ce vestibule étroit le troublait. Le discret parfum d'agrume qu'elle dégageait emplissait l'air, et l'intensité et le sérieux avec lesquels ses yeux dorés le fixaient l'intimidaient presque.

— J'espère que la vie sur l'île ne vous paraîtra pas trop ennuyeuse, comparée à celle que vous connaissez à Londres. Mais, vous verrez, ce sera plus animé au moment de Noël.

Il vit le visage d'Harmony s'assombrir un bref instant.

— Je cherche le calme, dit-elle en se tournant vers l'escalier. Et Noël me laisse assez indifférente.

Avait-il commis une gaffe ? Il ne voyait pas laquelle. Tout le monde aimait Noël, non ?

Tout en essayant de comprendre ce qu'il avait pu dire de mal, il admira malgré lui le délicieux spectacle que la jeune femme lui offrait en montant l'escalier.

3

Harmony resta debout au milieu de l'appartement, sans prêter attention à ce qui l'entourait.

Elle s'en voulait de s'être montrée aussi sèche avec son nouveau patron. Sans parler de ses commentaires sarcastiques sur le jetpack aquatique. Elle n'avait pas l'habitude de se comporter de cette façon, mais l'entendre prendre à la légère son aversion pour les comportements à risque l'avait agacée. Aussi avait-elle parlé sans prendre le temps de réfléchir.

Il y avait chez cet homme quelque chose qui l'avait rendue nerveuse dès le premier regard qu'ils avaient échangé.

Il était bel homme. D'une beauté rude, sportive. Avec ses cheveux bruns aux reflets roux et ses yeux gris-bleu, il sortait nettement du lot. À cela s'ajoutait un corps incroyablement attirant, même avec sa combinaison de plongée. Aucune femme ne resterait insensible à tant d'atouts. Cependant, elle savait que ce n'était pas ce physique qui lui avait mis ainsi les nerfs à vif. C'était plutôt...

Cet homme semblait si à l'aise et sûr de lui que, par un effet de contraste, elle se sentait encore plus tendue et déstabilisée. Et lorsqu'il avait parlé de Noël alors qu'elle s'était promis d'oublier la période des fêtes, cela avait réveillé chez elle toute la peine qu'elle essayait de refouler.

Aussi loin qu'elle se souvenait, Noël avait toujours été un moment important pour sa mère, sa grand-mère et elle. Elles préparaient beaucoup de plats inspirés de recettes anglaises aussi bien que jamaïcaines. Et elles décoraient le sapin de Noël tout en écoutant une émission de télévision tournée en Jamaïque, qui permettait aux gens de souhaiter un joyeux Noël à leurs parents et amis vivant en Angleterre. Sa grand-mère disait que, même si elle ne connaissait pas ces personnes, elle était heureuse de les entendre, cela lui rappelait sa jeunesse.

La conversation s'orientait invariablement vers le bon vieux temps à la Jamaïque et son arrivée en Angleterre.

Celle-ci appartenait à cette génération venue des colonies pour aider le Royaume-Uni à se reconstruire après la Seconde Guerre mondiale. Elle avait dû laisser derrière elle sa famille, y compris sa fille Delilah. Mais dès qu'elle avait trouvé un travail et un logement, elle avait économisé pour faire venir son mari et leur enfant. Grand-père avait décidé qu'il ne voulait pas vivre en Angleterre, alors la petite Delilah avait fait le voyage avec l'oncle Shorty, le frère de grand-mère, un célibataire endurci. Il s'était installé à Birmingham, mais, jusqu'à sa mort, il était venu passer Noël avec elles chaque année, contribuant à créer une ambiance des plus joyeuses. Harmony se souvenait de sa casquette écossaise, de son rire tonitruant, et de l'odeur de tabac et d'eau de Cologne qui imprégnait ses vêtements. La veille de Noël, les voisins et les amis passaient à la maison, chacun apportant un petit cadeau et en recevant un en retour. Le matin de Noël, ses grands-parents paternels venaient aussi, même après la disparition de son père. L'ambiance était gaie, chaleureuse, avec parfois quelques larmes qui se mêlaient aux rires.

Tout cela était fini, à présent. Et maudit soit le Dr MacRurie qui lui avait rappelé tout ce qu'elle avait perdu cette année.

Cependant, leur collaboration ne devait pas démarrer du mauvais pied. Peut-être devrait-elle lui présenter ses excuses ?

Mais elle écarta cette idée.

S'il ne remettait pas le sujet sur le tapis, elle ne le ferait pas non plus. Et alors, ce serait vite oublié, pas vrai ?

Se souvenant que le médecin pouvait arriver d'un instant à l'autre et la trouver plantée là comme une idiote, elle se débarrassa rapidement de son manteau et le rangea dans le placard de l'entrée. Après quoi, elle visita enfin les lieux.

L'appartement était plus vaste qu'elle ne s'y attendait, avec une salle de séjour et une salle à manger formant un L ainsi qu'une cuisine plus grande que celle de sa mère. Il y avait aussi trois chambres mêlant avec goût des meubles modernes et traditionnels. Et elle s'extasia devant la salle de bains, équipée d'un jacuzzi et d'une douche indépendante.

L'appartement avait visiblement été modernisé, mais beaucoup d'éléments de l'époque victorienne avaient été conservés. La cheminée de la salle de séjour, où était préparé un feu de bois, s'ornait de magnifiques sculptures, tout comme les montants des portes. Le plafond s'enrichissait de médaillons et de moulures. Même les poignées de porte en porcelaine étaient raffinées. Chacune d'elles se trouvait agrémentée d'un délicat décor floral.

Il lui fallait choisir quelle chambre elle occuperait.

Elle jeta son dévolu sur celle qui possédait un lit bateau, de grandes fenêtres et un minuscule balcon, juste assez large pour accueillir une table en fer forgé et la chaise assortie. De là, on voyait Rurie Manor qui se dressait sur la colline.

Entendant le Dr MacRurie monter l'escalier, elle regagna la salle de séjour.

— Avez-vous décidé quelle chambre vous alliez prendre ? demanda-t-il en souriant. Je vais aller y déposer votre valise.

— Merci. J'ai choisi celle-ci, précisa-t-elle en désignant la porte qu'elle avait laissée ouverte.

Il traversa la salle de séjour en faisant rouler la valise.

— J'espère que vous serez confortable ici. Caitlin et son mari avaient un chien, alors je leur ai donné un cottage, ce qui était plus pratique pour eux. Sachant que vous seriez ici pendant les vacances, je me suis dit que cet appartement était assez grand pour vous permettre d'y accueillir quelqu'un à Noël.

Voilà qu'il recommençait !

— Ce ne sera pas le cas, répondit-elle d'un ton brusque. Mais je vous remercie, ajouta-t-elle, ne voulant pas se montrer grossière.

Il posa son sac de voyage dans la pièce et se tint sur le seuil, la regardant fixement.

— Eh bien, si jamais vous changez d'avis, vous aurez toute la place nécessaire. De toute façon, vous ne vous ennuierez pas, ici. L'île est toujours pleine d'animation à cette époque de l'année.

— Qu'y a-t-il donc de si spécial ?

Il lui lança un regard surpris.

— Caitlin ne vous l'a donc pas dit ? Ah, bien sûr, elle a d'autres choses en tête. Eh bien, Eilean Rurie est connue pour son Festival d'hiver. Jusque dans les années 1980, cela s'appelait le Festival de Noël, puis mon grand-père en a changé le nom. On nous appelle le pôle Nord de l'Écosse et, chaque année, nous attirons des centaines de visiteurs.

— Vous plaisantez ?

Il lui décocha un sourire ravageur, si troublant qu'elle dut détourner le regard.

— Mais non ! Saviez-vous qu'en Écosse, au XVIe siècle, il était interdit de célébrer Noël ? En fait, à l'époque, il s'agissait de Yule, la célébration du solstice d'hiver. Le jour de Noël n'est devenu une fête officielle qu'en 1958, et le Boxing Day seulement dans les années 1970. Dès lors, mon arrière-grand-père a voulu que cette période soit l'occasion de grandes festivités, et il a encouragé les insulaires à y participer. C'est devenu aujourd'hui le Festival d'hiver, et il prend chaque année de plus en plus d'importance.

Elle se laissa tomber sur le canapé, effarée.

Au secours ! Il y aurait des centaines de gens en train de chanter des cantiques de Noël et de faire Dieu sait quoi du même genre ?

Mais le sourire éclatant affiché par Cameron MacRurie lui montrait qu'elle était la seule, dans la pièce, à envisager cela avec horreur. Lui semblait aux anges.

— Comment pouvez-vous accueillir autant de monde sur cette île ? Le village n'a pas l'air très grand.

— Le manoir possède beaucoup de chambres, et la plupart des habitants accueillent des visiteurs dans leurs chambres d'amis ou dans de petits studios attenants à leur maison. Deux ou trois couples d'habitants ont même installé des petits bungalows sur leur terrain et les louent aux touristes. Ceux qui n'ont nulle part où aller ont à leur disposition des dortoirs derrière l'église. Nous avons aussi des gens qui ne viennent que pour la journée, et le ferry augmente le nombre de ses navettes pour pouvoir les satisfaire. Le personnel intérimaire se compose essentiellement des jeunes qui reviennent dans l'île pour les vacances de Noël. La majeure partie des résidents tire bénéfice d'une façon ou d'une autre de ce festival.

Elle secoua la tête, encore incrédule.

— Mais je ne vois rien de particulier pour l'instant. Personne n'installe de guirlandes lumineuses ni de décorations.

— C'est trop tôt, dit Cameron, l'air énigmatique. Bon, à demain. Vous pouvez jeter un coup d'œil en bas si vous en avez envie, ou bien vous reposer de votre voyage. Le cabinet médical est fermé le samedi après-midi et le dimanche, mais tout le monde dans l'île possède mon numéro de téléphone. On sait qu'on peut m'appeler si l'on a besoin de moi. J'ai établi une liste de numéros que je vous ai laissée sur la table de l'entrée, au cas où vous auriez besoin de quelque chose. Les ID ont rempli le réfrigérateur, mais je ne sais pas ce qu'elles ont pu y stocker. Ingrid est végétarienne, Katherine est toujours en train de suivre un nouveau régime, Dora adore tout ce qui est sucré, Sela est folle de fromage...

Harmony ne put s'empêcher d'éclater de rire.

— Oh ! je pourrais sûrement me cuisiner quelque chose avec ce qu'elles auront acheté. Et je bénirai Dora si je trouve du chocolat dans les provisions.

— Je suis sûr qu'il y en a, répondit Cameron en souriant. Mais si vous en avez envie, vous pouvez aussi faire un saut jusqu'au pub. Le samedi, ils font un gâteau écossais vraiment génial.

— J'irai peut-être.

— Très bien. Bon, je dois y aller. Ce soir, nous avons une dernière réunion pour tout planifier, et l'ambiance risque d'être chaude. C'est toujours le cas, à cette époque de l'année, parce que tout le monde est fatigué et se sent débordé. Si vous avez besoin de quoi que ce soit, appelez-moi. J'ai toujours mon téléphone sur moi.

Il s'arrêta sur le pas de la porte.

— Ah, et lundi, à 10 heures du matin, il y aura une cérémonie en l'honneur de l'Armistice au monument aux morts. Venez si cela vous dit.

Il disparut dans l'escalier, la laissant se demander pourquoi, alors qu'elle avait tellement voulu échapper cette année aux festivités de Noël, elle avait atterri au pôle Nord de l'Écosse. Et pourquoi, alors qu'elle avait décidé de ne plus s'intéresser aux hommes, elle trouvait son patron si diaboliquement beau.

Cam ne s'était pas trompé en prévoyant que la réunion serait agitée. Mais il avait du mal à se concentrer sur les grognements et les arguments qui s'échangeaient autour de lui. Il ne cessait de penser à sa nouvelle infirmière.

Sa façon de parler et son délicieux rire de gorge la rendaient fascinante. Sans parler de sa surprenante beauté. Même s'il ne cherchait pas à nouer une relation sentimentale, il n'en restait pas moins homme et savait apprécier un joli visage et une silhouette aux courbes parfaites. Tant qu'il se contenterait de regarder, tout irait bien.

— Melanie, nous avons décidé du thème en février dernier. Ce n'est pas notre faute si tu n'en as pas tenu compte.

La remarque acerbe que Dora venait de proférer le força à oublier Harmony Kinkaid pour s'intéresser à la discussion.

— Mais c'est stupide, insista Melanie. Nous avons déjà traité ce thème. Pourquoi refaire la même chose ?

Melanie était têtue, comme toujours, et sous prétexte qu'elle était l'une des potières les plus réputées d'Écosse, elle pensait que son avis devait toujours l'emporter. Mais Dora n'était pas d'accord.

— Cela remonte à plus de vingt ans ! Et quel plus beau thème que l'amour pour le Festival d'hiver ? L'amour est au centre de tout, non ?

Cam intervint avant que les choses ne s'enveniment.

— Melanie, vous savez bien qu'il est trop tard pour changer de thème. Alors, soit vous vous y pliez, soit vous renoncez. C'est à vous de choisir.

Hugh Jacobson contesta ensuite la décision qui avait été prise d'étendre les horaires du festival, fixant l'heure de la fermeture à 22 heures.

— Cela va créer une surcharge de l'alimentation électrique et un coût supplémentaire. Je suis contre.

Hugh ne donnait sans doute pas là les vraies raisons de son refus. Probablement craignait-il surtout que le bruit et les illuminations ne dérangent sa mère.

Cam prit la parole.

— Hugh, la nouvelle éolienne produit assez de courant électrique pour faire face à cette surcharge. Et l'accroissement de nos recettes couvrira largement les frais supplémentaires, j'en suis sûr.

— Mais le bruit, les lumières jusqu'à une heure aussi tardive... C'est intenable !

— Je vous achèterai des doubles rideaux lorsque j'irai sur le continent mercredi prochain, lança Sela.

Hugh prit un air offusqué, et la réunion continua.

Par la suite, Cam se rendit compte qu'il n'était pas le seul à penser à sa nouvelle recrue, quoique d'une autre manière.

— Vous auriez pu inviter votre nouvelle infirmière à assister à la réunion, lui glissa Dora à la fin. Elle nous aurait sûrement été utile pour aider à tout organiser.

Il n'avait aucune envie de passer plus de temps qu'il n'était nécessaire avec Harmony Kinkaid. Compte tenu de la réaction qu'elle déclenchait chez lui, il préférait la tenir à distance. Par ailleurs, chaque fois qu'il avait fait allusion à Noël, elle avait rapidement changé de sujet de conversation.

Mais il n'allait certainement pas le dire aux ID. Elles ne laisseraient pas son infirmière en paix tant qu'elles n'auraient pas découvert les raisons de son aversion pour cette fête. Il se devait de la protéger de son mieux.

— Laissons-lui le temps de s'installer. Par ailleurs, elle ne restera ici que peu de temps: Pourquoi pensez-vous qu'elle voudrait participer aux activités de l'île ?

— Oh ! Je ne sais pas si elle le souhaite, mais c'est toujours agréable de voir une nouvelle tête et d'avoir un regard neuf sur ce que nous faisons. J'espère qu'elle nous donnera un coup de main lorsqu'elle aura pris ses marques.

Heureusement, il n'eut pas à chercher d'autres excuses pour

expliquer qu'Harmony ne s'impliquerait probablement pas dans la préparation des festivités, car les ID étaient en train de se dire au revoir.

Il sortit et remonta à grands pas Main Street, songeant à ces quatre amies si différentes et cependant si proches les unes des autres. Elles étaient l'âme et la colonne vertébrale du Festival d'hiver, il devait le reconnaître, même s'il s'irritait souvent de leurs tentatives pour s'immiscer aussi dans sa vie privée.

Leurs talents d'organisatrices étaient déjà en soi un précieux atout pour toute l'île, et elles avaient beaucoup d'autres compétences. Elles pouvaient créer et coudre des costumes, peindre des toiles de fond, décider de l'éclairage des lieux publics et de la décoration du green, tout en veillant à ce que ceux qui avaient besoin d'un coup de main l'obtiennent... La liste de leurs précieuses qualités était sans fin.

Si seulement elles acceptaient le fait qu'il déteste se faire sermonner, se voir donner des ordres ou se laisser culpabiliser ! Tout se passerait bien mieux entre elles et lui. Il avait déjà suffisamment subi ce genre de pression dans sa jeunesse de la part de sa mère. Il n'avait pas besoin de voir maintenant quatre autres femmes le houspiller et tenter de lui faire faire ce qu'elles jugeaient être le mieux pour lui.

À l'âge de quatre ans, on avait diagnostiqué chez lui un diabète de type 1. Sa mère avait réagi en le dorlotant, effrayée à l'idée de ce qu'il pourrait lui arriver s'il se livrait aux activités normales d'un enfant de son âge. Dieu sait ce qu'il serait devenu si son grand-père ne l'avait pas pris en main l'année de ses onze ans, lui montrant comment gérer sa maladie et l'encourageant à être plus aventureux.

Arrivé près du cimetière, il y entra et emprunta d'instinct le chemin qui menait à l'endroit où nombre de ses ancêtres étaient enterrés, au pied d'un vieux chêne noueux qui avait maintenant perdu toutes ses feuilles.

Il s'assit sur le banc, froid mais sec. Il soufflait une petite brise. Les mains enfoncées dans les poches de sa veste, il leva les yeux vers la lune, ce soir en forme de croissant.

— Bonsoir, grand-père. La réunion vient de se terminer.

Ambiance orageuse, comme toujours à cette époque de l'année. Je me demande si, un jour, les choses pourront se passer calmement… Aujourd'hui, j'ai accueilli une nouvelle infirmière, une remplaçante qui ne restera pas longtemps ici. J'espère qu'elle fera du bon travail.

Il espérait qu'elle ne chamboulerait pas le monde relativement stable de l'île – et surtout pas *son* monde à lui.

Qu'elle fasse bien son travail, c'était tout ce qui comptait. Il avait juste besoin de passer l'hiver, la période de pointe dans l'île, en comptant sur quelqu'un qui soit capable de faire marcher le cabinet médical, de prendre soin des patients et de l'aider en cas d'urgence. Ensuite, il aurait tout le temps de chercher une employée permanente.

Tout ce qu'il attendait d'Harmony Kinkaid, c'était qu'elle montre un certain niveau de professionnalisme et de compétences. Si c'était le cas, tout irait bien.

4

Harmony était à son poste et regardait la pendule en soupirant.

Heureusement qu'elle n'était là qu'à titre provisoire, sinon elle finirait par se mettre à boire !

Ce lundi matin, cela faisait dix minutes qu'elle attendait l'arrivée du prochain patient du Dr MacRurie. Personne n'était en vue, et personne n'avait téléphoné.

Elle avait passé son dimanche à explorer le cabinet médical en dressant la liste de tout ce qu'elle aurait à faire. Au rez-de-chaussée se trouvaient la salle d'attente, une pièce pour la radiologie, une autre pour les dossiers, deux salles d'examen et le bureau du Dr MacRurie. À cela s'ajoutaient un espace faisant office de zone de réception et de bureau pour Harmony et, derrière, une kitchenette.

À l'étage, elle avait découvert un bureau plus grand où étaient stockés d'anciens dossiers et du mobilier mis au rebut. Il y avait aussi cinq chambres qui semblaient destinées à accueillir des patients. Elle en avait eu la confirmation en remarquant à l'arrière du bâtiment un ascenseur relativement récent, assez large pour y faire entrer une civière. On y avait accès, au rez-de-chaussée, en passant par une porte située derrière la kitchenette.

Ce matin, elle avait demandé au médecin à quoi servaient les chambres à l'étage. Il lui avait expliqué qu'il arrivait parfois qu'on ait besoin de garder un patient en observation la nuit. Ou encore, lorsque le temps devenait vraiment mauvais et qu'il s'inquiétait pour un patient âgé et grabataire, il l'installait dans une de ces chambres.

Caitlin lui avait transmis une liste des choses à faire, avec des indications lui permettant de trouver tout ce dont elle aurait besoin. Mais si son amie était une excellente infirmière, ses compétences en matière de gestion administrative laissaient à désirer. Du moins, c'était l'opinion d'Harmony.

Ce matin, le cabinet médical avait ouvert de bonne heure, et elle était descendue à son bureau avant 7 heures. Elle avait consacré le début de la matinée à essayer de mettre de l'ordre dans les dossiers. Après quoi, elle avait entrepris de classer une pile de notes restées en souffrance, sans doute depuis que son amie avait dû quitter son poste.

Mais elle avait été contrariée de constater que le premier patient, attendu à 8 heures, ne s'était pas présenté, et que la patiente inscrite pour 8 h 30 était arrivée avec un bon quart d'heure de retard.

Pire encore : celle-ci avait refusé qu'Harmony effectue les différentes procédures précédant la consultation.

Harmony avait pourtant insisté.

— Le Dr MacRurie me demande de peser les patients, de prendre leur T.A. et leur température, et de leur demander la raison de leur venue ici.

— Oh ! mais non ! avait protesté Mme Campbell avec un fort accent écossais. Le docteur fera tout cela lui-même.

Et, avant qu'Harmony n'ait eu le temps de réagir, la vieille dame était entrée dans le bureau du Dr MacRurie sans même prendre le temps de frapper à la porte.

Harmony s'était précipitée derrière elle, tenant à la main le dossier de l'indélicate Mme Campbell. Elle s'attendait à se voir réprimander par le médecin, mais il n'en fit rien.

— Ah, voici votre dossier, Amelia. Merci, Harmony.

Décontenancée, elle était retournée dans son bureau. Elle n'était toujours pas remise de ses émotions lorsque Mme Campbell sortit du cabinet du médecin à 9 h 05 et passa devant elle sans même lui dire au revoir.

Elle n'avait pas l'habitude que les patients la traitent avec une telle désinvolture. Et lorsqu'elle s'aperçut que la personne inscrite pour le rendez-vous de 9 heures restait invisible, elle décida de mettre les choses au clair et de demander à son patron ce qu'elle devait faire dans ce genre de situation.

Elle alla jusqu'à son bureau et frappa.

— Entrez !

Elle poussa la porte juste au moment où il était en train de soulever un pan de sa chemise.

— Est-ce que M. Gibson est là ? demanda-t-il.

Surprise de le voir se faire une piqûre d'insuline, elle oublia le motif de sa visite.

— Euh... non. Vous êtes diabétique ?

— Oui. Depuis l'âge de quatre ans.

Il avait dit cela d'un ton léger, mais elle resta une fois de plus déconcertée.

Caitlin ne lui avait pas donné cette information. Le bureau de son patron était décoré de nombreuses photos le montrant en train de pratiquer tout un tas de sports dangereux ; escalade, spéléologie, vol à voile, randonnées dans des terres reculées... Le diabète ne l'empêchait pas de se livrer à toutes ces activités périlleuses, tout comme les problèmes cardiaques de son propre père n'avaient pas dissuadé celui-ci de prendre des risques juste pour se faire plaisir. Mais il fallait voir comment cela s'était terminé.

— Aviez-vous l'intention de me mettre au courant ?

Cameron haussa un sourcil.

— Pourquoi vous aurais-je parlé de quelque chose d'aussi banal, puisque vous vous en seriez de toute façon aperçue tôt ou tard ?

Il avait parlé d'un ton calme, mais son regard s'était teinté d'une froideur inhabituelle.

— Eh bien, je suis votre infirmière. La seule autre personne sur cette île ayant une formation médicale. Que se serait-il passé si vous aviez eu une crise d'hypo ou d'hyperglycémie, et que je n'aie pas su que vous étiez diabétique ?

— Je sais parfaitement contrôler et traiter mon diabète, et

cela fait des siècles que je n'ai pas eu de problème. Inutile de vous affoler, mademoiselle Kinkaid.

Il avait toujours son ton glacial. Elle préféra ne pas insister.

— Vous vouliez quelque chose ? demanda-t-il en rangeant son kit pour diabétique.

— Que faites-vous lorsqu'un patient ne vient pas à son rendez-vous ?

— Je lui en fixe un autre.

À présent, elle était vraiment contrariée.

— Ce que je veux savoir, c'est comment je dois procéder pour leur facturer le rendez-vous auquel ils ne se sont pas présentés sans même avoir pris la peine de téléphoner pour l'annuler ? Dois-je leur envoyer la note par e-mail ?

Cameron haussa les sourcils et la regarda fixement, avant d'éclater de rire.

— Eh bien, faites-le si vous avez envie d'être assaillie par une foule de patients mécontents. Ne vous inquiétez donc pas pour cela.

— Mais c'est une perte de temps pour moi comme pour vous. Vous ne les faites donc pas payer du tout ?

Il se leva et s'étira.

— La plupart du temps, les gens respectent leur rendez-vous. Mais, à cette période de l'année, tout devient un peu plus compliqué.

Distraite par le jeu de ses muscles visible sous la chemise, elle détourna les yeux.

— Puisque M. Gibson n'est pas venu, continua Cameron, je vais retourner au manoir en attendant l'heure de la cérémonie. Ensuite, j'irai faire une visite à domicile, et j'ai pensé que je pourrais vous montrer l'île et vous indiquer où habitent les patients que vous devrez aller voir chez eux.

— Oui, cela me sera sûrement très utile.

— En fait, vous pouvez déjà m'accompagner chez Mme Jacobson. Elle habite à quelques pas du cabinet médical. Vous pourrez l'examiner. Elle souffre d'une cirrhose très grave due à une hémochromatose. Elle est venue s'installer ici pour se rapprocher de son fils Hugh après avoir décidé de ne pas poursuivre son traitement. Elle est en phase terminale. Je la vois deux fois par semaine, mais je crois qu'il est temps d'augmenter la fréquence des visites.

— Voulez-vous que je sorte son dossier ?

— Non, je l'ai ici, répondit-il en tapotant une chemise posée sur son bureau.

Il en dit un peu plus sur le traitement qu'il avait prescrit pour combattre l'ascite et l'encéphalopathie hépatique de Mme Jacobson. Il s'agissait de soins palliatifs, et elle comprit pourquoi il souhaitait augmenter la fréquence des visites faites à cette pauvre femme.

— J'ai dit à Hugh que je passerais à 13 heures, aussi vous feriez bien de manger quelque chose après la cérémonie. Si vous pouviez être prête à moins le quart, ce serait parfait. Ah, avez-vous une paire de bottes en caoutchouc ?

— Je n'en ai pas mis depuis l'époque où j'étais guide ! En aurai-je besoin ?

— Certaines cours de ferme sont de véritables bourbiers quand il a beaucoup plu. Aussi vaut-il mieux être bien équipé quand on va voir les patients.

— Y a-t-il ici un magasin où je pourrai acheter des bottes ?

— Non, il faut aller sur le continent ou en commander par Internet, mais la livraison prend du temps. Nous en avons plusieurs paires au manoir. Quelle est votre pointure ?

— 38.

— Parfait, dit-il en lui décochant l'un de ses irrésistibles sourires. Je vous en apporterai une paire.

Elle le regarda partir, fascinée.

Ce serait plus facile s'il était moins séduisant et n'avait pas un sourire aussi ravageur…

Elle était ennuyée de constater à quel point elle était troublée chaque fois qu'il lui souriait de cette façon, ou même simplement quand il entrait dans la pièce où elle se trouvait. Elle n'avait pas envie de se sentir attirée par un homme qui ressemblait autant à son père. Un homme qui faisait passer son goût pour l'aventure avant tout le reste, qu'il s'agisse de sa santé ou des gens qui l'aimaient.

Cam monta dans sa voiture, se passa la main dans les cheveux et poussa un soupir.

Il se demandait comment il allait faire face aux six semaines à venir.

Sa nouvelle infirmière et administratrice le rendait déjà complètement dingue. Elle avait réorganisé le rangement des dossiers, si bien qu'il ne retrouvait plus rien. Elle voulait sanctionner les patients qui ne respectaient pas leurs rendez-vous. Elle avait gardé un silence réprobateur lorsqu'il avait dit qu'il irait faire de l'escalade au Pérou après la Saint-Sylvestre, bien qu'il ait précisé qu'il aurait un remplaçant au cabinet. Le plus exaspérant, ç'avait été sa réaction lorsqu'elle avait compris qu'il souffrait d'un diabète de type 1.

Elle devrait pourtant savoir que ce n'était pas une raison pour qu'il s'interdise de vivre à fond !

Merci à son grand-père de lui avoir montré que la maladie n'empêche pas d'avoir une vie excitante.

« La maladie, il faut savoir la gérer, lui avait-il dit. Une fois que tu as appris comment le faire, tout t'est permis. Tu dois juste accepter ton diabète et en tenir compte de manière intelligente. »

Apprendre à contrôler son diabète lui avait donné une liberté bien plus grande que tout ce qu'il aurait pu espérer. Il était bien fini, le temps où il regardait les garçons de son âge se livrer à des activités qui lui étaient interdites. À treize ans, il avait commencé à savourer avec bonheur sa toute nouvelle indépendance. Se mesurer à la nature, à ses propres limites et à ses peurs lui avait permis de vivre pleinement.

Il ne comprenait pas la réaction d'Harmony. En tant qu'infirmière, elle devait savoir que, bien géré, le diabète de type 1 n'empêche pas la pratique du sport, et qu'il y a des diabétiques même chez les sportifs professionnels !

Bon, peut-être serait-il moins irritable si l'on n'était pas si près de l'ouverture du Festival d'hiver et que les gens ne commençaient pas tous à perdre la tête. Les ID ne cessaient de lui téléphoner pour se plaindre de quelque chose ou pour réclamer son aide. Elles essayaient aussi de le pousser à recruter Harmony, mais il avait réussi jusqu'à présent à les calmer sur ce point.

La vérité, c'était que, en dépit du fait qu'Harmony l'énervait prodigieusement, son attirance pour elle n'avait pas diminué d'un pouce. Durant toute la matinée, chaque fois qu'ils se trouvaient dans la même pièce, il s'était surpris à la regarder. Non pas comme un patron observant le comportement de sa nouvelle employée, mais comme un homme admirant une femme ravissante.

Il aimait la façon dont elle bougeait, le parfum qu'elle laissait dans son sillage, ses grands yeux pailletés d'or. Il ne cessait de penser à elle.

C'était ridicule. Il la connaissait à peine. Sans doute l'attrait de la nouveauté...

Mais Harmony Kinkaid continua de l'obséder tandis qu'il rentrait chez lui au volant de sa voiture, brûlant d'impatience de passer le reste de la journée avec elle.

Et, rien que pour ça, il avait envie de se donner des gifles.

La célébration du jour de l'Armistice se déroulait devant le monument aux morts situé dans le coin nord du green.

Cam, la tête inclinée, écoutait John Harris lire les noms des insulaires qui avaient servi dans l'armée lors des deux guerres mondiales. Il était conscient de la présence à son côté d'Harmony, qui accordait toute son attention au vieil homme cloué dans son fauteuil roulant.

John Harris, âgé de quatre-vingt-dix-huit ans, était un ancien combattant de la Seconde Guerre mondiale. Des larmes roulèrent sur ses joues lorsqu'un élève officier joua *Last Post,* la sonnerie aux morts. Sans doute se souvenait-il de son vieil ami Dougal, mort l'année précédente. Les deux hommes s'étaient engagés en même temps, avaient combattu ensemble et étaient restés amis leur vie durant.

Après deux minutes de silence, on chanta l'hymne national, puis la foule commença à se disperser.

Cam emmena alors Harmony faire la connaissance de John Harris et de son fils Martin, puis il lui présenta d'autres insulaires, ce qui prit beaucoup de temps.

Lorsqu'ils purent enfin s'échapper et retourner au cabinet médical, Harmony poussa un gros soupir.

— Ce genre de cérémonie m'émeut toujours. Ma famille paternelle comptait beaucoup de militaires. Je crois que grand-père aurait aimé cette célébration. Il préférait un hommage simple et sincère à quelque chose de pompeux et spectaculaire.

— Votre père était-il dans l'armée aussi ?

— Non. Il souffrait d'un problème cardiaque congénital. Lorsqu'il a voulu s'engager comme l'avaient fait son père, ses oncles et ses cousins, l'armée n'a pas voulu de lui.

— Il a dû trouver cela dur.

— J'imagine, dit-elle d'un ton froid. Mais il a surmonté sa déception.

Ils étaient arrivés au cabinet médical.

Cam ouvrit la porte et s'effaça pour laisser Harmony passer devant lui.

— On se retrouve à 12 h 45, dit celle-ci en se dirigeant vers son appartement. J'ai promis aux ID de déjeuner avec elles, et je veux me changer avant de partir faire le tour de l'île avec vous.

— Ne les laissez pas vous forcer à faire des choses si vous n'en avez pas envie. Le Festival d'hiver les rend folles. Elles ont déjà essayé de me pousser à vous convaincre de donner un coup de main, mais j'ai vaillamment résisté.

Elle s'arrêta, la main sur la rampe de l'escalier, et le regarda.

— Pourquoi ?

Il haussa les épaules.

— Chaque fois que je vous ai parlé de Noël, vous n'avez pas eu l'air très enthousiaste.

Elle fronça légèrement les sourcils.

— Désolée, murmura-t-elle. Ce n'est pas que je ne veuille pas apporter mon aide, mais il se trouve que, cette année, je ne suis pas tellement dans l'esprit de Noël.

Cela ne le regardait pas, mais la curiosité l'emporta.

— Est-ce parce que vous êtes loin de chez vous ?

— Oh ! Cela ne me dérange pas...

Mais il eut l'impression que cela sonnait faux.

Elle soupira et lui fit face.

— La vérité, c'est que j'ai perdu ma grand-mère cette année. Nous passions toujours Noël ensemble, elle, ma mère et moi. Sans elles deux, ce n'est plus la même chose.

— Eh bien, vous avez de la place, ici. Vous pourriez demander à votre mère de venir passer les fêtes avec vous.

Harmony secoua lentement la tête.

— Maman peut enfin penser à elle. Son nouveau compagnon l'a invitée à aller avec lui dans le Yorkshire pour lui faire rencontrer sa famille. Donc, c'est fichu d'avance… Mais ça ira, ajouta-t-elle en relevant fièrement le menton.

Elle cherchait à donner le change, mais il savait ce qu'elle endurait : la solitude qui ronge l'âme quand on perd quelqu'un d'essentiel dans la vie. Le sentiment que rien ne sera plus jamais pareil sans cette personne.

— Je comprends, dit-il. Les premiers temps sont toujours très difficiles à vivre. Quand mon grand-père est mort, j'ai moi aussi détesté la période des fêtes.

— Vous étiez proche de lui ?

— Oh oui ! Plus proche que de mes parents. J'ai vécu pendant deux ans avec lui, et après, j'ai passé toutes mes vacances dans l'île, même quand j'étais étudiant, simplement pour être avec lui. Mais lorsque j'ai commencé à travailler pour une ONG, il ne m'a plus été possible de revenir ici aussi souvent que j'aurais voulu.

Harmony hocha la tête.

— Ma grand-mère, elle, est venue vivre avec nous après la mort de papa. J'avais alors six ans…

Soudain, elle parut mal à l'aise.

— Désolée. Je n'ai pas l'habitude de m'épancher ainsi devant mon patron. Je pense que la cérémonie de ce matin m'a rendue un peu émotive.

Ses yeux dorés embués de larmes l'émouvaient tant qu'il dut résister à la tentation de se précipiter vers elle pour la consoler.

— Ne vous excusez pas, je vous en prie ! Il ne faut pas.

D'habitude, il ne se laissait pas facilement attendrir, car il doutait de la sincérité des débordements affectifs. Sa mère s'était montrée très douée pour feindre la tristesse ou la déception afin de manipuler son entourage. Jusqu'au jour où elle avait compris que cela ne marchait plus avec lui. Elle avait alors renoncé à son petit manège.

Harmony Kinkaid n'était son employée que pour un temps très court, et il la connaissait à peine. Alors, pourquoi désirait-il autant la consoler ?

Le cœur battant, sourd aux signaux d'alarme qui se déclenchaient dans sa tête, il s'approcha d'elle et lui posa la main sur l'épaule, s'interdisant de regarder sa bouche qui semblait être une invitation aux baisers.

— Je suis désolé que vous ne puissiez pas être avec votre famille cette année et que vous ayez perdu quelqu'un de si important pour vous que vous n'avez aucune envie de fêter Noël. Mais cela ira, vous verrez. Il faut juste être patient et laisser le temps faire son œuvre.

Il sentit son cœur se serrer lorsqu'il vit des larmes briller de nouveau dans les yeux d'Harmony.

Soudain, elle tourna les talons et commença à monter l'escalier, le laissant là, l'esprit confus.

Harmony sourit en elle-même en traversant le green après avoir quitté le pub.

Cam avait vu juste en pensant que les ID essayeraient de la forcer à participer à la préparation du festival. Mais elle leur avait dit qu'elle venait juste d'arriver dans l'île et qu'elle avait besoin de prendre ses marques. Elles avaient bien un peu rouspété, mais elle pensait avoir réussi à leur faire abandonner l'idée de la recruter.

Elle songea de nouveau à ce qu'il s'était passé avec Cam.

Elle était partagée entre un sentiment de honte pour s'être confiée à lui et une profonde gratitude pour la sympathie qu'il lui avait témoignée. Mais ce qui la déstabilisait le plus, c'était la réaction viscérale qu'elle avait eue lorsqu'il était venu tout près d'elle.

Au moment où il lui avait touché l'épaule, elle s'était sentie irrésistiblement attirée vers lui. Un bref instant, elle avait cru qu'il allait l'embrasser. Elle l'avait vu regarder fixement ses lèvres, et, anticipant le baiser, elle avait ressenti comme une décharge électrique lui traverser le corps.

Le seul fait d'y repenser suffisait à faire naître en elle une autre bouffée de désir.

Du calme, se dit-elle, les joues brûlantes. Il devenait impératif qu'elle reprenne ses esprits.

Il s'était juste montré gentil. En fait, elle le connaissait à peine. Et il était son patron. De toute façon, elle avait renoncé aux hommes. Elle était ici pour travailler, et rien d'autre. Et sûrement pas pour succomber au charme de cet homme qui était à coup sûr un bourreau des cœurs.

Les ID n'avaient pas été longues à lui dire que Cam était célibataire, et elles ne s'étaient pas gênées pour lui demander ce qu'il en était pour elle. Ça ne lui avait pas posé problème de leur parler de sa rupture récente, sans entrer dans les détails et en ajoutant qu'elle était décidée à se concentrer uniquement sur son travail.

Elle regarda sa montre.

Il lui restait juste quelques minutes pour grimper à son appartement et se donner un coup de peigne avant que son patron n'arrive.

S'il était à l'heure ! Il ne semblait pas très pointilleux quant à l'organisation et au fonctionnement du cabinet médical. Il avait froncé les sourcils en découvrant qu'elle avait modifié le système de classement des archives, et il avait eu un regard absent lorsqu'elle lui avait demandé pourquoi il y avait plus de quatre cents dossiers alors que l'île ne comptait pas plus de deux cent cinquante habitants.

Et puis, pourquoi leur faudrait-il un quart d'heure pour se rendre juste au bout de la rue ?

Cam apparut pile à l'heure qu'il avait fixée pour leur rendez-vous. Postée derrière la fenêtre de sa chambre, elle le vit sortir de sa voiture pour ouvrir la grille avant d'aller se garer devant le bâtiment. Elle le rejoignit sans se presser et veilla à ne rien laisser paraître du trouble qui l'habitait.

En sortant, elle le trouva appuyé contre le capot de sa voiture, aussi beau et détendu qu'un modèle posant pour un magazine. De toute évidence, il n'était pas du tout perturbé.

Cela l'incita à faire preuve du plus grand calme, tout comme lui.

Tandis qu'ils se rendaient à pied au cottage des Jacobson, Cam lui expliqua pourquoi il leur fallait compter quinze minutes de plus.

— Hugh refuse d'admettre que sa mère est en phase terminale. Il a tendance à vouloir parler à sa place, affirmant qu'elle va bien au lieu de la laisser dire la vérité. Par ailleurs, il est plutôt du genre à faire des chichis. Si j'arrive chez eux plus tôt que prévu, il n'a pas eu le temps de préparer le thé, ce qui me laisse quelques minutes pour parler en tête à tête avec Delores pendant qu'il est à la cuisine. Je peux ainsi savoir exactement comment elle se sent. En général, j'attends qu'il soit revenu dans la pièce pour procéder aux examens cliniques comme la prise de température et de tension artérielle. Ainsi, il a l'impression de ne rien manquer.

Convaincue par la logique de ce raisonnement, Harmony hocha la tête, admirative.

Elle commençait à mesurer à quel point ce nouveau job allait être différent du poste qu'elle avait eu à Londres. Là-bas, tout était réglementé et, même si l'on avait la chance de bien connaître certains des patients, on omettait souvent les petits détails personnels comme ceux que le Dr MacRurie venait de décrire.

La visite se déroula comme prévu. Hugh Jacobson leur ouvrit puis se rua à la cuisine pour préparer le thé en se confondant en excuses pour ne pas l'avoir déjà fait. Après avoir adressé un clin d'œil à Harmony, Cam poussa la porte de la salle de séjour, où se trouvait sa patiente.

Mme Jacobson était une personne tranquille, qui sourit en les voyant entrer dans la pièce. Elle semblait être au courant de l'astuce utilisée par Cam. Sans perdre de temps en vains bavardages, elle répondit aux questions du médecin, profitant de l'absence de son fils. Puis, soudain, elle attrapa Cam par le poignet, l'interrompant au milieu d'une phrase.

— Je n'en ai plus pour longtemps, à présent, Cameron. Mais je voudrais bien vivre jusqu'à la Saint-Sylvestre. Je n'ai pas envie que Hugh passe chaque année un triste Noël parce que je serais morte à cette époque-là.

Les yeux d'Harmony se remplirent de larmes, mais Cam tapota simplement l'épaule de sa patiente.

— Nous allons tout faire pour vous aider à rester en vie le plus longtemps possible, Delores.

— Bien, dit-elle, l'air détendu. Je veux voir les illuminations de cette année, même si je ne peux pas sortir pour profiter du festival.

— Espérons que nous pourrons réussir à réaliser son souhait, dit Cam en sortant de chez les Jacobson.

Cette visite avait ravivé chez Harmony le chagrin provoqué par la mort de sa grand-mère. Elle émit un vague petit bruit puis changea de sujet.

— Je vois que vous ne me meniez pas en bateau lorsque vous m'avez parlé du Festival d'hiver, bien que j'aie du mal à imaginer à quoi cela peut ressembler.

Tout ce qu'elle voyait, c'était un village minuscule – plus riant aujourd'hui, il est vrai, grâce à l'apparition du soleil, mais qui n'avait vraiment rien de spécial.

Cam lui ouvrit la portière de son SUV passablement fatigué.

— Attendez de voir, dit-il. Je pense que vous serez très agréablement surprise.

Mais elle restait sceptique. Quel genre de festivités les habitants d'un si petit village pouvaient-ils organiser ?

5

Cam fit le tour du SUV et s'assit derrière le volant tandis qu'Harmony se battait avec la ceinture de sécurité de son siège. Elle était vêtue très simplement, mais le jean et l'anorak rouge qu'elle portait ne réussissaient pas à camoufler sa ravissante silhouette.

Voyant qu'elle avait réussi à boucler sa ceinture, il mit le moteur en marche.

— J'ai oublié de vous demander : pouvez-vous conduire une voiture à commandes manuelles ?

— Oui, mais je ne sais pas si je pourrai manœuvrer un engin pareil.

Il sourit.

— Ne vous inquiétez pas. Pour vous, j'ai un break. Je suis le seul à pouvoir conduire Fidèle. Elle est très pointilleuse.

— Fidèle ?

Le visage de Cam s'éclaira d'un grand sourire.

— Elle tient avec du fil de fer et du ruban adhésif, mais jamais elle ne m'a laissé en plan dans un endroit vraiment perdu. J'ai toujours pu rentrer à pied à la maison.

Harmony se mit à rire de bon cœur.

C'était la première fois qu'il l'entendait rire de cette façon. Lui jetant un regard en biais, il la trouva encore plus jolie que d'habitude.

— Vous vivez sur une toute petite île, dit-elle. Il me semble que, où que vous soyez, vous pouvez rentrer à pied chez vous. Est-ce que je me trompe ?

— Non, mais il ne faut pas tenter le sort. Rappelez-vous que, pour l'instant, nous sommes tous les deux à bord de ce véhicule.

Le ton de cet échange semblait bien augurer de l'ambiance des moments qu'ils allaient passer ensemble. Harmony paraissait se détendre un peu.

Il commença à lui poser des questions et écouta l'histoire de sa grand-mère qui était venue toute seule en Angleterre.

— Elle expliquait que son mari souffrait de ce qu'elle appelait le syndrome de « la petite mare aux canards ». Il détestait l'idée d'avoir à quitter un endroit où tout le monde le connaissait et où il jouissait d'un certain statut pour aller s'installer dans une mare beaucoup plus grande où il devrait tout recommencer à zéro.

Cam avait du mal à comprendre cela. Enfant, il avait vécu dans de nombreux pays, et il en avait connu encore davantage lorsqu'il avait travaillé pour une ONG dans des camps de réfugiés ou des zones frappées par des catastrophes naturelles. Parfois, il regrettait de ne plus parcourir le monde.

Mais, pour l'instant, c'était la famille d'Harmony qui l'intéressait.

— Votre père était aussi jamaïcain ?

— Non. Mon père était à moitié anglais et à moitié écossais. Il n'avait aucune racine en Jamaïque.

— Est-ce que vous retournez souvent là-bas pour voir votre famille ?

— Avant de commencer mes études d'infirmière, j'y passais presque tous les étés. Mais cela fait un moment que je n'y suis pas retournée. Je pense y aller bientôt. Grand-père n'est plus tout jeune, et c'est maintenant le dernier aïeul qu'il me reste.

— En ce qui me concerne, j'ai à peine connu mes grands-parents maternels, et ma grand-mère paternelle est morte avant ma naissance. Cela explique sans doute pourquoi j'avais un lien si fort avec mon grand-père.

— Vos grands-parents maternels vivaient-ils loin d'ici ?

— Non, mais mes parents voyageaient tout le temps. Mon père est archéologue, et ma mère lui sert d'archiviste. Ils adorent être sur le terrain, de préférence dans les coins les plus reculés de la planète. Le Moyen-Orient et le Sud-Est asiatique sont leurs spécialités.

Il parlait rarement de son enfance vagabonde et appréciait de pouvoir l'évoquer devant Harmony.

— Bon, dit-il, on pourrait croire que cette route fait le tour de l'île, mais ce n'est pas le cas. Si vous continuez par là, vous arrivez à la ferme des Harris, et c'est une voie sans issue. Aussi, rappelez-vous qu'il faut tourner ici et non aller tout droit.

Comme ils arrivaient au sommet d'une petite côte, la mer apparut.

— Oh ! comme la vue est belle ! s'exclama Harmony. Pouvons-nous nous arrêter un instant ? J'ai promis à maman de prendre des photos.

Il faisait un temps superbe, avec un ciel sans nuages.

Enchanté de voir qu'Harmony appréciait ce paysage qu'il trouvait le plus beau du monde, il gara la voiture.

Elle prit son téléphone dans son sac et se hâta de sortir.

— Cela n'ennuie pas votre maman que vous soyez partie si loin ? dit-il en la rejoignant.

Elle haussa les épaules.

— Je ne pense pas qu'elle en soit ravie, mais elle sait que j'ai besoin de travailler, alors elle se fait une raison. J'ai pu lui parler ce matin avant qu'elle ne parte au travail. Elle m'a déjà expédié mon autre valise, sinon je lui aurais demandé d'y ajouter des bottes en caoutchouc.

— J'en ai une paire pour vous au manoir.

— Ah ! Vous avez oublié de les apporter ?

— Non, dit-il en enfonçant les mains dans ses poches. Je les ai lavées et mises à sécher dehors. Nous allons passer devant le manoir avec la voiture, aussi nous pourrons nous arrêter pour les prendre.

Harmony se tourna vers lui, les yeux brillants, le sourire aux lèvres.

— Oh ! Est-ce que je pourrai jeter un coup d'œil à l'intérieur ? Je suis très curieuse de voir à quoi cela ressemble.

— Bien sûr. Mais nous ne commencerons à ouvrir la plupart des chambres qu'à la fin de la semaine.

Un court instant, Harmony fronça les sourcils, puis elle lui tourna le dos pour prendre une autre photo.

Il se demanda pourquoi elle réagissait ainsi, et soudain il comprit.

Il avait parlé des chambres, comme si c'était cela qu'elle voulait voir… Et maintenant, il ne pouvait s'empêcher de l'imaginer dans un lit, ses cheveux bouclés étalés sur l'oreiller, offrant à son regard sa peau douce et dorée et ses courbes si désirables, ses yeux verts l'invitant à venir près d'elle, encore plus près…

Il sentit son corps s'embraser et s'efforça de chasser cette image troublante.

— La plus grande partie de l'année, reprit-il, nous n'ouvrons que quelques chambres, car nous avons peu de clients. Mais la semaine prochaine, nous allons tout ouvrir, aérer et commencer la décoration. Vous pourrez alors voir tout cela.

— D'accord.

Elle n'en dit pas plus.

Avait-il réussi à lui faire oublier l'interprétation tendancieuse qu'on pouvait donner à ses propos ?

Harmony faisait mine d'être focalisée sur ses photos, mais elle avait fort à faire pour éloigner l'image qui la hantait.

Cam dans un lit, nu, en train de lui faire l'amour, pressant ses lèvres fermement dessinées sur les siennes, la caressant de ses grandes mains habiles…

La bouffée de désir qui s'était emparée d'elle avait déclenché une vague de chaleur qui lui embrasait les joues, aussi continuait-elle à tourner le dos à Cam tandis qu'elle s'efforçait de retrouver son calme.

Que lui arrivait-il ? Elle avait déjà rencontré des hommes très beaux, elle était même sortie avec deux d'entre eux, mais aucun ne lui avait fait autant d'effet que Cam MacRurie.

Elle osa enfin se retourner.

— J'ai pris suffisamment de photos, dit-elle en évitant de le regarder. Est-ce que... ?

Ils remontèrent dans la voiture et continuèrent leur route.

— Je crois que Fidèle fait un drôle de bruit, fit-elle remarquer, juste pour briser le silence.

— Elle fait ce bruit depuis longtemps déjà, aussi je ne suis pas trop inquiet. Si je veux la faire réparer, je dois l'amener sur le continent. Nous avons très peu de voitures sur l'île, aussi les mécaniciens vont-ils tenter leur chance ailleurs.

Ils atteignirent le sommet d'une colline, et elle aperçut en contrebas un petit village construit en bord de mer. Le soleil déjà bas baignait d'une lumière dorée les bâtiments blanchis à la chaux.

— Notre village de pêcheurs, dit Cam. Mon arrière-grand-père s'y est installé après qu'un orage a détruit l'ancien village, un peu plus bas sur la côte.

— Depuis quand votre famille vit-elle ici ?

— Depuis presque deux siècles. En 1853, mon trisaïeul a gagné l'île lors d'une partie de whist.

— Une partie de quoi ?

— De whist. C'est un jeu de cartes. L'homme qu'il a battu aux cartes lui devait beaucoup d'argent, et il a réglé sa dette en lui cédant l'île. Charles MacRurie a accepté cette terre qui était à l'époque faiblement peuplée. Elle ne servait alors que de résidence d'été et de terrain de chasse. Il en a fait son fief.

— Il ne devait pas être du genre modeste, puisqu'il lui a donné son nom.

Cam se mit à rire.

— C'est sûr, il n'était pas modeste, pas le moins du monde !

Ils longèrent la côte, et Cam s'arrêta de temps en temps pour permettre à Harmony de prendre des photos. Il lui parla de l'île et de sa population. Elle fut étonnée d'apprendre qu'il y avait un élevage d'alpagas qui produisait une laine filée à la main, ainsi qu'un collectif d'artistes, et une potière jouissant d'une renommée internationale. Jamais elle n'aurait imaginé qu'une île aussi petite pouvait abriter autant d'artisans différents et intéressants.

Lorsque Cam lui désignait les maisons de ses patients et les petites routes qu'elle devrait prendre pour se rendre chez eux, elle le questionnait sur les personnes dont elle avait déjà lu le dossier médical.

Bientôt apparurent les grilles de Rurie Manor.

— La route va jusqu'à Eigg Point, dit Cam, puis elle redescend vers la ville. Je vais vous faire visiter le manoir avant de prendre le chemin du retour.

Mais elle avait changé d'avis.

— Pourquoi ne pas attendre que tout soit décoré pour me le montrer ? Demain, je dois passer voir Hillary Carstairs, n'est-ce pas ? Alors, je vais prendre la voiture et retourner au cabinet médical pour relire attentivement son dossier.

— Bien sûr, si c'est ce que vous souhaitez. Mais si vous voulez entrer maintenant quelques instants, il n'y a pas de problème.

Elle déclina l'invitation, bien que le manoir lui paraisse si beau qu'elle brûlait d'envie d'en découvrir l'intérieur.

Mais elle résista à la tentation, prit la paire de bottes en caoutchouc et s'empressa de quitter Cameron MacRurie.

Le lendemain matin, Harmony fut réveillée par un vacarme de ferraille qui alla en s'intensifiant, au point d'avoir l'air de sortir du cabinet médical lui-même.

D'habitude, elle ouvrait les yeux plus tôt, mais elle avait à peine fermé l'œil de la nuit, et elle était tombée à l'aube dans une sorte de somnolence.

— Mais qu'est-ce que... ?

Agenouillée sur son lit, elle écarta le rideau de la fenêtre et vit passer dans la lumière grise du petit matin deux gros camions et une caravane. Quelqu'un sauta du premier camion pour ouvrir la grille du manoir, après quoi tous les véhicules s'engouffrèrent dans l'allée. Elle vit alors que deux SUV fermaient le cortège.

Elle ne quitta son poste d'observation que lorsque la grille se fut refermée derrière la dernière voiture.

Que se passait-il ? Jamais elle n'avait vu autant de véhicules motorisés sur l'île.

Elle saisit sa robe de chambre, résignée à démarrer sa journée alors qu'elle avait prévu de passer une demi-heure de plus au lit. Comme sa mère travaillait l'après-midi, elle n'allait pas l'appeler de si bon matin, et elle n'avait aucune raison de se lever plus tôt que nécessaire.

De toute façon, elle ne pouvait pas parler avec sa mère de ce qui la préoccupait le plus – le Dr Cam MacRurie. C'était à cause de lui qu'elle avait mal dormi. Delilah Kinkaid n'était pas prude, mais Harmony savait qu'elle tiquerait en apprenant que sa fille était tombée raide dingue d'un homme qu'elle venait juste de rencontrer.

Harmony n'en était pas ravie non plus, mais elle ne parvenait pas à chasser ce diable de Cam de son esprit.

Elle aurait aimé éviter de se retrouver face à son patron, mais du travail l'attendait. Même si Cam lui avait dit que rien ne pressait, elle préférait prendre de l'avance afin d'éviter d'être stressée.

Après s'être douchée et avoir avalé un bol de céréales, elle descendit au cabinet médical et fut surprise de voir par la fenêtre qu'une foule de gens étaient rassemblés sur le green du village.

S'approchant de la vitre, elle constata qu'il y avait aussi des fourgonnettes, des échelles, des palettes chargées de matériaux divers, des rouleaux de corde et de grosses boîtes en bois.

Le nez collé à la vitre, elle essaya de comprendre ce qu'il se passait. Elle n'en croyait pas ses yeux. L'île ne comptait que deux cent cinquante habitants, et tous semblaient s'être rassemblés sur le green, plus quelques autres encore.

— Qu'est-ce que… ?

Elle aperçut une silhouette coiffée d'un bonnet de Père Noël et fut à peu près certaine qu'il s'agissait de Dora.

Quand une autre silhouette se détacha de la foule et se dirigea vers le cabinet médical, elle se hâta de retourner derrière son bureau.

Elle avait rencontré cet homme au pub, et il ne lui avait pas fait bonne impression. Propriétaire de la galerie d'art du village, il s'appelait Broderick Thompson, était du genre beau parleur et semblait un peu trop content de lui pour lui plaire.

Elle n'avait pas du tout apprécié la façon dont il l'avait déshabillée du regard, ses yeux gris la détaillant de la tête aux pieds sans aucune retenue.

Quelques instants plus tard, la porte s'ouvrit, et l'homme apparut, affichant un grand sourire.

— Belle Harmony ! J'ai vu de la lumière, et je suis venu vous demander si vous vouliez vous joindre à nous.

— Non merci, monsieur Thompson, répondit-elle sans lui rendre son sourire. J'ai du travail.

Il jeta un regard vers la salle d'attente déserte et feignit la surprise.

— Ah, je vois que vous êtes débordée, en effet ! Trop, sans doute, pour venir boire un café avec moi ? Mais comme le cabinet médical n'ouvre pas officiellement avant 9 heures, vous pouvez m'accorder quelques minutes ?

— Non, en fait, je n'ai pas le temps, dit-elle d'un ton sec.

Elle espérait qu'il lâcherait l'affaire. Malheureusement, au lieu de s'en aller, il vint s'asseoir sur un coin de son bureau.

— Allez ! Toujours travailler sans jamais s'amuser ne fait pas une vie très harmonieuse.

— J'ai réellement du travail qui m'attend, monsieur Thompson. Vous vouliez autre chose ?

Il se pencha vers elle, les yeux braqués sur son chemisier.

— Eh bien...

— Ah, Broderick. On n'a pas besoin de vous, dehors ?

Cam venait d'entrer dans la pièce, si discrètement qu'ils ne l'avaient pas entendu venir. Surprise, Harmony sursauta et sentit ses joues s'enflammer.

C'était stupide. Elle n'avait rien fait de mal.

Broderick Thompson se redressa.

— Je suis juste venu prendre le kit de premiers secours. Dora en a besoin.

Quel sale menteur ! pensa Harmony en allant chercher dans la réserve ce qu'il demandait.

Lorsqu'elle revint et posa le kit sur le bureau, Broderick Thompson s'en empara en affichant un sourire mielleux.

— Alors, à quelle heure prendrons-nous ce café ?

Elle entendit derrière elle s'ouvrir la porte du bureau de Cam. L'idée qu'il puisse croire qu'elle accepterait de sortir avec ce Thompson la fit sortir de ses gonds.

— Je vous ai déjà dit non, monsieur Thompson, et j'ai essayé de le faire le plus poliment possible. Mais si vous insistez encore, je risque de me montrer grossière !

Broderick rougit, mais il se contenta de secouer la tête.

— Il n'y a pas de mal à tenter sa chance. Au revoir.

Et il s'en alla.

Elle prit sur son bureau la liste des fournitures de première nécessité que Cam avait établie, avec l'intention de vérifier l'état des stocks avant que les festivités ne commencent.

— Waouh ! s'exclama Cam d'un ton amusé. Rappelez-moi de ne pas vous mettre les nerfs en pelote.

Essayant de prendre un air digne, elle passa devant lui pour se rendre à la réserve.

— Je pense que cela vous arrivera tôt ou tard, dit-elle sans réfléchir.

Il éclata de rire, ce qui la détendit, et ce fut le sourire aux lèvres qu'elle se mit au travail.

Cam riait encore en s'asseyant à son bureau pour ouvrir son ordinateur.

Lorsqu'il avait surpris Broderick Thompson en train de se pencher vers Harmony comme s'il avait l'intention de l'embrasser, il avait senti son sang bouillir dans ses veines. Mais la façon dont il l'avait vue rembarrer ce type lui avait rendu sa bonne humeur. De toute évidence, elle avait assez de bon sens pour avoir percé à jour ce séducteur d'opérette.

Si Broderick gérait bien sa galerie d'art et organisait de belles expositions, il se comportait de façon minable avec les femmes. Celles de l'île avaient appris à le connaître, mais toute nouvelle venue représentait pour lui une proie potentielle. Ce n'était pas surprenant qu'il ait tenté sa chance avec Harmony, mais la façon dont elle l'avait éconduit était un modèle du genre.

Agirait-elle de la même manière avec lui s'il essayait de l'embrasser ?

Une bouffée de chaleur l'envahit. Bon Dieu, il avait encore envie de l'embrasser, de la serrer dans ses bras...

S'agitant sur sa chaise, il tenta de chasser de son esprit la vision d'une Harmony dévêtue.

Que lui arrivait-il ? Il n'avait plus quinze ans pour être ainsi bouleversé par une femme qu'il connaissait à peine.

Mais Harmony Kinkaid ferait tourner la tête à n'importe quel homme. Il ferait mieux de se mettre au travail.

Il ouvrit son ordinateur. Et fronça les sourcils en découvrant sur son écran un message de Dora intitulé *Faire une liste*.

Comme s'il ne savait pas, au bout de quatre ans, ce qu'il y avait à faire !

Cependant, il lut le message jusqu'au moment où son téléphone sonna. Il décrocha.

— Cam, est-ce que vous viendrez, aujourd'hui ?

— Bonjour, Hillary.

Il nota qu'elle avait la voix stressée.

— Est-ce que ça va ?

— Oh oui, bien sûr ! Je me demandais simplement...

— Ma nouvelle infirmière, Harmony, passera vous voir, Hill. Est-ce que vous êtes d'accord ?

— Oui, oui, bien sûr. C'est juste que... Je ne la connais pas. Comment saurai-je que c'est elle ?

— Ne vous inquiétez pas, Hill. Je viendrai avec elle et vous la présenterai. Comme cela, vous saurez qui elle est.

— Je... je... Alors, vous allez venir ?

— Mais oui, Hill. Je viendrai. On se voit très bientôt.

— Merci... Merci, Cam.

Elle était visiblement soulagée.

Il raccrocha.

Harmony, qui se tenait sur le pas de la porte, l'interrogea.

— Son anxiété reprend le dessus ?

Il hocha la tête.

Hillary Carstairs était née avec un spina-bifida, une grave malformation de la colonne vertébrale, mais elle avait vécu pleinement sa vie jusqu'à un âge avancé, se déplaçant munie d'attelles jambières et d'une canne. Elle avait eu deux enfants, dont l'un vivait à la maison et aidait son père à la ferme. Maintenant clouée dans un fauteuil roulant, Hill souffrait d'agoraphobie et d'une anxiété pathologique qui l'isolaient. Il lui avait prescrit des anxiolytiques qu'elle refusait de prendre. Il lui avait proposé de voir un spécialiste, mais, là encore, elle avait refusé – probablement parce que cela l'aurait obligée à se rendre sur le continent.

— Je vous accompagnerai, dit-il à Harmony. Cela la rassurera et l'aidera à accepter l'idée que, la prochaine fois, vous irez la voir toute seule.

— D'accord, mais vous avez d'autres choses à faire.

— Ce n'est pas un problème, affirma-t-il avec un sourire. La santé d'Hillary passe avant tout.

Par ailleurs, la ferme d'Hillary et de Gavin se trouvait dans l'un des coins de l'île qu'il aimait le plus, et le faire découvrir à Harmony lui paraissait soudain être une idée géniale... S'il évitait de penser aux raisons pour lesquelles cette perspective le réjouissait tant.

6

La maison des Carstairs était remplie d'objets témoignant de l'activité lainière d'Hillary, mais Harmony n'avait pas vu d'alpagas dans les parages, à son grand regret.

Hillary Carstairs, très stressée, se confondit en excuses, mais Harmony savait comment se comporter avec un patient souffrant d'anxiété. Elle parvint à calmer rapidement la vieille dame, qui l'autorisa à l'examiner et à lui changer son cathéter.

— Tout a l'air bien, dit-elle en aidant Hill à se rasseoir dans son fauteuil roulant. Mais je vois dans votre dossier que vous avez refusé tout traitement de votre anxiété et de votre agoraphobie. Puis-je vous demander pourquoi ?

Hillary détourna le regard et prit son temps pour répondre.

— J'ai été gavée de médicaments toute ma vie. Pourquoi en prendrais-je encore ? Et puis, me déplacer sur le continent représente un tel effort ! Ce n'est pas juste de demander cela à Gavin.

Harmony se pencha vers elle.

— Est-ce que vous mesurez à quel point vous constituez une anomalie ?

Hillary fronça les sourcils.

— Que voulez-vous dire ?

— Eh bien, vous avez atteint la soixantaine en ayant un spina-bifida. Vous avez eu deux enfants et une vie bien remplie. Cela fait peu de temps que la médecine ne considère plus le spina-bifida comme une pathologie infantile. On le croyait autrefois parce qu'on pensait que les personnes atteintes de cette malformation ne pouvaient pas vivre longtemps. Alors, dites-moi, pourquoi baisser les bras maintenant ?

Hillary haussa les épaules mais, visiblement, elle écoutait attentivement, ce qui encouragea Harmony à continuer.

— Votre maladie vous impose suffisamment de contraintes. Pourquoi ne pas améliorer ce qui peut l'être, pour pouvoir continuer à profiter pleinement de la vie ?

Hillary gardait le silence, mais avec un peu de chance ces propos feraient réfléchir la vieille dame.

Elles quittèrent la chambre et rejoignirent Cam et Gavin, le mari d'Hillary, dans la grande cuisine où ils étaient en train de boire le thé.

— Tout va bien, alors, ma chérie ? demanda Gavin, un petit homme trapu au sourire communicatif.

Hillary lui rendit son sourire.

— Oui, tout va très bien.

Gavin lança à Harmony un regard interrogateur. Elle hocha la tête, ce qui visiblement rassura le vieil homme.

— Bien, bien… Vous voulez une tasse de thé, mesdames ?

Elles acceptèrent toutes les deux. Pendant que Gavin les servait, un colley blanc et noir s'approcha d'Harmony. Elle se pencha pour le caresser et eut droit en retour à quelques coups de langue reconnaissants. Après quoi, le chien regagna son coussin installé devant la cheminée.

— J'étais en train de dire à Cam que j'ai mis le troupeau dans la vieille fermette, ce qui explique pourquoi les bêtes ne se trouvaient pas près de la clôture pour observer qui arrivait.

— Cela me manque de ne plus les voir quand je regarde par la fenêtre, avoua Hillary.

— J'espérais les apercevoir en arrivant, dit Harmony.

— Cam peut vous emmener les voir, proposa Gavin. Vous n'avez qu'à prendre le 4x4, ajouta-t-il en se tournant vers le médecin.

— D'accord.

— Oh ! mais ce n'est pas la peine ! protesta Harmony.

— Mais si, insista Cam en riant. Je trouve que c'est une

excellente idée. Et si vous permettez, Gavin, j'aimerais lui montrer Ada Tor.

— Allez-y. Je n'ai pas besoin du 4x4 avant ce soir.

Elle se demanda quel genre de véhicule ils allaient prendre, sur quel type de terrain ils allaient rouler, et si tout cela était vraiment sans danger. Mais comme tout le monde semblait ravi, elle ne voulut pas jouer les rabat-joie en refusant cette équipée.

Elle eut bientôt la réponse à ses questions. Cam et Gavin disparurent dans la grange et en ressortirent avec un petit 4x4 à deux places, qui traversa la cour en bondissant avant de s'arrêter net.

Peu rassurée, elle monta dans le véhicule et constata que Cam roulait comme s'il était au volant d'une voiture de course. Mais, il fallait le reconnaître, c'était un excellent conducteur.

Lorsqu'ils arrivèrent devant une barrière, elle descendit pour l'ouvrir puis la referma derrière le 4x4.

— Alors, ça va ? demanda-t-il avec un sourire tandis qu'elle reprenait place à côté de lui.

Elle hocha la tête, et il redémarra aussitôt.

Le terrain était ondulé, mais elle avait l'impression qu'ils montaient plus qu'ils ne descendaient, et elle en eut la confirmation lorsqu'ils arrivèrent sur une éminence et qu'en se retournant elle vit la ferme en contrebas. Devant eux, au loin, se dressait un bâtiment en pierre et, un peu plus loin, quelque chose qui ressemblait à un amas de rochers empilés les uns sur les autres. Les alpagas !

Le bruit du 4x4 les poussa à se déplacer dans le pré, et elle prit plaisir à regarder leurs jolies têtes si curieuses. Cam coupa le moteur, et elle ouvrit alors la portière pour observer de plus près le troupeau.

Les alpagas restaient à distance. L'un d'entre eux, au premier rang, la toisait d'un air méfiant. Comme elle s'approchait de la clôture, l'animal s'agita. Elle s'arrêta net. Cam vint la rejoindre et pointa du doigt l'alpaga.

— C'est Sandro, le mâle. Il se montre très protecteur avec le reste du troupeau. Il ne crache pas beaucoup, d'après ce que dit

Gav, mais je ne me risquerais pas à m'approcher de lui lorsqu'il aplatit ses oreilles comme il le fait maintenant.

— J'espérais pouvoir en caresser un. Leur laine a l'air si douce…

— Ils ont mis leur tenue d'hiver. Vous aimez vraiment les animaux, pas vrai ?

— Oui, grand-mère a eu un petit chien pendant des années, et lui et moi étions les meilleurs amis du monde. Quand Hobo est mort, elle n'a pas voulu le remplacer, et moi, j'étais trop occupée pour avoir un chien chez moi. Et vous, vous aimez les animaux ?

— Je les adore.

— Alors, comment se fait-il que vous n'ayez pas deux ou trois chiens ?

Cam secoua la tête.

— Un jour, peut-être. Pour le moment, cela représente une trop grande contrainte pour moi. Chaque fois que je voudrais voyager, je devrais trouver quelqu'un qui accepte de s'en occuper.

Au bout d'un moment, les alpagas retournèrent vers le bâtiment qui les abritait.

— C'est là que vivaient les parents de Gavin, dit Cam. Ses quatre frères et sœurs sont tous nés ici, comme lui, et ils y ont grandi. Gav a construit la ferme pour Hillary et lui quand ils se sont mariés. Après la mort de ses parents, aucun des enfants n'a voulu revenir vivre ici, alors il utilise le bâtiment pour abriter les animaux.

— Waouh ! Sept personnes vivaient dans cette petite maison ? Ils devaient être très à l'étroit, observa-t-elle tandis qu'ils regagnaient la voiture.

— Sans doute y étaient-ils habitués. Et puis, ils passaient beaucoup de temps dehors. Tout le monde aidait à la ferme quand il n'y avait pas école. Et lorsqu'on élève des brebis – c'était ce que faisait le père de Gav –, il y a toujours beaucoup de travail.

Ils repartirent, se dirigeant vers l'amas de pierres qui s'avérait plus haut et plus massif qu'elle ne l'avait cru d'abord. Abandonnant le chemin, Cam coupa à travers champs pour s'en approcher. Il roulait vite, sans se soucier des secousses qu'il leur imposait. Crispée, elle eut envie de lui demander de ralentir, mais elle n'osa pas.

Lorsqu'il coupa enfin le moteur, elle fut frappée par le silence qui se fit soudain et par la beauté sauvage du paysage.

Des rochers gris étaient dispersés sur le sol, alternant avec des buissons parés des couleurs de l'automne et quelques arbres aux branches nues. Un rapace décrivait des cercles dans le ciel, et le seul bruit était le murmure du vent.

Lorsque Cam prit la parole, ce fut à voix basse, comme s'il ne voulait pas troubler la quiétude du moment.

— Venez, je vais vous montrer le plus beau point de vue de toute l'île.

Elle le suivit jusqu'à l'amas rocheux mais, lorsqu'elle le vit qui commençait à le gravir, elle recula, secouant la tête.

— Je ne grimperai pas là-dessus, dit-elle. Je ne suis pas douée pour l'escalade.

— Ce n'est pas vraiment de l'escalade, juste une petite montée qui ne présente aucun danger. Vous avez peur ?

Piquée au vif, elle redressa le menton.

— Non, pas du tout. Je vous suis.

Et, rassemblant son courage, elle commença à grimper.

Cam montait avec l'aisance de l'habitude, ne rompant le silence que pour attirer l'attention d'Harmony sur une difficulté particulière du parcours, mais il se retournait souvent pour s'assurer qu'elle n'avait pas de problème.

Il était clair qu'elle n'avait aucune expérience de l'escalade. Elle avançait lentement, hésitant quand il s'agissait de choisir la bonne prise ou le meilleur endroit où poser le pied, alors que c'était pour lui une évidence. Mais il devait reconnaître qu'elle se montrait courageuse. Il avait d'abord cru qu'elle refuserait de monter en haut d'Ada Tor, voyant que cette proposition la terrifiait. Et pourtant, elle était là, à mi-chemin du sommet, faisant preuve d'une grande persévérance ! Il ne pouvait s'empêcher d'admirer son cran.

Lorsqu'il atteignit le sommet, il voulut l'aider, mais elle ignora la main qu'il lui tendait et acheva l'ascension toute seule. Il l'observa tandis qu'elle jetait un regard circulaire sur le paysage qui s'offrait à elle. Il vit son visage exprimer le ravissement et sourit en écho.

Ces terres vallonnées lui rappelaient toujours, par leur dessin et leurs couleurs, les tableaux de Van Gogh. Au loin, on voyait la mer tandis que, au sud-est, on apercevait les toits de la ville et, à l'ouest, le croissant formé par le petit village de pêcheurs. Des moutons et quelques chevaux paissaient dans les prés. Mais ce qui donnait à l'île toute sa splendeur, c'était la qualité de l'air et le soleil qui brillait haut dans le ciel.

— Comme c'est beau, murmura-t-elle.

Elle se retourna pour regarder, de l'autre côté, la masse que formait l'Écosse au-dessus de l'horizon.

— Je vous avais dit que c'était ici qu'on avait la plus belle vue.

— Cette formation rocheuse est-elle naturelle ?

— Oui, je crois bien que c'est la seule de ce genre qu'on trouve sur l'île. La légende dit qu'il y aurait une princesse celte enterrée sous ces pierres, mais je n'y crois pas trop.

— D'où ce nom d'Ada Tor ?

— Oui.

Il s'assit sur un rocher, et au bout d'un moment Harmony en fit autant.

Elle pointa du doigt un camion qui roulait sur la route.

— Je suis étonnée de voir soudain autant de véhicules motorisés circuler dans l'île.

— Sans doute celui-ci va-t-il livrer des sapins de Noël à la ferme d'Angus. Il a l'habitude de les faire venir de bonne heure, car il a toujours beaucoup à faire.

Harmony poussa un soupir, et il devina qu'elle pensait à sa famille et à tout ce qui allait lui manquer cette année.

— J'aimerais que vous me racontiez comment vous fêtiez Noël avec votre mère et votre grand-mère. Je suis curieux des différentes traditions.

— Oh ! je pense que les nôtres ne sont pas très différentes de celles des autres familles anglaises, dit-elle.

Mais elle commença à lui parler de choses dont il entendait

parler pour la première fois, comme la gizzada ou le jonkanoo. Il y en avait d'autres qu'il comprenait parfaitement, comme le fait d'orner la maison avec des poinsettias, tradition très prisée dans les Caraïbes, de regarder des films et d'écouter des chants de Noël, de décorer le sapin tous ensemble et d'inviter chez soi ses proches et ses amis pour boire un verre et échanger des petits cadeaux.

Ce n'était guère différent des coutumes de l'île, pensa-t-il. Bien sûr, il y avait des variantes d'ordre culturel, mais l'esprit de Noël restait le même. Les membres de la famille et les amis se réunissaient pour préparer et partager ces moments de fête.

Sans réfléchir, il passa son bras autour des épaules d'Harmony. La sentant se raidir, il allait la lâcher, mais au même moment elle se tourna vers lui, et il ne bougea pas, fasciné par son regard sérieux et ses douces lèvres.

Le vent était tombé, et leurs visages étaient si proches l'un de l'autre qu'il sentait le souffle chaud d'Harmony lui effleurer la bouche.

Conscient du désir qui montait en lui, il vit dans son regard qu'elle éprouvait la même attirance et la même curiosité. Comme elle battait des paupières, rougissante, il mesura à quel point la situation était périlleuse.

Ils s'écartèrent l'un de l'autre au même instant, dans un geste simultané.

Il s'éclaircit la gorge, essayant de se souvenir de quoi ils parlaient avant ce bref moment d'égarement.

— La façon dont vous fêtiez Noël semble merveilleuse. Je suis désolé que ce soit différent pour vous cette année.

Elle détourna le regard, mais il avait eu le temps de voir qu'elle avait les yeux humides.

— Je dois me faire à l'idée que ce ne sera plus jamais pareil, dit-elle d'une voix légèrement tremblante.

Elle se leva brusquement.

— Redescendons, à présent. J'ai du travail qui m'attend.

Il la suivit sans rien dire, se demandant ce qu'il pourrait bien faire pour que cette période de Noël soit moins pénible pour elle. Il ne pouvait s'empêcher d'avoir le cœur serré...

Mais il n'allait certainement pas la consoler en la prenant dans ses bras et en l'embrassant comme il avait envie de le faire.

Harmony retint un soupir.

Elle ne supportait plus d'entendre des airs de Noël résonner dans le bureau et les tentatives de Cameron MacRurie pour les accompagner en donnant de la voix.

Il était peut-être le laird d'Eilean Rurie et un excellent médecin, mais ses talents de chanteur laissaient à désirer !

Malgré son agacement, elle se surprit à sourire en entendant un vieux chant de Noël chanté par un crooner que sa grand-mère avait adoré. La vieille dame aurait sûrement levé les yeux au ciel en écoutant Cam massacrer ce morceau, mais elle aurait fini par rire et chanter avec lui.

Le comportement de Cam l'énervait souvent, lui donnant parfois même envie de le tuer.

Le lendemain du jour où ils avaient grimpé sur Ada Tor, elle avait été horrifiée en le voyant perché tout en haut d'un échafaudage à demi construit autour de l'un des chênes du green. Et le jour suivant, en entrant dans le cabinet médical, elle avait découvert que Cam était arrivé au travail avant elle et que la zone réservée à l'accueil des patients était encombrée d'une foule de cartons empilés les uns sur les autres, atteignant presque le plafond.

— Mais... Qu'est-ce que c'est ? s'était-elle écriée.

— Des décorations, avait répondu Cam, l'air content de lui. J'ai vu que nous n'avions pas de patients aujourd'hui, alors je me suis dit que c'était le moment idéal pour sortir ces cartons. Ne prenez pas cet air contrarié.

Contrarié ? C'était peu dire.

— En tant que laird, avait-il continué, je me dois de donner l'exemple. Et comme vous travaillez pour moi, j'espère que vous aurez à cœur de m'aider.

Elle était coincée. Comment aurait-elle pu refuser sans paraître agressive ? Il leur avait fallu presque la journée pour tout installer, ne s'offrant qu'une pause à midi pour aller déjeuner au restaurant de Sanjit.

Le problème, c'était qu'elle avait finalement pris plaisir à mettre en place ces décorations de Noël.

Certaines semblaient très anciennes, d'autres toutes récentes, mais Cam avait une histoire à raconter sur chacune.

La délicate crèche de porcelaine datant des années 1950, qui avait appartenu à la grand-mère de Cam, avait pris place sur une étagère, hors de portée des petites mains enfantines. Les cartes de Noël du monde entier collectionnées par son grand-père avaient été accrochées à des guirlandes courant sur un mur. Une impressionnante collection de casse-noix occupaient presque toutes les places disponibles dans le cabinet médical, et des décorations en papier pendaient du plafond, s'intercalant avec des lanternes anciennes. Ils avaient discuté de l'emplacement de ces dernières, Cam voulant les accrocher au petit bonheur la chance, alors qu'Harmony préférait suivre un schéma plus régulier. C'était elle qui l'avait emporté, et il avait été forcé de reconnaître que cela avait bien meilleure allure que ce qu'il avait imaginé.

— Les arbres de Noël vont arriver après-demain par le ferry, avait-il dit quand elle avait posé la question. Nous décorerons le nôtre quand je serai allé le chercher.

Ces moments passés avec lui s'étaient révélés très agréables, mais aussi périlleux. La visite à la ferme des Carstairs et cette journée à décorer le cabinet médical avaient créé entre eux un climat d'intimité qu'elle jugeait dangereux.

Le soir, roulée en boule devant la cheminée, elle se rendait compte à quel point elle commençait à *aimer* Cam, au-delà de l'attirance physique qu'elle éprouvait pour lui. Elle aimait son enthousiasme, la façon dont il polémiquait avec elle, mais aussi le fait qu'il se rangeait à son avis lorsqu'il jugeait qu'elle avait raison. La tendresse avec laquelle il lui avait raconté l'histoire des décorations qui lui venaient de ses grands-parents l'avait profondément touchée.

Son ex, Logan, était un homme pragmatique. Le genre sérieux qui réfléchit avant d'agir. Il n'était pas sentimental et ne se laissait pas aller à exprimer ses émotions, même s'ils étaient seuls. Elle l'avait pris pour quelqu'un de stable et de rassurant, mais il avait prouvé le contraire.

D'une certaine façon, elle était sûre que ce serait bien différent avec un homme comme Cameron MacRurie. Elle le voyait dans ses yeux, dans sa manière de l'écouter, si attentive. Dans sa manière de lui parler, de lui sourire... Même dans sa façon de bouger. C'était le genre d'homme qui pouvait avoir accès au côté le plus secret de sa personnalité, ce côté romantique et sensuel qu'elle s'autorisait rarement à exprimer.

Et ce côté secret d'elle-même éprouvait pour Cam MacRurie un désir violent.

Mais Cam était un casse-cou. Il aimait prendre des risques, et pas plus que son père ne semblait accorder d'importance à un problème de santé pourtant susceptible de provoquer des dégâts sérieux s'il n'était pas géré convenablement.

Étant infirmière, elle était consciente de noircir le tableau. Grâce aux nouvelles façons de traiter et de contrôler le diabète de type 1, les gens souffrant de cette maladie pouvaient parfaitement mener une vie très active. Mais elle était bien placée pour savoir ce que c'était que de perdre quelqu'un parce qu'il refusait de reconnaître ses limites. Cam était le genre d'homme qu'elle devait fuir. Sinon, elle s'exposait à avoir le cœur brisé.

À mesure qu'approchait le 1er décembre, la date d'ouverture du Festival d'hiver, toute l'île montrait une activité de plus en plus débordante. On se serait cru dans une ruche. Les marchands commençaient à arriver, et elle s'étonnait de voir autant de monde s'affairer avec une énergie sans faille.

Même la pluie qui, un après-midi, se mit à tomber avec une rare violence ne parvint pas à décourager ce bel enthousiasme. Lorsque les ID vinrent se réfugier dans le cabinet médical tandis que le ciel se déversait au-dessus de leurs têtes, Dora ne put s'empêcher de rouspéter contre ce contretemps.

— S'en prendre à l'averse ne la fera pas passer plus vite, observa Katherine en sirotant son thé. D'autre part, nous sommes pour une fois en avance sur le planning. Détendez-vous !

Les trois autres ID lui jetèrent un regard noir.

— Ah ! s'écria Ingrid. Tu vas nous porter la poisse.

Au même moment, Cam apparut, les cheveux mouillés, son pull trempé plaqué sur son torse et ses bras.

Harmony se leva pour aller lui chercher une serviette.

Elle entendit que les ID lui demandaient ce qu'il avait bien pu fabriquer pour se trouver dans un état pareil, mais il ne répondit qu'après avoir pris la serviette qu'elle lui tendait, tout en lui décochant un sourire qui la fit fondre.

— J'ai donné mon anorak à l'un des gars venus du continent, il n'avait rien pour se protéger. J'en ai un autre chez moi. Mais je suis content de vous voir, mesdames. Il y a quelque chose dont je veux discuter avec vous.

Harmony ne savait pas s'il s'adressait aussi à elle. Dans le doute, elle ne bougea pas quand il emmena les ID dans son bureau. Et, curieusement, elle se sentit exclue.

C'était ridicule, car elle n'avait jusque-là rien fait de particulier pour le festival, à part la décoration du cabinet médical avec Cam. Elle s'était tenue à l'écart des préparatifs alors que toute la population de l'île donnait un coup de main et se montrait très excitée, des plus jeunes aux plus âgés.

Elle avait entendu M. Harris raconter comment les choses se passaient « à l'époque du vieux laird ».

— Ah, quand je vois tout ce raffut à propos de cet échafaudage pour accrocher des guirlandes lumineuses dans les arbres ! On ne faisait pas comme ça, autrefois ! Nous grimpions dans les arbres comme des écureuils, et nous installions les lumières, voilà tout.

— Attends, papa, était intervenu son fils Martin en adressant un clin d'œil à Harmony. Tu dois reconnaître que, alors, les arbres n'étaient pas aussi hauts qu'aujourd'hui.

— Oh ! ils n'étaient pas beaucoup plus petits ! Et il y avait cet énorme vieux chêne qui est tombé lors de la tempête en 1972. Il était plus haut que n'importe quel arbre d'aujourd'hui !

— Viendrez-vous voir les illuminations, monsieur Harris ? avait demandé Harmony, qui venait d'examiner le vieil homme.

Elle avait constaté que les niveaux de saturation en oxygène étaient assez satisfaisants et que l'œdème qu'il avait aux pieds avait diminué. On avait diagnostiqué chez lui l'année précédente une insuffisance cardiaque congestive de niveau 2, mais il avait continué de travailler sur la ferme familiale, jusqu'au moment où il était tombé, un jour qu'il cherchait ses agneaux. Son fils l'avait alors obligé à lever le pied, mais il était le premier à dire qu'essayer de garder son père à l'intérieur était une entreprise compliquée. Il avait expliqué à Cam qu'il avait confié à son père le troupeau d'oies afin que celui-ci ait quelque chose à faire tout près de la maison.

Le vieil homme avait paru s'offusquer de la question.

— Bien sûr ! Ce ne serait pas Noël si je n'allais pas voir la fête, toutes les lumières, et les gens qui vendent des babioles, pas vrai ?

Harmony fut ramenée au temps présent par la voix claironnante de Dora qu'elle entendit clairement à travers la porte close du bureau.

— Ce n'est pas possible, Cam ! C'est trop tard !

Puis il y eut des murmures, et elle ne put s'empêcher de tendre l'oreille, tout en se reprochant son manque de discrétion.

Heureusement, la porte d'entrée s'ouvrit, ce qui l'obligea à se concentrer sur autre chose.

Cette autre chose était un immense arbre de Noël porté par quelqu'un dont elle ne voyait que les jambes.

— J'apporte cela pour le laird. Si je le laisse près de la porte, ça vous va ?

— Oui, c'est parfait, répondit-elle en contemplant l'énorme sapin dont le livreur venait enfin de s'extirper.

Les ID sortirent en trombe du bureau de Cam, Dora en tête. Celle-ci avait son air combatif des grands jours, mais elle balaya Harmony d'un regard amusé qui l'inquiéta.

— Bon, la pluie a cessé. Retournons au travail, mesdames. D'autant plus que le laird vient de nous confier une tâche supplémentaire. Harmony, nous nous voyons au manoir ce soir, n'est-ce pas ?

Harmony, surprise, allait dire qu'elle ne voyait pas à quoi Dora faisait allusion, mais Cam se hâta d'intervenir.

— Oui, elle sera là.

Lorsque les ID eurent quitté la pièce, elle voulut en savoir plus.

— Que doit-il se passer au manoir, ce soir ?

— Une réunion pour faire le point, ainsi que la mise en place de la décoration du sapin et des illuminations. J'aimerais que tout le monde y participe, et j'en profite avant qu'un vent de folie ne souffle sur l'île.

Il s'approcha du sapin et émit un sifflement admiratif.

— Il est magnifique, non ? Pas autant que celui du manoir, bien sûr, mais il est parfait pour ici.

— N'est-il pas un peu trop gros ? Et, dites-moi, quand aviez-vous l'intention de me mettre au courant pour ce soir ?

— Euh, je pensais que les ID l'avaient fait, dit-il d'un ton gêné.

Pourquoi fallait-il qu'il ait l'air aussi adorable en s'excusant ? pensa-t-elle, mal à l'aise.

Ils passèrent le reste de l'après-midi à dresser le sapin puis à le décorer, discutant de l'emplacement des guirlandes lumineuses et du choix des petits sujets à accrocher aux branches. Ils tombèrent d'accord pour donner la préférence à ceux qui correspondaient au thème retenu cette année pour le Festival d'hiver – l'amour.

Harmony sortit d'un carton un joli petit cœur en feutrine, quelque peu défraîchi mais qu'elle trouva ravissant avec la broderie qui en ornait le centre.

— Celui-là me semble entrer parfaitement dans le thème, même s'il est un peu fané.

— Ah, je ne l'avais pas vu depuis des années ! s'exclama Cam en tendant la main pour le prendre. Le motif de la broderie est un *luckenbooth*, un cadeau de fiançailles traditionnel écossais. C'est ma grand-mère qui l'a brodé, et grand-père avait l'habitude de l'accrocher dans le sapin de Noël du manoir. Je me demande comment il a atterri ici.

Au lieu de fixer le petit cœur dans l'arbre, il le glissa dans sa poche.

En fin d'après-midi, lorsqu'ils eurent achevé de décorer le sapin et de tout ranger, Cam annonça qu'il rentrait au manoir. Quand elle le vit quelques minutes plus tard traverser le green, elle devina qu'il se rendait au cimetière pour rendre visite à son grand-père, comme il le faisait souvent.

Pourquoi cela la poussait-il à l'aimer encore davantage – à le *désirer* encore davantage ?

Elle n'osait pas se poser la question.

7

— Eh bien, grand-père, tout semble bien se passer, pour une fois. Les arbres sont livrés, les rues et les magasins décorés, et tout s'est déroulé sans incident. Tu te rappelles l'année où les sapins n'avaient pas été chargés sur le ferry ?

Assis sur le banc habituel, penché sur la tombe de son grand-père, Cam lui racontait sa journée. Mais, aujourd'hui, c'était différent. Il avait commencé par les nouvelles les plus banales, car il avait du mal à évoquer ce qui lui paraissait l'événement le plus important.

— Ce soir, poursuivit-il, c'est la fête au manoir. Ce sera superbe, comme toujours. J'ai trouvé un sapin vraiment magnifique, cette année. Je crois qu'il te plairait.

Harmony n'avait pas encore visité le manoir, et il était d'une certaine façon assez content qu'elle ne le découvre que ce soir, sous son meilleur aspect. Mais il se sentait nerveux. Il avait envie qu'elle apprécie l'endroit, et même qu'elle l'adore, tout comme lui.

« Viens-en au fait, fiston. »

Cam croyait entendre le ton mi-agacé mi-amusé de son grand-père. Il avait toujours pu lui parler de tout, mais quelques fois cela avait eu du mal à sortir.

— Je... Harmony a retrouvé le cœur. Celui que grand-mère t'avait fait pour votre premier Noël passé ensemble. Je ne sais pas comment il s'est retrouvé dans un carton contenant les décorations pour le cabinet médical, ni pourquoi je n'avais pas remarqué son absence.

Son grand-père lui avait raconté sa rencontre avec sa grand-mère à Londres, et comment il avait su immédiatement qu'il voulait l'épouser. Mais grand-mère voyait les choses autrement.

« C'était une fille de la ville, ta grand-mère. Un type du fin fond de l'Écosse, ça ne l'intéressait pas, qu'il soit médecin ou pas. Ah, j'ai eu du mal à la séduire ! Mais je savais qu'il n'y aurait pas d'autre femme qu'elle dans ma vie. Si elle n'avait pas voulu de moi, je serais un vieux célibataire, aujourd'hui. Heureusement, son amour pour moi m'a accompagné durant toute ma vie. »

Il se revoyait, assis devant la cheminée, écoutant son grand-père égrener ses souvenirs. Même si, à l'époque, il était trop jeune pour apprécier la force et la profondeur d'un véritable amour, cette histoire l'avait toujours touché. Et à présent, voilà qu'elle lui revenait en mémoire...

— Es-tu en train d'essayer de me dire quelque chose, grand-père ?

Il avait beau être un esprit scientifique, il y avait des moments comme celui-ci où il s'interrogeait sur l'existence de forces surnaturelles et sur la façon dont elles pouvaient se manifester.

Il *ne voulait pas* désirer Harmony. Il ne croyait pas que l'amour puisse naître en si peu de temps – moins de trois semaines. Pourtant, l'attirance qu'il éprouvait pour elle, le mélange de confort et d'excitation qu'il ressentait en sa présence, constituaient une expérience sans précédent. Et lorsqu'il l'avait vue tenir dans sa main le petit cœur en feutrine, affichant un sourire éclatant, le regard brillant, quelque chose en lui avait chaviré.

— Elle travaille pour moi, grand-père, et elle veut toujours avoir raison. Or, elle n'a pas du tout l'esprit aventureux. Je crois que le risque lui fait peur.

Si le premier argument touchait un point délicat, le deuxième n'avait à ses yeux aucune importance. En fait, il aimait bien discuter avec Harmony. Elle était logique et franche, n'hésitant pas à dire le fond de sa pensée, et cela lui plaisait. Le troisième point, en revanche, lui posait vraiment problème.

Il avait reçu de son ami Josh une vidéo montrant un groupe

d'amateurs de base-jumping en combinaison à ailes. L'un d'eux portait un casque équipé d'une caméra, et les images où on les voyait voler en longeant le flanc de la montagne étaient stupéfiantes. Josh suggérait qu'ils s'initient tous les deux à ce sport lors d'un prochain voyage. Cam était en train de chercher des informations concernant l'équipement et les endroits où cela se pratiquait lorsque Harmony était entrée dans le bureau. Elle avait jeté un coup d'œil à la vidéo et s'était figée sur place, les lèvres crispées.

— Ça a l'air amusant, n'est-ce pas ? avait-il dit.

— Non ! C'est complètement fou. Le genre de chose stupide où l'on peut se tuer.

Et elle avait tourné les talons et quitté la pièce, oubliant apparemment pourquoi elle était venue. Ou bien, elle était si perturbée qu'elle s'était sentie obligée de sortir.

— Ce n'est pas une femme pour moi, grand-père. Je ne veux plus être freiné par personne. J'ai besoin d'être avec quelqu'un qui ait envie de mener une vie aventureuse avec moi. Pas d'une femme qui me répète de faire attention ou tremble de peur chaque fois que je veux faire un truc amusant.

Sans doute était-ce juste le bruit du vent dans les arbres, mais Cam trouva que cela ressemblait étrangement au rire de son grand-père.

— Bien... Assez parlé de cela, dit-il en se redressant. Je ne veux plus y penser mais me concentrer sur le festival et laisser Harmony continuer sa route.

Il était content d'avoir pris cette décision, mais il se rendit soudain compte qu'il tenait toujours le petit cœur au creux de la main.

Un bref instant, il songea à le laisser sur la tombe de son grand-père, mais il le remit dans sa poche.

Il n'avait pas connu sa grand-mère, morte l'année de sa naissance. Il se sentait plus proche d'elle maintenant qu'il avait sur lui une chose qu'elle avait faite de ses mains. Elle avait mis toute son âme dans ce petit cœur en feutrine.

Lorsqu'il quitta le cimetière, il se sentait apaisé, mais plus perdu encore que lorsqu'il y était entré.

Harmony se tenait dans un coin de la salle de bal en compagnie des ID, chacune jonglant avec un verre et une assiette d'amuse-gueules.

— C'est la première fois que vous venez au manoir ? demanda Dora en s'adressant à elle.

— Cela se voit donc tellement ? Je reste bouche bée, c'est ça ?

Qui pourrait le lui reprocher ? Tout dans la maison était à couper le souffle. Le fait d'être transformé en hôtel n'ôtait rien de son charme au manoir. La salle de bal avait conservé son parquet ancien, ses moulures en plâtre et ses grandes glaces dorées dans lesquelles se reflétait la rangée de fenêtres alignées de l'autre côté de la pièce.

— Je crois que nous avons toutes été aussi impressionnées que vous la première fois où nous avons eu la chance de découvrir ce lieu, dit Katherine. C'est magnifique.

Harmony était bien de cet avis. Elle n'imaginait pas que la vieille demeure cachait une telle splendeur.

— Lorsque Cam m'a dit qu'une grande partie du manoir avait été transformée en hôtel, j'ai pensé qu'ils avaient dû détruire beaucoup de choses pour le moderniser, mais ils ont su conserver à cette maison son authenticité et cette atmosphère si délicieuse.

— Oui, approuva Sela. La famille MacRurie a su merveilleusement veiller sur ce manoir, ce qui, de nos jours, représente un véritable exploit.

— Ils ont toujours été très doués pour cela, renchérit Ingrid. Je crois que l'arrière-grand-père de Cam a créé la société et le trust afin de payer moins de droits de succession, ce qui permettait à la famille de conserver et d'entretenir le domaine. Non qu'ils aient connu des problèmes financiers. Ils ont tous en eux ce goût pour l'entreprise et la créativité, ce qui fait d'eux plus que des héritiers.

— Vraiment ? s'étonna Harmony, curieuse de découvrir cette nouvelle facette de la famille de Cam.

— Mais oui, confirma Dora après avoir avalé une bouchée de gâteau. L'arrière-grand-père de Cam – celui qui est venu le premier s'installer ici – était un magnat des chemins de fer. Il a conçu plusieurs inventions pour l'équipement des voies ferrées. Et le vieux laird – le grand-père de Cam – a inventé une sorte de… Aidez-moi, les filles !

— Une valve, souffla Katherine.

— Oui, c'est cela. Une valve pour améliorer le fonctionnement d'un brumisateur. Et Cam a aussi déposé plusieurs brevets d'invention concernant… des équipements de sécurité, je crois.

— Il en a besoin, lança Harmony d'un ton pincé.

— Il a le goût de l'aventure, admit Dora. Mais c'est une bonne chose chez un homme, pas vrai ? Qui voudrait d'un vieux pépère ?

Harmony était prête à en discuter, mais l'objet de leur conversation choisit ce moment précis pour les rejoindre.

— Est-ce que tout va comme vous voulez ? demanda Cam avec l'un de ses sourires ravageurs. Avez-vous assez à manger ? Voulez-vous ajouter quelques décorations dans le sapin ?

— Je ne crois pas que ce pauvre arbre puisse accueillir la moindre babiole supplémentaire, Cam. Surtout là où les enfants se sont chargés d'apporter leur contribution.

Le sourire de Cam s'élargit.

— Oui, ce côté-là semble un peu chargé, mais les enfants se sont bien amusés, je pense.

— Avez-vous déjà fait faire le tour du manoir à Harmony ? demanda Dora d'un air innocent.

— Non, j'ai jugé préférable d'attendre que les choses se calment un peu. Pour l'instant, je dois veiller à ce que tout se passe bien.

Harmony secoua la tête.

— Vous n'êtes pas obligé de…

Ce qui se voulait une façon polie de décliner l'invitation de Cam lui valut un coup de coude dans les côtes de la part de Dora et une tape dans le dos administrée par Katherine.

— Quoi ? protesta-t-elle. Cam ne cesse de courir partout comme un canard sans tête. Rien ne l'oblige à me faire visiter le manoir s'il n'en a pas envie.

Cam leva les yeux au ciel.

— Surveillez-la jusqu'à ce que je revienne la chercher, dit-il en s'adressant aux ID. Vous savez qu'elle va probablement essayer de s'éclipser. Ne la laissez surtout pas s'échapper.

Il n'avait pas tort, car elle redoutait de se retrouver seule avec lui. Si elle se sentait capable de tenir à distance le redoutable séducteur qu'était Cam, encore plus beau ce soir dans son smoking, comment ne pas fondre devant le tendre, le sensible Cam qu'elle avait vu fourrer dans sa poche le petit cœur brodé par sa grand-mère ? Cam le sentimental qui était allé aussitôt sur la tombe de son grand-père, sans doute pour lui parler de sa trouvaille ?

Ce Cam-là était irrésistible, et elle était consciente de sa faiblesse.

Mais Cameron MacRurie n'était pas homme à renoncer à un projet. Lorsque le personnel commença à remettre en ordre la salle de bal et que les invités prirent congé, il l'entraîna dans une visite complète du manoir, lui faisant découvrir les cuisines aussi bien que les chambres situées à l'étage.

Tout était magnifiquement décoré, et l'éclairage mettait en valeur les détails et les traits les plus intéressants de la vieille demeure. Visiblement, il était très attaché à cette maison, et elle ne l'en aimait que davantage pour cela.

— C'est superbe, Cam. Y compris les cuisines.

Il rit doucement et la tint par le coude pour continuer la visite.

— Mes ancêtres adoraient la splendeur de l'époque victorienne. Aussi, chaque fois qu'il a fallu rénover ou moderniser le manoir, ils ont veillé à préserver ce qui lui donnait son cachet.

— Ils ont fait un travail admirable, et je vois que vous respectez la tradition.

Lorsqu'ils arrivèrent au pied du grand escalier, Cam marqua une hésitation.

Elle entendait plus loin le personnel qui s'affairait, et la porte d'entrée n'était qu'à deux pas. Le moment était sans doute venu pour elle de prendre congé...

Mais elle n'en fit rien. La chaleur de la main de Cam autour de son coude, le parfum à la fois frais et capiteux qui se dégageait de lui, la façon dont il la regardait, tout conspirait pour l'inciter à rester.

— Aimeriez-vous que je vous montre le petit coin que j'ai à moi au manoir ?

Il parlait d'une voix sourde, sans sourire, l'air sérieux.

Elle eut l'impression de voir son monde chavirer, la laissant désemparée, apeurée. Elle devait prendre une décision qu'elle savait capitale. S'en aller, rester ? Choisir la sécurité ou bien sauter dans le vide ?

— Je ne sais pas si je dois, murmura-t-elle.

Les doigts de Cam se resserrèrent sur son bras et il se rapprocha d'elle. À présent, ils étaient tout proches l'un de l'autre.

— Probablement n'est-ce pas très raisonnable, acquiesça-t-il.

Mais, au même moment, il se pencha vers elle et prit ses lèvres.

Elle eut l'impression que quelque chose explosait au plus profond d'elle-même. Une bouche ferme cherchait la sienne, déclenchant en elle une excitation croissante. Instinctivement, elle mit ses bras autour du cou de Cam tandis qu'il la prenait par la taille et la collait contre lui.

Le baiser se fit plus intense, plus profond. Cramponnée à Cam, elle s'enivrait de son odeur et se serrait étroitement contre lui.

Lorsqu'il mit fin à leur baiser, elle garda un instant les yeux fermés pour savourer le plaisir sauvage qui l'embrasait avant de soulever ses paupières. Elle lut alors dans le regard de Cam qu'elle n'était pas la seule à ressentir ce désir brûlant.

Son bon sens reprit alors le dessus, et elle se tourna vers la porte d'entrée, renonçant à céder à la tentation.

Cam poussa un soupir et lui caressa la joue.

— Êtes-vous venue en voiture ?

— Non, je suis à pied.

— Je vais vous raccompagner.

— D'accord.

Alors qu'ils marchaient côte à côte pour regagner le cabinet médical, elle ne put s'empêcher d'espérer que, au moment de lui dire au revoir, il l'embrasserait de nouveau.

Il fit mieux que cela. Dès qu'ils eurent franchi la porte et pénétré dans le vestibule, il l'enlaça et lui donna un baiser fiévreux.

La façon qu'il avait d'explorer sa bouche et de la caresser sous son manteau la faisait fondre. Elle s'abandonna dans ses bras.

— Vous êtes délicieuse, lui murmura-t-il dans le cou. Je devrais m'en aller pendant que j'en suis encore capable.

Elle n'avait aucune envie de le voir partir. Cependant, pouvait-elle laisser les choses aller plus loin ?

Au prix d'un gros effort, elle réussit à s'écarter de lui.

— Oui, vous devriez, dit-elle. Ce ne serait pas une bonne idée. Vous êtes mon patron.

Il se passa la main dans les cheveux, les pupilles dilatées, et elle lut dans ses yeux toute la frustration qu'il ressentait.

Il esquissa un petit sourire.

— Votre patron à titre temporaire.

— C'est vrai, mais...

Elle pourrait lui expliquer qu'elle n'était pas du genre à apprécier les histoires sans lendemain, et qu'il n'était pas non plus le genre d'homme avec qui elle pourrait se lier sérieusement. Elle pourrait lui dresser la liste des complications qui risquaient de compromettre leur relation professionnelle s'ils passaient la nuit ensemble, à commencer par le fait que toute l'île serait immédiatement au courant de leur aventure... Mais elle ne dit rien. Parce que tout cela, en cet instant, lui semblait sans aucune importance.

— Écoutez, dit-il, je sais que ni l'un ni l'autre nous ne l'avions envisagé, mais pourquoi ne pas... passer de bons moments ensemble pendant votre séjour ici ?

Elle resta indécise.

Cam MacRurie n'était pas le type d'homme avec qui elle voudrait s'engager. Il ressemblait beaucoup trop à son père, avec son goût inconsidéré pour l'aventure et la prise de risque. S'ils cédaient à l'attirance qu'ils éprouvaient l'un pour l'autre, elle devrait garder en tête qu'il ne s'agissait que d'une liaison sans lendemain, une relation purement physique dans laquelle elle ne s'impliquerait pas affectivement. Et Dieu sait qu'elle avait envie de passer de bons moments avec Cam...

Après tout, pourquoi s'en priver ?

Passant devant lui, elle commença à gravir l'escalier.

Comme il ne bougeait pas, elle tourna la tête et le regarda par-dessus son épaule.

— Tu viens ?

Cam savait qu'il ne devrait pas suivre Harmony dans son appartement. Faire l'amour avec elle risquait de lui compliquer sérieusement la vie. Mais il croyait entendre la voix de son grand-père.

« Avoir peur n'est jamais une raison suffisante pour ne pas faire quelque chose, fiston. Il faut se montrer prudent, pas renoncer à essayer. »

Harmony lui faisait peur. Ce qu'il ressentait lorsqu'il était avec elle, et encore plus lorsqu'il la tenait dans ses bras, dépassait tout ce qu'il avait connu jusqu'alors. Cela lui intimait de s'enfuir à toutes jambes et de renoncer à pousser les choses plus loin avec elle. Mais elle était irrésistible.

Alors il la suivit, les yeux fixés sur le doux balancement de ses hanches tandis qu'ils gravissaient l'escalier. Quand il la rejoignit sur le palier, elle introduisait la clé dans la serrure de sa porte. Il ne put résister à l'envie de l'enlacer et de l'embrasser dans le cou.

Elle frissonna et laissa échapper un petit gémissement. Encouragé, il se mit à la couvrir de baisers tandis qu'elle renversait la tête en arrière contre son épaule afin de lui faciliter les choses.

Il en profita pleinement.

Lorsqu'elle ouvrit enfin la porte, ils entrèrent dans le vestibule, toujours enlacés, sa bouche collée à la peau d'Harmony.

— Cam…

Il la fit pivoter et s'empara de ses lèvres, emporté par le désir fiévreux qu'ils partageaient. N'y tenant plus, il lui ôta son manteau, puis son pull, et comme il la soulevait, elle noua ses jambes autour de sa taille, et il la porta dans le noir jusqu'à sa chambre. Ils se laissèrent tomber sur le lit, imbriqués l'un dans l'autre comme s'ils ne faisaient plus qu'un.

Et maintenant… Maintenant, il pouvait explorer ce corps

pulpeux comme il rêvait de le faire depuis la première fois qu'il avait posé les yeux sur elle.

Malgré le désir brûlant qui le submergeait, il prit tout son temps, achevant de la dévêtir lentement, en la caressant. Elle fit de même avec lui et, le faisant rouler sur le dos, elle se mit à califourchon sur lui pour atteindre sa braguette.

Ils furent pris d'un fou rire parce qu'il avait encore ses boots aux pieds et que, entravé maintenant dans son pantalon, il ne pouvait pas se déchausser. Harmony se chargea de le faire, et aussi de lui ôter ses chaussettes.

Quand enfin elle l'eut débarrassé de son pantalon, elle commença une lente remontée le long de ses jambes, le caressant comme il l'avait fait pour elle.

Au bout d'un très bref instant, il s'assit dans le lit et la plaqua d'un coup sec contre sa poitrine.

— Pourquoi m'empêches-tu de continuer ? demanda-t-elle.

Il savait qu'elle en connaissait parfaitement la raison. Elle le rendait fou. Il le lui dit et reçut en retour un long baiser passionné.

Couchés l'un près de l'autre, ils se découvraient mutuellement, cherchant leurs zones les plus sensibles. Le souffle court, le corps tremblant, chacun déclenchait chez l'autre des sensations qui les faisaient gémir et crier de plaisir.

Comme Harmony se montrait impatiente, il lui saisit les mains et les lui maintint au-dessus de la tête.

— Sois sage !

Elle poussa un grognement sauvage qui ne fit que l'exciter davantage.

— Je ne crois pas que ce soit vraiment ce que tu veux, pas vrai ? répondit-elle, le corps arqué, en tordant ses poignets pour se libérer.

— Non, reconnut-il. Mais je veux prendre mon temps pour que tu aies du plaisir.

Elle frissonna et ferma les yeux. Lorsqu'elle les rouvrit, elle était plus calme.

— Embrasse-moi encore, Cam.

Jamais il n'avait été aussi heureux de satisfaire une demande.

Il lui libéra les mains, et elle le caressa de nouveau, mais cette fois avec plus de douceur, moins d'insistance.

Il avait perdu toute notion du temps. Lorsque le désir se fit si intense qu'il devenait impossible de le contrôler, il roula sur le côté et se mit à tâter le sol. Harmony, couchée sur lui, lui mordillait la nuque, elle marqua une pause pour l'interroger.

— Qu'est-ce que tu fais ?

— J'essaye de mettre la main sur mon pantalon. J'ai un préservatif dans ma poche.

— Hum...

Elle reprit ses caresses ensorcelantes, lui couvrant les épaules de petits baisers tout en promenant sa main sur son abdomen et plus bas.

Il poussa un « Ah ! » de triomphe lorsqu'il trouva ce qu'il cherchait et immobilisa la main d'Harmony, craignant brusquement de perdre tout contrôle. Comme elle se mettait à rire, il roula sur elle et la retint captive, pesant de tout son poids.

— Tu es vraiment une vilaine fille !

— Mais tu aimes ça, pas vrai ?

Il n'avait pas besoin de répondre. Elle savait qu'il adorait tout ce qu'elle lui faisait.

La maintenant aussi tranquille que possible, il entreprit de mettre le préservatif.

— Veux-tu que je t'aide ? proposa-t-elle.

— Sûrement pas ! Cela m'achèverait.

Elle rit doucement.

— Pas question que tu t'achèves sans moi.

Il s'écarta en riant, le temps de mettre le préservatif. Lorsqu'il revint à elle, elle attendait, les bras grands ouverts.

Il voulait que tout soit parfait pour elle.

— Tu es sûre d'être prête ?

— Viens, dit-elle simplement.

Et, joignant le geste à la parole, elle l'attira contre elle, s'offrant à lui sans aucune retenue.

Il se hâta d'obéir, réalisant ainsi le rêve qui le hantait depuis qu'Harmony Kinkaid était arrivée à Eilean Rurie.

Le rêve de se trouver dans son lit et dans ses bras.

Le lendemain matin, Harmony était seule lorsqu'elle se réveilla. Cam l'avait quittée à l'aube.

Elle aurait adoré le garder près d'elle, mais elle savait que son séjour sur l'île serait beaucoup plus compliqué s'ils ne se montraient pas discrets. Les gens ont tendance à regarder de travers une femme qui couche avec son patron.

Non pas que cela la préoccupe beaucoup. On était presque en décembre, et elle aurait quitté l'île fin janvier. Les commérages et les commentaires suscités par leur brève aventure s'éteindraient rapidement quand elle serait partie.

La nuit qu'ils venaient de passer ensemble avait été fantastique. Géniale. Du moins pour elle. Qui pouvait nier que le rire ajoutait quelque chose d'unique au sexe ? Logan s'était montré au lit aussi sérieux qu'il l'était dans chacune des autres facettes de sa vie.

Comme c'était étrange de devoir admettre qu'elle se sentait plus proche de Cam MacRurie, plus en lien avec lui, qu'elle ne l'avait jamais été avec l'homme qui avait partagé sa vie durant deux ans ! C'était dû au fait que Cam était quelqu'un d'attentif – en fait, il ne se souciait pas seulement de son propre plaisir, mais aussi du sien.

Sortir avec lui semblait risqué, et, à coup sûr, lui faisait quitter sa zone de confort. Mais comme leur liaison serait nécessairement sans lendemain, elle pouvait jouir de sa compagnie simplement, sans se faire trop de souci.

Vérifiant l'heure, elle sauta hors du lit et courut se doucher. Comme son téléphone sonnait, elle s'empressa de décrocher.

— Bonjour, maman. Tout va bien ?

— Oui, oui, répondit sa mère, comme elle le faisait toujours. Tu sembles très gaie et très en forme, ce matin.

Harmony dut faire un effort pour ne pas éclater de rire.

— Il fait très beau aujourd'hui, et hier soir, il y a eu une réception au manoir. Je me suis bien amusée.

— Hum...

Sa mère n'avait pas l'air convaincu.

— Est-ce toujours la folie avec le festival ? N'y a-t-il aucune chance pour que tu viennes dans le Yorkshire pendant les vacances, ne serait-ce que quelques jours ?

— Non, maman. Je dois être ici durant toute la période du festival. On attend des centaines de visiteurs, et même si Cam m'a dit que des équipes médicales viendraient en renfort, lui et moi resterons en première ligne.

— D'accord, d'accord, c'est juste que...

Harmony sentit de la tristesse dans la voix de sa mère.

— Qu'est-ce qu'il y a, maman ?

— Oh ! rien d'important. Raconte-moi un peu comment cela se passe pour toi.

— Non, maman. Dis-moi ce qui te rend triste. Je ne suis plus un bébé qu'on doit protéger. Je veux savoir.

Il y eut un long silence, et lorsque sa mère reprit la parole, Harmony devina qu'elle était au bord des larmes.

— C'est juste que tu me manques... Plus Noël approche, plus c'est dur.

— Oh ! maman ! Toi aussi, tu me manques. Mais pense à ce séjour que tu vas faire avec Fred, il te tiendra compagnie...

— Mais ce n'est pas pareil. J'appréhendais la période des fêtes, et je ne me sentais pas de taille à célébrer Noël comme nous avions l'habitude de le faire, mais maintenant...

Harmony ne put retenir les larmes qui se pressaient sous ses paupières.

Comment avait-elle pu se laisser aveugler par son propre chagrin et ne pas voir combien Delilah était désemparée de devoir affronter un Noël sans grand-mère ?

Mais elle devait rester forte pour sa mère, tout comme celle-ci s'était montrée forte pour elle durant toutes ces années.

— Écoute, maman. Je sais que grand-mère te manque, mais elle ne voudrait pas te voir te noyer dans ton chagrin. Je l'entends presque te dire : « Mais qui a ouvert le robinet ? », si elle te voyait pleurer ainsi sur elle.

Elle entendit sa mère rire au milieu de ses larmes.

— Je sais bien que, cette année, rien n'est plus comme avant, poursuivit-elle doucement. Mais peut-être est-il temps que tu penses enfin à toi plutôt qu'aux autres. Invente de nouvelles traditions... Par exemple, apprends à Fred à faire un gâteau de Noël. Je suis désolée de ne pouvoir être auprès de toi quand tu as besoin de moi, mais je t'aime, et je veux que tu te sentes bien.

Sa mère marqua une petite pause avant de répondre, et Harmony l'entendit se moucher.

— Merci, ma chérie, dit-elle enfin. Tu as raison. Même si tu avais pu passer Noël avec moi, rien malgré tout n'aurait été comme avant, et nous aurions sans doute fondu en larmes au lieu de profiter vraiment de la fête. J'ai toujours été la première à te dire de quitter le nid familial et de vivre ta vie, et voilà que je pleure parce que c'est justement ce que tu as fait !

— Ce job est temporaire, maman...

Pourquoi ce rappel la rendait-il soudain si triste ?

— Je serai de retour à la maison avant que tu n'aies eu le temps de convertir ma chambre en n'importe quoi d'autre, comme tu projettes de le faire depuis des années.

Cette remarque lui valut d'entendre sa mère rire à nouveau, cette fois de bon cœur, et leur conversation prit fin sur une note plus légère.

Mais Harmony avait encore le cœur lourd lorsqu'elle descendit ouvrir le cabinet médical.

Le sourire complice que Cam lui adressa lorsqu'il arriva, quelques minutes plus tard, lui remonta cependant un peu le moral.

Mais elle vit son sourire s'évanouir et son regard s'assombrir.

— Qu'y a-t-il ? demanda-t-il, l'air soucieux, en l'observant attentivement.

Elle n'aurait su dire pourquoi, mais cela la fit sourire.

— Ne t'inquiète pas, il ne s'agit pas de remords après une nuit de folie.

Visiblement soulagé, il vint se percher sur le bord de son bureau et se pencha pour lui caresser la joue.

— Une nuit de folie, dis-tu ? Comment dois-je prendre cela ? Mais ne change pas de sujet. Je vois que tu as pleuré.

Comment s'en était-il aperçu alors qu'elle s'était maquillée avec soin depuis ?

— J'ai parlé avec maman, et je me suis rendu compte à quel

point je m'étais montrée stupide et insensible. Comment n'ai-je pas vu que ce premier Noël passé sans grand-mère était encore plus dur pour elle que pour moi ?

Elle fit un effort pour ne pas fondre de nouveau en larmes.

Cam lui posa sur l'épaule une main réconfortante.

— Tu dois faire face à ton propre chagrin, dit-il. C'était difficile pour toi de comprendre que, si elle avait accepté cette invitation dans le Yorkshire, c'était pour essayer de surmonter sa peine. Tu as vécu cela comme un abandon et la perte de tout ce qui incarnait Noël pour toi.

— Tu as raison, murmura-t-elle.

— Harmony, viens dans mon bureau, loin de ces fenêtres. Je vois que tu as besoin d'un câlin, mais si je te le donnais ici, les gens en concluraient que nous avons passé la nuit ensemble dans ton merveilleux lit. Quelle idée !

Elle se mit à rire et se leva.

Elle avait terriblement envie de ce câlin.

— Tu l'as trouvé merveilleux ? dit-elle sur le ton de la plaisanterie, en le suivant dans son bureau.

— Un lit de folie, si tu préfères, rétorqua-t-il en refermant la porte derrière eux.

Il l'enlaça étroitement, et elle se détendit aussitôt.

— Les deux me vont, murmura-t-elle.

Elle n'avait qu'une envie, grimper l'escalier avec lui pour tester lequel de ces deux qualificatifs convenait le mieux.

Mais si elle n'y prenait pas garde, Cameron MacRurie allait faire d'elle une accro au sexe, et lorsqu'elle devrait quitter l'île, elle connaîtrait des épisodes de manque horribles à vivre.

8

— Harmony, il faut que vous veniez m'aider !

En entendant le cri de désespoir poussé par Dora à l'autre bout de la ligne, Harmony sentit son cœur s'emballer.

— Qu'y a-t-il ? Êtes-vous blessée ? Où êtes-vous ?

— Chez moi. Venez vite !

— Avez-vous besoin de Cam ?

Il était sorti pour aller voir un touriste qui était tombé de son scooter dans l'après-midi.

— Non, non, j'ai juste besoin de vous. Vite !

Attrapant sa veste et sa trousse médicale, Harmony ferma à clé la porte du cabinet et partit presque en courant chez Dora.

Elle préférait s'y rendre à pied, car l'afflux de visiteurs rendait la circulation difficile dans l'île. On était mi-décembre, et le Festival d'hiver battait son plein. Elle avait du mal à croire que la petite ville endormie qu'elle avait trouvée à son arrivée ait pu subir une telle métamorphose.

Les lumières, les guirlandes, les décorations et les arbres de Noël installés dans chaque maison donnaient au village un air festif. Et il en était ainsi dans toute l'île. Une forêt de sapins avait même été dressée dans un champ, offrant un spectacle féerique avec toutes ses lumières scintillantes. Le public était invité à s'y promener à sa guise.

— Angus Stewart crée ce décor chaque année, lui avait expliqué Cam. Il voulait planter des sapins, mais le sol ne convenait pas. Alors, il a décidé d'acheter des arbres chaque année pour créer une forêt miniature en forme de labyrinthe. Au centre, il met des paniers de sorbier et un tas de bûches de Cailleach dans lesquels chacun peut piocher pour les brûler.

— Des bûches de Cailleach ? Qu'est-ce que c'est ? Et pourquoi brûler du sorbier ?

— Cailleach est la sorcière de l'hiver. C'est une vieille tradition, ici, de sculpter son visage sur une bûche que l'on jette ensuite dans le feu pour chasser le froid, l'obscurité et toutes les épreuves potentielles. Quant au sorbier, il est censé faire disparaître les querelles et les mauvais sentiments qui peuvent exister entre amis ou au sein de la famille.

Harmony apprenait tous les jours quelque chose de nouveau, et elle ne cessait de s'étonner de la richesse des coutumes que faisait revivre le festival.

La foire qui se tenait de l'autre côté du green attirait une foule de gens qui en arpentaient les allées jusqu'à 22 heures, à la fermeture des stands. Elle s'y était déjà rendue deux fois, d'abord avec les ID, puis avec Cam. Si elle avait refusé poliment de goûter à la panse de brebis farcie, elle avait adoré le pain de Noël et le pudding aux raisins secs.

— Ce pudding ressemble beaucoup à celui que nous mangeons à la Jamaïque, avait-elle dit aux ID. Mais il est moins corsé. Dans le nôtre, il y a du rhum et beaucoup de fruits. Ma grand-mère faisait macérer des fruits dans du rhum et du vin durant toute une année pour qu'ils soient prêts au moment de les mettre dans le pudding de Noël.

Les ID avaient échangé des regards perplexes. Sans doute cette coutume leur semblait-elle étrange, tout comme elle quand elle découvrait certaines traditions écossaises. C'était pour elle un monde nouveau, mais il lui plaisait.

Il lui plaisait encore plus depuis qu'elle avait vu Cam sacrifier à la coutume et porter le kilt en tant que laird.

Elle comprenait maintenant pourquoi les femmes adorent voir les hommes en kilt. Avec ses mollets à l'air et son tartan vert, rouge et or se balançant au rythme de ses pas lorsqu'il se déplaçait, il était irrésistible !

Arrivée devant le cottage de Dora, elle remonta rapidement l'allée pour frapper à la porte.

Dora lui ouvrit aussitôt et l'attira à l'intérieur. Elle avait l'air épuisée.

— Dieu merci, vous êtes là !

La tenant toujours par le bras, elle lui fit traverser le séjour et l'emmena dans la cuisine.

— J'ai besoin que vous m'aidiez !

— Qu'y a-t-il ? Avez-vous mal quelque part ?

Une fois dans la cuisine. Dora pointa du doigt l'objet du drame.

— Ce sont mes tartelettes !

Cam fut mis au courant de l'histoire dès qu'il arriva à l'appartement.

— Tu te rends compte ! s'exclama Harmony. J'ai couru chez elle comme une folle, craignant qu'elle ne se soit blessée, et je l'ai trouvée en train de faire ses tartelettes et de se désoler parce qu'elle n'arrivait pas à en préparer suffisamment ! J'ai eu envie de l'étrangler.

Elle avait l'air tellement indignée qu'il ne put s'empêcher d'éclater de rire.

Feignant d'être fâchée, Harmony lui lança un coussin à la figure, mais elle riait aussi.

— Elle m'a gardée jusqu'à 21 heures pour l'aider à fabriquer vingt douzaines de tartelettes ! Heureusement que maman en fait elle aussi, je n'étais pas absolument novice. Cela aurait pu être des puddings de Noël !

Il se garda de préciser que vingt douzaines de tartelettes, c'était le nombre de gâteaux que Dora avait l'habitude de faire toute seule tous les soirs durant le festival.

— As-tu passé un bon moment, même si elle t'a exploitée en te faisant travailler gratuitement ?

— Oh ! mais j'ai été payée ! répliqua-t-elle en se laissant tomber sur le canapé. J'ai avalé assez de tartelettes pour m'en rendre malade mais, oui, j'ai passé un bon moment. Dora me fait rire.

Son peignoir bleu roi s'entrouvrit au niveau de la poitrine, offrant un spectacle des plus tentateurs. Elle avait le regard brillant, et ses yeux étaient ce soir couleur ambre. Son sourire réchauffa Cam bien davantage que le feu dans la cheminée.

Il se leva et remua les bûches, se disant qu'il aurait aimé être avec elle au manoir.

Ils étaient tombés d'accord sur le fait que, par souci de discrétion, il était préférable que ce soit lui qui vienne la rejoindre chez elle le soir lorsqu'il le pouvait. Sinon, elle aurait dû prendre sa voiture pour se rendre au manoir, ou il aurait dû la raccompagner chez elle à pied. Dans les deux cas, ils auraient risqué que quelqu'un les aperçoive.

Depuis la première nuit qu'ils avaient passée ensemble, il se répétait chaque soir qu'il devrait faire une pause, dormir dans son lit et ne pas prendre l'habitude de la tenir dans ses bras. Mais chaque soir, après le dîner, il se retrouvait au cabinet médical. Harmony était devenue pour lui une obsession. Il commençait à croire qu'elle était plus dangereuse à elle toute seule que la pratique du parachutisme, de la spéléologie et de la plongée en apnée réunis.

— Je crois que notre secret a été percé à jour, dit-il.

Il n'avait pas l'intention de lui faire peur, seulement de dire la vérité. Il ne voulait pas qu'elle surprenne des commentaires sans y avoir été préparée.

— Je m'en doutais, répondit-elle. Lorsqu'on t'a appelé l'autre soir, tu es sorti du cabinet médical au lieu d'arriver du manoir en voiture. Cela a certainement suffi à faire marcher les langues.

Elle faisait allusion à cette soirée où deux amis qui avaient bu trop de bière en étaient venus aux mains et s'étaient battus devant le pub. On avait fini par réussir à les séparer et, honteux de leur comportement, ils s'étaient confondus en excuses. Lorsqu'il avait reçu l'appel lui demandant de venir examiner les deux énergumènes, il était chez Harmony. Il avait dû la quitter pour se rendre directement au pub.

— Est-ce que cela t'ennuie que les gens sachent que nous sommes ensemble ?

Planté devant la cheminée, il tournait le dos à Harmony. Que ferait-il si elle répondait oui et décidait qu'ils devaient rompre ?

— Et toi ?

Il reposa le tisonnier et, pivotant sur ses talons, la regarda en face.

— Non. Cela ne regarde personne à part nous deux.

— D'accord.

— Que veux-tu dire, Harmony ? Que cela t'ennuie mais que cela ne change rien entre nous ?

Elle afficha un grand sourire qui le rassura.

— Non, ça m'est égal. Nous sommes deux adultes heureux d'être ensemble. Bien sûr, le fait que tu sois mon patron peut donner lieu à des commentaires désobligeants, mais je ne crois pas que les gens iront jusqu'à me lapider. Et puis, je ne vais pas rester longtemps ici. Cette histoire sera vite oubliée quand je serai partie.

Les mots le frappèrent en plein cœur. Jusqu'à présent, il s'était efforcé d'oublier le fait qu'elle n'était ici que pour une brève période.

— As-tu déjà commencé à chercher une nouvelle infirmière ? s'enquit-elle après un silence.

Elle évoquait son départ d'un ton tranquille, comme si elle parlait du temps qu'il faisait. Il essaya d'en faire autant.

— Je m'en occuperai quand les choses se seront un peu calmées, répondit-il. Je n'ai pas le temps, pour l'instant.

— Oui, je comprends.

Allongée sur le canapé, elle le regardait attentivement. La couleur ambre de ses yeux avait fait place au vert.

— Sais-tu que tes yeux changent de couleur ?

Elle n'eut pas l'air surpris.

— On me l'a déjà dit.

Il s'approcha du canapé.

— Parfois ils sont dorés, parfois couleur noisette, et maintenant ils sont verts.

— C'est dû aux lois de la génétique. Du côté de mon père, tout le monde ou presque a les yeux verts. Mon grand-père maternel est né près de Seaford Town, un endroit où vit une communauté fondée par des Allemands ayant émigré en Jamaïque. Lui aussi a les yeux clairs. J'ai hérité de gènes récessifs.

Il s'assit près d'elle et lui passa un bras autour de la taille.

— Cela n'explique pas pourquoi tes yeux changent ainsi de couleur.

— Est-ce si important ? murmura-t-elle en lui caressant le visage.

Ça l'était pour lui. Fallait-il y voir un baromètre de son état émotionnel, un effet de la lumière, ou un reflet de la couleur des vêtements qu'elle portait ?

— Tu es belle...

Elle sourit. Il glissa la main sous son peignoir et lui caressa la cuisse.

Elle avait la peau si douce...

— Que portes-tu là-dessous ?

— Pourquoi ne regardes-tu pas toi-même ?

Comme il commençait à dénouer la ceinture du peignoir, son téléphone sonna.

Il poussa un juron.

Harmony éclata de rire.

— Quel langage, docteur MacRurie ! Vous n'avez pas honte ?

Il alla chercher son téléphone qu'il avait laissé sur la table.

— Cam MacRurie.

— Cam, c'est Gillian. Il s'agit de ces hôtes dont je vous ai déjà parlé. Ils ont encore des problèmes. La femme a trébuché près du feu de joie, et elle s'est fait une vilaine brûlure à la jambe. Pouvez-vous venir la voir ?

— J'arrive.

Il raccrocha.

— Que se passe-t-il ? s'enquit Harmony.

Assise au bord du canapé, elle renouait la ceinture de son peignoir.

— Le couple qui séjourne chez Gillian Strom a encore fait de siennes. La mère s'est brûlée en s'approchant trop près du feu.

Ces touristes s'étaient déjà enivrés et disputés violemment en public sous les yeux de leurs deux enfants, âgés de onze et treize ans.

— Tu veux que je t'accompagne ? proposa Harmony.

Il soupira et prit son manteau en secouant la tête.

— Non, reste au chaud. Je ne sais pas ce que je vais trouver là-bas, et il se peut que je doive retourner directement au manoir.

Il devrait peut-être aller chercher Fidèle, et s'il était vraiment tard, il ne lui serait pas possible de revenir au cabinet médical.

Elle haussa les épaules.

— Nous pensons l'un et l'autre que les gens ont sans doute percé notre secret. Serait-ce si grave que cela si nous cessions de nous cacher ? Prends donc ma voiture et ta trousse médicale qui se trouve au cabinet. Et quand tu auras fini, tu n'auras qu'à revenir ici.

— Je voudrais t'embrasser pour avoir dit cela ! Où sont les clés de la voiture ?

— Elles sont accrochées près de la porte. Et au cas où tu te poserais encore la question…

Elle se leva, ouvrit son peignoir, et il se figea sur place.

Elle était complètement nue, révélant les courbes et les coins secrets de ce corps doré qu'il aimait tant explorer.

— C'est juste pour t'inciter à revenir me voir, ajouta-t-elle avec un petit sourire.

— Je reviens aussi vite que je peux, répondit-il d'une voix étranglée en se tournant vers la porte.

Il aurait tout donné pour rester.

Le lendemain, la tempête s'accompagna d'une abondante chute de neige, ce qui, aux yeux d'Harmony, apporta la touche finale au décor planté pour le Festival d'hiver.

Elle était la première surprise de constater à quel point cette période lui plaisait.

Tout le monde semblait décidé à la faire participer aux festivités. D'un côté, cela lui réchauffait le cœur. De l'autre, elle avait un peu l'impression de trahir sa mère et sa grand-mère. Pourtant, elle savait que ni l'une ni l'autre n'auraient voulu la voir éprouver un quelconque sentiment de culpabilité.

En début d'après-midi, Katherine s'arrêta au cabinet médical pour déposer un paquet à l'intention de Cam.

— Qu'y a-t-il là-dedans ? s'enquit Harmony. Cela sent drôlement bon !

— Je ne sais pas, répondit la vieille dame en haussant les épaules. C'est Dora qui m'a demandé d'apporter cela ici. Sans doute s'agit-il de quelque chose pour le manoir.

Harmony alla poser le paquet sur le bureau de Cam.

— J'espère qu'il m'y fera goûter, dit-elle en revenant. Cela me rappelle l'odeur des gizzadas que prépare ma mère.

— L'odeur des quoi ?

— Des gizzadas. Ce sont des tartelettes à la noix de coco. Dommage que je n'aie pas pensé à commander les ingrédients nécessaires, j'aurais pu vous en faire.

— Eh bien, c'est trop tard à présent, j'imagine. Sauf si vous voulez utiliser de la noix de coco en poudre. On peut en trouver dans l'île.

— Non, cela n'irait pas. Il faut de la pulpe fraîche.

— Là, ce sera plus compliqué de vous en procurer. Bon, je me sauve. N'oubliez pas de donner ce paquet à Cam !

— Je n'y manquerai pas.

Restée seule, elle reprit sa place derrière son bureau et regarda tomber la neige en se demandant ce que devenait Cam. Il l'avait quittée pour retourner au manoir examiner une cliente de l'hôtel qui souffrait de douleurs dans la poitrine. La bonne nouvelle, c'était qu'elle n'avait pas entendu voler l'hélicoptère des secours et que Cam ne lui avait pas téléphoné pour lui demander de préparer une chambre à l'étage.

Une autre bonne nouvelle, c'était que l'équipe médicale venue en renfort serait de garde cette nuit. Cela signifiait que Cam et elle pourraient profiter de leur soirée sans craindre d'être dérangés par des appels d'urgence. Il avait suggéré qu'ils pourraient aller se promener dans la forêt de sapins d'Angus, et elle avait accepté, même si elle aurait autant aimé rester à la maison avec lui.

La brûlure qu'il avait dû aller soigner la veille s'était révélée moins grave qu'il ne le craignait mais, lorsqu'il était revenu au cabinet médical, il avait l'air soucieux.

— Cette famille est le principal problème cette année, avait-il expliqué. Nous en avons toujours au moins un durant le festival, mais ces gens-là dépassent les bornes. S'ils ne se calment pas, je vais être obligé de leur demander de partir. Gillian en a tellement assez de les avoir chez elle qu'elle serait prête à les rembourser pour qu'ils débarrassent le plancher.

Harmony avait vu la famille à l'œuvre sur la foire. Les deux garçons n'avaient cessé de perturber le spectacle donné par l'un des artistes, sous le regard indifférent des parents qui buvaient leur bière comme si de rien n'était.

Après avoir écouté Cam se plaindre de l'incivilité de ces gens, elle l'avait entraîné au lit et l'avait réchauffé de son mieux, jusqu'au moment où, à son tour, il avait pris soin d'elle comme il savait si bien le faire.

Cam MacRurie était à coup sûr un merveilleux amant, mais ce qui la préoccupait c'était que, pour elle, cette relation ne se limitait pas à une affaire de sexe. Elle se sentait de plus en plus proche de Cam et éprouvait pour lui un attachement grandissant.

Elle savait qu'il n'était pas l'homme qu'il lui fallait. Le Festival d'hiver allait bientôt se terminer, et Cam partirait quelques jours vivre une nouvelle aventure. Peut-être même essaierait-il ce nouveau sport insensé qui se pratiquait avec une combinaison à ailes. Le seul fait d'y penser lui donnait des frissons et la mettait en colère. Comment pouvait-il s'adonner à des activités aussi dangereuses ? Il n'y avait pas de place dans sa vie pour un homme comme lui. Elle devait s'en souvenir.

Elle composa le numéro de sa mère avant que celle-ci ne parte au travail.

— Bonjour, ma chérie, dit Delilah Kinkaid d'un ton enjoué.

— Bonjour, maman. Tu sais, il neige, ici.

— Ah ! Nous, nous avons de la pluie, et la météo prévoit que nous aurons ce temps jusqu'à Noël.

— Es-tu impatiente de partir en vacances ?

— Plus que jamais ! Je termine après-demain, et ensuite j'aurai deux semaines de congé.

— Génial ! Comment va Fred ?

Elle écouta sa mère lui raconter sa dernière sortie avec Fred. Celle-ci avait, comme sa grand-mère, un réel talent de conteuse, d'autant plus plaisant qu'elle ponctuait son récit d'expressions jamaïcaines.

Harmony riait encore quand elle raccrocha.

Au même moment, Cam arriva, s'arrêtant sur le seuil pour secouer la neige de ses chaussures.

— Tu parlais avec ta mère ? Comment va-t-elle ?

Elle le suivit alors qu'il se dirigeait vers la réserve pour y ranger sa trousse médicale et l'électrocardiographe portatif.

— Bien. Elle semble bien plus joyeuse. Comment as-tu deviné que c'était elle ?

— Tu es rayonnante chaque fois que tu l'as eue au téléphone. Il est évident que vous êtes très proches toutes les deux.

— Nous sommes très proches, en effet. Ça me fait bizarre de savoir que nous ne passerons pas Noël ensemble cette année. Mais je me dis que c'est la vie qui veut ça... Comment va ta patiente ?

— Elle ne présente aucun signe d'infarctus du myocarde et elle se sent mieux, mais je lui ai conseillé de faire examiner sa vésicule biliaire lorsqu'elle sera rentrée chez elle et, en attendant, de faire attention à ce qu'elle mange. Elle souffre de beaucoup d'allergies alimentaires.

Tout en parlant, Cam avait rangé son matériel. Lorsqu'il se retourna et l'enlaça pour la serrer contre lui, elle poussa un cri de surprise. Mais dès qu'elle fut dans ses bras, elle s'abandonna, le cœur battant à tout rompre.

— Es-tu impatiente d'être à ce soir ? demanda-t-il en lui déposant des baisers légers sur la joue.

— Hum...

Elle soupira, penchant la tête sur le côté pour qu'il l'embrasse dans le cou.

— Bien, murmura-t-il. J'ai pensé que nous pourrions dîner au manoir, ce soir, et que tu pourrais aussi y passer la nuit.

La sentant se raidir, Cam s'écarta légèrement.

— Je croyais que tu ne voyais pas la nécessité de cacher notre relation, dit-il doucement. Aurais-tu changé d'avis ?

Elle s'était fait un point d'honneur de ne jamais dormir au manoir afin de maintenir un minimum de distance entre Cam et elle. Elle ne voulait pas s'immiscer dans sa vie. Toutefois, ils étaient tombés d'accord qu'il n'y avait plus lieu de garder leur liaison secrète…

Refuser de l'accompagner au manoir et de dormir dans son lit semblait absurde. Pourtant, elle hésitait encore. Cela signifierait-il que leur relation évoluait ? Et que ce changement compliquerait encore davantage la situation ?

L'expression grave, presque blessée, qu'affichait Cam l'amena à oublier ses scrupules.

— C'était juste un réflexe, j'imagine. Bien sûr que je vais venir.

Il lui suffit de voir le visage de Cam s'illuminer pour sentir aussitôt son cœur se gonfler de bonheur.

Cam se força à lâcher Harmony et à quitter la réserve avec elle. Il devait recevoir une patiente à 15 heures. Elle, de son côté, irait faire une visite de contrôle chez Delores Jacobson.

Alors qu'il entrait dans son bureau, il avisa le paquet posé sur sa table de travail.

— Harmony, qu'est-ce que c'est, ce paquet sur mon bureau ? cria-t-il.

Elle vint le retrouver et s'arrêta sur le pas de la porte.

— Je ne sais pas. Katherine l'a apporté pour toi, à la demande de Dora.

— Ah !

L'envie le démangeait d'ouvrir ce paquet, mais il le prit et le posa sur une étagère derrière lui.

— Il faudra que je le porte au manoir avant que nous ne partions.

— Qu'est-ce que c'est ? demanda Harmony.

— Juste des pâtisseries pour…

Seigneur ! Il avait failli dire qu'elles devaient figurer au dîner de ce soir, alors qu'il venait juste d'inviter Harmony à partager son repas ! Il ne fallait pas qu'elle sache ce qu'il y avait dans ce paquet. Pas encore.

— Pour un des clients de l'hôtel, se hâta-t-il d'ajouter. Dora a promis de lui préparer une de ses spécialités.

— Ah bon ? J'espérais que c'était pour toi et que je pourrais y goûter, dit Harmony d'un ton dépité. Cette bonne odeur me rappelle la cuisine de ma mère.

— Désolé. Je pourrais peut-être demander à Dora d'en préparer d'autres pour toi.

— Qu'est-ce que c'est, cette spécialité ?

— Aucune idée, répondit-il, l'air innocent.

À cet instant, la patiente qu'il attendait se présenta à la porte du cabinet. Harmony alla l'accueillir, puis elle partit faire sa visite chez Delores.

Cam examina Carmen Henriques et son bébé. La consultation terminée, il les raccompagna jusqu'à la porte. Dès qu'il fut seul, il se rua sur le petit paquet et l'ouvrit.

Les gizzadas ressemblaient exactement à celles qu'il avait vues en photo sur Internet. Restait à vérifier si Dora avait réussi à en restituer le goût.

Oh oui, sûrement ! se dit-il en croquant dans une des délicieuses tartelettes à la noix de coco.

Pourvu qu'Harmony apprécie ces gizzadas et les autres surprises que Dora allait préparer pour le 24 décembre !

Celle-ci avait protesté, disant qu'il était trop tard pour se lancer dans des tâches supplémentaires alors que tout le monde avait déjà des journées bien chargées. Mais il avait finalement été convenu d'intégrer au programme du réveillon quelques recettes et traditions jamaïcaines.

Son principal souci, cette année, était de redonner à Harmony l'envie de fêter Noël. Si elle retrouvait dans l'île certaines choses qui lui rappelaient ses Noëls fêtés en famille, cela l'aiderait à se mettre dans l'ambiance et à participer à la joie collective, non ?

Tandis qu'il dévorait la gizzada jusqu'à la dernière miette pour ne laisser aucune trace susceptible d'être découverte par Harmony, il prit conscience que la jeune femme occupait une place centrale dans sa vie.

Dans un premier temps, cette pensée le révolta, puis il se demanda quel mal il y avait à cela : bientôt elle aurait quitté l'île, et il retrouverait son insouciance.

Mais cette perspective ne le rendit pas plus heureux.

9

Lorsque Cam et Harmony arrivèrent chez Angus, il y avait foule. Mais la fantastique forêt de sapins érigée pour l'occasion était assez vaste pour accueillir tout le monde, et, l'heure du dîner approchant, les gens venus en famille commenceraient bientôt à rentrer chez eux.

La température avait baissé. Même si, au sol, la neige avait entièrement fondu, il en restait sur les branches. Le spectacle était si féerique qu'Harmony se sentit toute revigorée.

Angus les accueillit avec un large sourire.

— Quel plaisir de vous voir, laird et lady ! Je vous souhaite de faire une belle promenade.

Elle rougit en s'entendant attribuer le titre de *lady* mais, heureusement, elle était tellement emmitouflée dans son manteau que personne ne s'en aperçut.

Lorsque Cam la prit par la main, elle fut tentée de la lui reprendre mais y renonça.

— Tu n'as pas froid ? s'enquit-il.

— Non, je te remercie, répondit-elle d'un ton guindé.

Mais elle se détendit dès qu'elle pénétra dans la forêt de sapins, construite en forme de labyrinthe.

On se serait cru dans un conte de fées. Les enfants étaient fascinés par le spectacle des arbres décorés de guirlandes lumineuses et de petits cœurs fabriqués avec des matériaux rustiques tels que le bois, le fil de fer ou du tissu vichy. Angus avait respecté à la lettre le thème de l'année – l'amour.

S'enivrant de l'odeur des sapins, elle se laissa porter par le charme de cette promenade faite sous un ciel étoilé. Cam lui avait passé un bras autour des épaules, et ce contact ajoutait encore au plaisir qu'elle ressentait à parcourir les allées de la forêt miniature.

Bientôt ils arrivèrent au centre du labyrinthe.

— Ah, nous y voilà, dit Cam.

— Comme c'est joli ! s'exclama-t-elle, ravie du décor qui s'offrait à elle.

Il y avait là un kiosque orné de branches de houx, de lumières féeriques, de rubans rouges et de cœurs artistiquement posés çà et là. C'était l'endroit rêvé pour s'asseoir et se laisser envahir par l'esprit de Noël.

Cam l'y entraîna et s'arrêta juste au-dessous de la première traverse.

— Lève les yeux, dit-il doucement.

Elle obéit et vit qu'ils se trouvaient sous une grosse boule de gui.

— Cameron...

Il sourit.

— Nous devons respecter la tradition, Harmony. Sinon, cela porte malheur.

— Je n'ai encore jamais entendu parler de cela...

Il la fit taire en s'emparant de ses lèvres.

Jamais elle n'avait été aussi heureuse de se trouver ainsi réduite au silence. Ce fut un baiser très doux, si tendre qu'elle en eut presque les larmes aux yeux.

Elle aurait voulu que ce baiser dure toujours, mais elle s'écarta de Cam quand une famille déboucha d'une allée et vint vers eux. Les cris de joie des enfants avaient rompu le charme de ce moment romantique.

— Où sont ces bûches de Cailleach dont tu m'as parlé ? demanda-t-elle, encore un peu étourdie.

— Par là.

Il désigna du doigt un appentis où le bois était gardé au sec.

Se libérant de son étreinte, elle se dirigea vers les bûches.

Elles étaient d'une beauté étrange, sculptées de façon grossière pour donner différents portraits de la Cailleach. Certaines la représentaient sous la forme d'une sorcière censée personnifier l'hiver, d'autres la montraient sous les traits d'une femme mûre incarnant la sagesse et la promesse d'un bel avenir.

— Angus et ses fils les sculptent tout au long de l'année, expliqua Cam. Mais je me demande si, cette fois, il y en aura assez pour tout le monde. Le nombre de visiteurs a explosé.

Elle n'en était pas surprise. Le Festival d'hiver dépassait toutes ses attentes, grâce au travail fantastique accompli par les habitants de l'île. Tous faisaient leur maximum pour que cette période soit exceptionnelle, à la fois joyeuse et pleine de surprises.

— Fais comme moi, dit Cam, prends une bûche.

Il se pencha et saisit justement celle qu'elle convoitait.

Elle ne le lui dit pas, préférant ne pas insister sur le fait qu'ils avaient beaucoup de points communs et partageaient souvent les mêmes goûts.

Elle en choisit une autre, Cam prit quelques branches de sorbier, et, ainsi chargés, ils sortirent du labyrinthe pour se diriger vers le feu de joie alimenté par les visiteurs.

Elle contempla les flammes un long moment, saisie de mélancolie.

C'était curieux comme elle avait changé. À son arrivée dans l'île, elle comptait sur son esprit pratique et se souciait essentiellement de son travail. À présent, elle se découvrait une nouvelle sensibilité, des émotions plus profondes.

Elle passa les doigts sur le visage de sa Cailleach puis jeta la bûche dans le feu. Tandis qu'elle la regardait se consumer, elle eut l'impression que la Cailleach lui envoyait un message. Comme pour l'avertir que, malgré les efforts qu'on fait, on ne parvient pas toujours à chasser l'obscurité.

Soudain, elle perçut de l'agitation du côté de la tente où étaient servis des rafraîchissements, et Cam et elle virent Angus fendre la foule pour venir vers eux.

— On a besoin de vous, dit-il, l'air secoué. Nous avons une urgence médicale.

Tandis que Cam suivait Angus, elle se rua vers la voiture

pour prendre leurs trousses médicales. Un bref instant, elle regretta amèrement que cet incident vienne interrompre le déroulement de cette soirée si belle et si douce passée avec Cam, puis elle n'y pensa plus. Elle revint, le cœur battant, se demandant ce qu'elle allait trouver.

Le patient était un petit garçon âgé de deux ou trois ans qui gisait, inconscient, dans les bras de sa mère.

Lorsque Cam essaya de prendre l'enfant, la mère s'y opposa, serrant son fils encore plus étroitement contre elle.

— Non ! Ne le touchez pas ! Ne le touchez pas !

— Je suis le Dr MacRurie.

Mais la femme n'écoutait pas. Elle criait, pleurait, pressant l'enfant contre sa poitrine.

Durant quelques secondes, Cam se demanda comment il allait s'y prendre.

Angus lui expliqua rapidement que la femme s'était mise à crier, disant que son fils venait de s'évanouir. L'enfant avait le visage très rouge mais ne donnait aucun autre signe d'épilepsie. Mais tant que Cam n'aurait pas examiné le petit garçon, il était impossible de se prononcer.

— Angus, téléphonez à l'équipe médicale de garde. Dites-leur que nous avons besoin d'une ambulance de toute urgence. Et apportez-moi quelques couvertures chaudes.

— Emmenez-le à l'intérieur de la maison, si vous y parvenez, dit Angus avant de partir à toutes jambes téléphoner.

Cam se pencha vers la mère, essayant de capter son attention. Il savait que le temps pressait.

— Votre fils a besoin de soins médicaux. Je suis médecin. Laissez-moi m'occuper de lui.

Mais il était évident qu'elle n'écoutait pas. Elle se balançait mécaniquement d'arrière en avant en gémissant.

Soudain, Harmony apparut. Posant la trousse médicale sur le sol, elle s'agenouilla devant la femme et lui prit le visage entre ses mains.

— Chut... Calmez-vous, maintenant. Nous sommes là pour aider votre fils.

Surprise, la femme se tut, mais elle resta cramponnée à son enfant.

— Comment s'appelle-t-il ? demanda Harmony.

— Cam-Cameron, bredouilla la femme, en larmes.

— Ah ! Me croirez-vous si je vous dis que c'est aussi le prénom du Dr MacRurie ? Laissez Cam jeter un coup d'œil à votre Cameron, d'accord ?

Tout en parlant, elle avançait la main vers le petit garçon.

Cam retint son souffle, se demandant si elle parviendrait à convaincre la mère de lâcher le petit.

Un groupe de curieux s'était formé autour d'eux. Il y eut un soupir de soulagement général lorsque tous virent Harmony prendre l'enfant des bras de sa mère.

— Il faut l'emmener à l'intérieur, dit Cam. Venez avec nous, ajouta-t-il en se tournant vers la femme.

Et il suivit Harmony qui courait vers la maison toute proche.

Une fois à l'intérieur, elle allongea le petit garçon sur la table de la cuisine et commença à lui ôter son blouson afin que Cam puisse l'examiner.

— Son visage et son cou présentent des signes d'urticaire, dit-elle tandis qu'elle déshabillait l'enfant. Il a un œdème de Quincke sur les lèvres. L'urticaire s'étend à la poitrine et aux bras.

Cam prit son stéthoscope et ausculta le petit patient.

— Il souffre de dyspnée et respire difficilement.

La mère les avait rejoints. Elle les regardait s'occuper de son fils, secouée de sanglots.

— Je dois examiner sa langue et sa gorge, dit Cam.

Harmony avait déjà sorti un abaisse-langue qu'elle lui tendit en silence, puis elle renversa en arrière la tête du petit garçon afin de faciliter le travail de Cam. L'enfant avait la langue gonflée.

Il n'y avait pas une minute à perdre.

— Atropine à 1/1 000, ordonna-t-il.

Il regarda Harmony prendre l'auto-injecteur et régler le dosage demandé. Dès que ce fut prêt, il injecta rapidement le produit dans la cuisse du petit garçon. Après quoi, il roula en boule une couverture qu'il glissa sous les jambes de Cameron afin de les surélever.

— Faut-il lui donner aussi du diphénhydramine ? demanda Harmony.

— Pas pour le moment.

Il ausculta de nouveau l'enfant afin de voir si la respiration s'améliorait. Lorsque ce fut le cas, il ôta le stéthoscope de ses oreilles et examina le petit patient. Il constata que les rougeurs s'atténuaient et que deux yeux bruns fixaient maintenant sur lui un regard interrogateur.

À cet instant, il entendit la sirène de l'ambulance qui arrivait sur les lieux. Pendant qu'Harmony caressait les cheveux de l'enfant en s'adressant à lui d'une voix douce et apaisante, Cam toucha légèrement le bras de la mère, qui se tourna vers lui, les yeux pleins de larmes.

— Votre fils a souffert d'anaphylaxie, expliqua-t-il. C'est une réaction allergique assez grave. Avait-il déjà montré des signes d'allergie ?

— Non, aucun.

— Vous rappelez-vous s'il a mangé quelque chose d'inhabituel avant de s'évanouir ?

Elle secoua la tête.

— Non... Nous nous sommes promenés dans le labyrinthe, et il courait partout comme il le fait toujours. Nous venions juste d'arriver dans la tente, et j'allais lui acheter quelque chose à manger quand il a perdu connaissance.

— Je crois savoir ce qu'il s'est passé, dit Harmony.

Comme il la regardait, intrigué, elle brandit un minuscule bout de sapin.

— J'ai examiné l'intérieur de sa bouche, juste pour voir. Et voilà ce que j'ai trouvé.

— Oh ! Cameron ! s'exclama la mère du petit garçon, avant d'éclater de nouveau en sanglot.

Les jours suivants connurent une ambiance fiévreuse. À moins d'une semaine de Noël, Cam ne cessait de courir partout tandis qu'Harmony montait la garde au cabinet médical. L'équipe venue en renfort assurait maintenant les gardes de nuit en alternance avec Cam et aussi une permanence de jour, au cas où une urgence se présenterait alors que Cam se trouverait à l'autre bout de l'île.

Cependant, la plupart du temps, Harmony parvenait à tout gérer elle-même. Elle avait affaire à des maux de tête, des coupures sans gravité et des troubles digestifs dus principalement à une surconsommation de friandises.

Elle regrettait de ne plus avoir Cam auprès d'elle toute la journée, de ne pas l'entendre chantonner des airs de Noël ou ronchonner parce qu'elle avait réorganisé le rangement d'un placard ou un système de classement des dossiers. En fait, il acceptait mieux ses initiatives après avoir constaté qu'elles lui facilitaient le travail.

Elle avait à présent l'intention de suggérer à Cam de moderniser le système informatique du cabinet. Mais elle craignait qu'il ne soit hostile à l'idée de confier cette tâche à une entreprise spécialisée. Et elle-même ne resterait pas dans l'île assez longtemps pour pouvoir s'en charger.

Une seule chose demeurait constante au milieu de la frénésie qui s'était emparée d'Eilean Rurie : tous les soirs, elle retrouvait Cam. Soit il passait la chercher et elle restait au manoir, soit il venait chez elle et dormait à l'appartement, mais ils passaient dans tous les cas la nuit ensemble.

Ce soir-là, il était convenu qu'elle le rejoindrait au manoir, mais il lui téléphona pour l'informer qu'il aurait un peu de retard et qu'il passerait la chercher au cabinet.

Un bref instant, elle songea à lui dire que, pour une fois, elle resterait chez elle cette nuit, mais elle savait que les moments qu'il leur restait à passer ensemble étaient comptés.

Sans doute devrait-elle commencer à se détacher de lui à partir du mois de janvier, afin de se préparer à leur séparation ? Cela paraissait la meilleure solution.

Cette nuit-là, pendant qu'ils faisaient l'amour, elle s'interdit de penser à son futur départ afin de ne pas gâcher le plaisir qu'elle éprouvait dans ses bras.

Le lendemain matin, elle était dans la cuisine en train de préparer des pancakes lorsque Cam sortit de la chambre, tenant à la main son kit pour diabétique.

— Mmm, quelle bonne odeur de bacon ! s'exclama-t-il en venant l'embrasser dans le cou.

— Et je fais aussi des pancakes pour accompagner cela. Ils seront bientôt prêts.

— Génial !

À cet instant, son téléphone sonna. Il répondit.

— Oui, Angus, que puis-je faire pour vous ?

Harmony le vit brusquement changer de visage. Il avait l'air consterné.

— J'y vais tout de suite, dit-il.

Et il se dirigea vers la buanderie située derrière la cuisine.

Elle le suivit et s'arrêta sur le seuil en le voyant prendre sa combinaison de plongée, des harnais et des cordes.

— Que se passe-t-il ? demanda-t-elle, alarmée.

— Deux préados sont allés la nuit dernière au vieux village de pêcheurs quand la marée était basse. Ils ont dû s'endormir dans l'ancien poste de secours, et quand ils se sont réveillés, la marée montait. L'aîné des garçons a réussi à revenir, mais le plus jeune est encore coincé là-bas. Angus dit qu'ils avaient certainement bu.

— Quelqu'un a-t-il appelé les gardes-côtes ?

Elle espérait que Cam n'aurait pas à assurer lui-même le sauvetage de l'enfant.

— Oui, dit-il, mais ils vont mettre du temps à intervenir. Le gamin souffre peut-être d'hypothermie, et il faut le sortir de là avant que la marée finisse de monter. Ces enfants sont ceux du couple qui loge chez Gillian Strom, et la mère dit que le plus jeune n'est pas bon nageur.

Chargé de son équipement, il se rendit d'un pas pressé dans la chambre tandis qu'Harmony tentait de lutter contre la panique qui s'emparait d'elle en imaginant Cam plongeant dans une mer houleuse, luttant contre les vagues.

Enfin, elle se ressaisit et se rua dans la cuisine pour prendre deux barres protéinées et des abricots secs qu'elle jeta dans son sac. Après quoi, elle fonça vers le hall d'entrée et mit ses bottes et son manteau.

Lorsque Cam sortit de la chambre, elle l'interpella.

— Contrôle ta glycémie avant de partir !

— Tout va bien, inutile de faire des histoires, répondit-il sèchement.

— Mais...

Le regard qu'il lui lança tandis qu'il enfilait son blouson la glaça jusqu'aux os.

— Le temps presse, et je vais bien. Je n'ai pas besoin que tu me dises ce que je dois faire, Harmony.

Les mots étaient à peine sortis de sa bouche que Cam regretta de les avoir prononcés.

Non pas parce qu'il savait qu'Harmony avait raison et qu'il aurait dû faire ce test, ni parce que cela lui rappelait qu'il avait besoin de surveiller son taux de sucre, mais parce qu'il vit son visage se décomposer. Pâle comme un linge, elle le regarda fixement, l'air profondément blessée.

— Ne sois pas stupide, Cameron. Tu ne pourras sauver personne si tu ne vas pas bien toi-même. Je vais conduire. Pendant le trajet, tu pourras tester ta glycémie et aussi manger quelque chose. J'ai pris des barres protéinées et des fruits secs pour toi.

— Tu ne peux pas conduire Fidèle.

Harmony passa devant lui, prit le kit de contrôle et, arrivée près de la porte, elle attrapa leurs deux trousses médicales et les clés de voiture de Cam. Au moment de sortir, elle se tourna vers lui.

— Allons-y.

Il avait à peine fini de ranger son matériel à l'arrière de la voiture qu'Harmony avait déjà mis le moteur en marche.

Elle affichait un air déterminé qu'il aurait trouvé amusant en d'autres circonstances – mais pas aujourd'hui, alors que la situation était si préoccupante.

Il la regarda se battre un moment avec l'embrayage, puis avec le levier de vitesse passablement usé.

— Je vais conduire, dit-il, gagné par l'impatience.

Elle lui lança un regard incendiaire et, sans un mot, démarra en trombe.

Il fut tenté d'ignorer les provisions et le kit pour diabétique, mais il était conscient qu'Harmony avait parfaitement raison. S'il voulait être utile, il devait être en forme.

Il se rendait compte qu'il avait réagi à sa remarque comme il le faisait avec sa mère, étant enfant. Quand c'était l'heure de vérifier sa glycémie ou de grignoter quelque chose, il courait se cacher. Sa mère disait à tout le monde qu'il se comportait ainsi parce qu'il détestait les aiguilles, mais c'était faux. Ce qu'il détestait, c'était la façon qu'avait celle-ci de veiller constamment sur lui comme s'il était incapable de se prendre en charge et d'avoir une vie normale.

Il avait surmonté cela grâce à son grand-père, mais il constatait à présent que le passé avait laissé en lui des traces qui lui collaient à la peau.

Mais Harmony n'était pas comme sa mère. Jamais elle ne lui avait reparlé de son diabète depuis le jour où elle l'avait découvert. Jamais elle ne l'avait interrogé sur son taux de glycémie, jamais elle ne lui avait dit que c'était l'heure de faire le test. Elle lui avait fait confiance quand il lui avait dit savoir comment gérer sa maladie.

Il prit l'une des barres protéinées et en mit la moitié dans sa bouche. Tout en mâchant, il se demanda s'il devait faire son test maintenant, mais il lui parut plus important de commencer par manger quelque chose.

Il acheva d'avaler la barre protéinée avant de prendre la parole.

— Je vérifierai ma glycémie avant d'entrer dans l'eau, d'accord ?

Il n'obtint comme toute réponse qu'un grognement.

Il sentit son cœur se serrer.

Il n'aurait su dire depuis quand il était si important pour lui d'avoir l'approbation d'Harmony. Ni depuis quand celle-ci occupait une telle place dans sa vie. Mais c'était le cas. Il était tombé amoureux d'elle. Il aimait son charme, sa gentillesse, son courage, son esprit pratique. Et même la peur qu'il avait lue dans ses yeux lorsqu'elle avait compris ce qu'il avait l'intention de faire. Il aimait tout chez elle.

Cette prise de conscience lui coupa presque la respiration et accéléra les battements de son cœur.

Il était temps qu'il retrouve son bon sens, se dit-il en enfournant la seconde barre protéinée. Le moment était mal choisi pour parler d'amour.

Lorsqu'ils arrivèrent à proximité du vieux village, il avait mangé non seulement les deux barres, mais aussi une poignée d'abricots secs.

Comme ils se garaient derrière la voiture d'Angus, il entendit le hoquet de surprise d'Harmony alors qu'elle découvrait ce à quoi ils devaient faire face pour sauver l'enfant.

Même si les ruines de l'ancien poste de secours se trouvaient encore au-dessus de l'eau, les vagues venaient se fracasser contre elles.

Cam savait par expérience que le chemin pour aller du rivage jusqu'à l'endroit où le garçon se tenait, roulé en boule sur ce qu'il restait du poste de secours, ne serait pas facile à emprunter, le sable étant jonché de débris et d'obstacles divers. Mais il connaissait les lieux pour y être venu bien des fois au cours des années, et l'opération de sauvetage ne lui inspirait aucune inquiétude.

Dès qu'ils sortirent du véhicule, Angus vint vers eux. Comme Cam se dirigeait vers l'arrière de Fidèle pour prendre sa combinaison de plongée, il le suivit.

— Annie Howell était sortie s'occuper de ses moutons lorsqu'elle a vu l'aîné des garçons en train de nager, et elle a entendu le plus jeune appeler au secours. Par chance, elle avait du réseau et a pu me téléphoner.

— Pourquoi ne m'a-t-elle pas prévenu directement ? demanda Cam.

— Je suis plus proche. Elle a pensé que nous pourrions prendre le bateau et aller chercher le gamin. Quand je suis arrivé ici, j'ai constaté que la marée n'était pas assez haute, et je vous ai aussitôt téléphoné. J'ai renvoyé l'aîné chez Gillian où j'imagine qu'il a rendu ses tripes. Il sentait le whisky à plein nez. Sa mère a dit qu'il était assez bon nageur, mais ce n'est pas le cas de son frère. Ce qui explique qu'il n'ait pas essayé de regagner le rivage comme son aîné.

— Bon sang ! s'exclama Cam.

Il devenait impératif de sortir de là le jeune garçon, qui souffrait probablement d'hypothermie mais aussi d'une intoxication alcoolique sévère.

— Quelqu'un sait-il combien de temps ces enfants ont passé dans les ruines du poste de secours ?

Angus secoua la tête.

— Compte tenu de l'heure de la marée montante, je pense qu'ils ont passé la nuit ici. Ils sont certainement sortis de chez eux dès que leurs parents se sont endormis.

Cam avait revêtu sa combinaison de plongée. Il allait enfiler ses gants lorsqu'il sentit qu'on lui touchait le bras.

Harmony tenait à la main une lancette pour lui piquer le doigt. Elle affichait un air sévère, inflexible.

Sans rien dire, il tendit la main.

Elle préleva un échantillon de sang sur la bandelette réactive, puis se tourna vers le lecteur de glycémie qu'elle avait posé sur le pare-chocs de la voiture.

Cam et Angus déballèrent les harnais tout en discutant de la meilleure façon de porter secours à l'enfant.

Voyant Harmony s'éloigner avec son kit pour diabétique, Cam en conclut, soulagé, que les résultats du test étaient bons. À présent, il ne fallait plus songer qu'à mener à bien l'opération de sauvetage.

Angus et son fils Colin sécurisèrent les cordes tandis que Cam enfilait un gilet de sauvetage et un harnais. À l'aide d'un mousqueton, il attacha le même équipement à un anneau fixé sur son gilet.

Après avoir vérifié que tout était en place, il se tourna vers Angus.

— Assurez-vous de l'arrivée de l'hélicoptère des gardes-côtes. Dès que j'aurai sorti ce gamin de là, je l'enverrai se faire soigner à Skye.

Il jeta un rapide coup d'œil autour de lui, cherchant du regard Harmony, mais il ne la vit nulle part.

Il entra alors dans l'eau, ne pensant plus qu'à éviter d'être emporté par les vagues ou blessé par les débris.

10

Harmony retourna près de Fidèle pour sortir les couvertures chauffantes et le matériel dont ils pourraient avoir besoin quand Cam reviendrait avec l'enfant. Tout ce qu'elle espérait, c'était qu'il ne laisse pas la mer l'engloutir.

C'était sa faute si elle avait tellement peur pour lui. Elle avait eu beau se dire qu'elle n'aurait avec lui qu'une brève aventure, elle devait admettre aujourd'hui que si elle s'inquiétait tant de le voir lutter contre la mer agitée, c'était qu'elle était tombée désespérément amoureuse de lui, sans savoir où cela la mènerait. La seule fautive dans l'histoire, c'était elle.

Annie Howell vint lui apporter une tasse de café fumant qu'elle accepta avec gratitude.

— Ne vous inquiétez pas pour le laird, dit Annie. Il connaît ces eaux-là mieux que personne, et il est entraîné au sauvetage en mer. Il n'y serait pas allé s'il n'avait pas cru réussir à ramener le garçon sain et sauf.

Mais si, il y serait allé, pensa Harmony avec amertume. Même s'il avait pensé que c'était très dangereux.

Elle se sentait encore blessée par la réaction qu'il avait eue lorsqu'elle avait tenté de lui faire tester sa glycémie avant de quitter le manoir. Mais la peur qui l'habitait maintenant lui faisait oublier tout le reste. Elle avait froid et tremblait comme une feuille.

Un cri s'éleva de la foule rassemblée sur le rivage. Elle se retourna à temps pour voir Cam se cramponner d'une main à un piquet émergeant de l'eau. Il était clair qu'il luttait pour empêcher les vagues de l'emporter. Il réussit à attraper le poteau de l'autre main, et elle poussa un soupir de soulagement.

Il traînait une corde qui le reliait au rivage mais, si la marée l'emportait et qu'on était obligé de le ramener en le tirant avec la corde, il risquait d'être blessé.

— Il y est presque, à présent, dit Annie d'un ton calme.

Sa voix trahissait cependant une certaine inquiétude.

Il atteignit la plate-forme et s'y hissa. Harmony le vit examiner l'enfant qui, au bout d'un moment, réussit à s'asseoir. Cam lui fit enfiler le gilet de sauvetage qu'il attacha au sien avant de ramener le garçon contre lui.

C'était la phase la plus délicate de l'opération. Paniqué, l'enfant poussa des cris d'effroi en agitant les jambes dans tous les sens lorsque Cam l'entraîna dans l'eau.

Le poing écrasé sur la bouche, Harmony suivit du regard la lente progression de Cam vers le rivage avec le gamin accroché à lui. Angus, Colin et Martin Harris, venu en renfort, maintenaient la corde tendue grâce à un treuil.

Cam et son fardeau étaient tout proches du rivage lorsque l'on entendit le ronflement d'un hélicoptère. Attrapant les couvertures chauffantes, Harmony se hâta de rejoindre l'endroit où s'activait le groupe de sauveteurs, afin d'être là quand Cam et le garçon regagneraient la terre ferme.

Elle ne prêta aucune attention à l'agitation de la petite foule. Elle n'avait d'yeux que pour Cam qui achevait sa marche épuisante à travers les déferlantes, accompagné maintenant d'Angus qui était entré dans l'eau pour l'aider à porter l'enfant jusqu'au rivage.

Feignant un calme qu'elle était loin de ressentir, elle se précipita avec les couvertures vers Cam, qui décrochait le goupillon le reliant à l'enfant. Elle enveloppa rapidement le garçon dans la couverture, et elle s'apprêtait à le porter jusqu'à l'hélicoptère, mais Angus la devança. Il prit l'enfant dans ses bras et courut le confier à l'équipe médicale qui venait de sortir une civière de l'hélicoptère.

Cam, haletant, se laissa tomber sur l'herbe.

Harmony lui posa l'autre couverture sur les épaules. Il lui adressa un sourire, mais elle était trop tendue pour le lui rendre. Elle se cramponna à son épaule comme si elle avait besoin de cela pour s'assurer qu'il était là, bien vivant, devant elle.

Il tourna la tête et lui baisa les doigts.

— Ce fut sportif, dit-il en cherchant à reprendre son souffle.

— Comment allait ce garçon quand tu l'as rejoint ?

— Il était gelé, mais assez combatif encore pour me ramener sur le rivage, répondit-il en plaisantant.

Mais son trait d'humour tomba à plat.

Angus revint vers eux.

— Ils emmènent le petit à Skye, et son père va les accompagner, dit-il en se penchant vers Cam, toujours assis dans l'herbe.

— Moi aussi, je vais aller là-bas m'assurer qu'il va bien, dit Cam. Et je dois aussi faire un rapport puisque nous avons dû faire appel à l'hélicoptère. Avez-vous le temps de m'emmener, Angus ? Sinon, je peux attendre l'arrivée du ferry.

— Rentrez chez vous vous réchauffer et prévenez-moi quand vous serez prêt, répondit aussitôt Angus. Nous prendrons mon bateau.

Cam parut retrouver toute son énergie. Il se leva et ôta son harnais qu'il remit à Martin, chargé de récupérer les équipements.

Harmony le suivit tandis qu'il se dirigeait à grandes enjambées vers la voiture.

Soudain, elle le rattrapa et s'agrippa à son bras.

— Tu es blessé.

Il lui jeta un regard en coin et esquissa une petite grimace.

— Oui. Quelque chose m'a heurté quand cette grosse vague a failli m'emporter. Ma combinaison de plongée a été déchirée.

Elle lui lâcha le bras, le regarda et retourna à la voiture.

Dire qu'elle était dans tous ses états parce qu'il s'était blessé à la cheville, et lui, il n'avait d'autre souci que d'avoir déchiré sa combinaison de plongée !

Martin et Colin avaient remis les cordes et les harnais à l'arrière de Fidèle. Cam discuta un moment près de la voiture avec Angus. Elle le vit à travers la vitre se pencher pour regarder la coupure qu'il avait à la jambe. Elle lui aurait bien proposé de lui faire un pansement en attendant qu'ils soient de retour au manoir et qu'elle puisse le soigner correctement, mais la réaction qu'il avait eue plus tôt l'en dissuadait.

Après tout, c'était lui, le médecin ! S'il voulait un pansement, il pouvait se le faire lui-même.

Cam finit par prendre congé d'Angus et monta dans la voiture. Elle démarra aussitôt.

— Eh bien, dit-il, tout s'est bien passé, en fait. Mais Angus pense que le père peut créer des ennuis. Je verrai la tournure que prennent les choses quand je serai à Skye.

Elle se sentait maintenant épuisée. Elle avait du mal à se concentrer sur autre chose que sa conduite. Se trouver au volant de Fidèle sur les routes étroites de l'île n'était pas une sinécure.

— Quel genre d'ennuis ? demanda-t-elle.

— Il s'est dépêché d'affirmer que ses fils n'avaient pas bu, et il a parlé de la dangerosité du vieux poste de secours.

— Mais il est protégé par une clôture et il y a un panneau qui indique clairement « Défense d'entrer ». Comment peut-il se montrer aussi ingrat alors que tu es parti chercher cet enfant et que tu t'es blessé en lui portant secours !

— Ne t'inquiète pas, dit-il d'un ton calme. J'arrangerai les choses, quoi qu'il arrive. Et c'est une simple coupure, Harmony. J'ai eu des blessures plus graves en faisant des choses bien moins importantes.

Sans doute faisait-il allusion à ses passe-temps stupides.

Elle préféra ne rien dire de peur que cela ne déclenche une dispute. Rien ne l'autorisait à s'immiscer dans la vie de Cam ni à remettre ses choix en question. D'autant moins qu'elle savait que leur histoire ne connaîtrait pas de *happy end*.

Cam MacRurie prenait beaucoup trop de risques pour qu'elle entretienne avec lui une relation durable. Elle le savait déjà, mais aujourd'hui, après l'avoir vu se jeter dans l'action et revenir blessé, elle en avait la preuve tangible.

— Je veux te présenter mes excuses pour ce qu'il s'est passé tout à l'heure, quand tu m'as dit de tester ma glycémie avant que nous ne quittions le manoir. Ma réaction était tout à fait déplacée, et j'en suis désolé.

— Inutile de…

— Mais si, je dois m'excuser, Harmony, d'autant plus que c'est toi qui avais raison. C'est juste que j'ai l'habitude de n'en faire qu'à ma tête sans rendre de comptes à personne. Et j'ai vu combien tu as eu peur quand tu as su que j'allais faire un sauvetage en mer.

— Pas de problème, dit-elle sèchement. Je ne t'ai jamais dit de ne pas aller secourir ce garçon, non ?

Il soupira.

— Non, tu ne l'as pas fait, et je t'en suis reconnaissant. J'ai toujours eu l'esprit aventureux, même enfant, mais ma mère me couvait à cause de mon diabète. Elle m'interdisait tout ce qu'elle jugeait trop dangereux pour moi. Mon grand-père m'a libéré de la maladie en m'apprenant à la gérer. Et, devenu adulte, j'ai pris plaisir à défier la nature et à tester mes limites. Ça me permet de me sentir vivant.

Ils étaient arrivés devant l'entrée privée dont il disposait au manoir. Elle coupa le moteur et se tourna vers Cam qui claquait des dents, frigorifié.

— Maintenant, il faut aller te réchauffer. Allons-y.

Comme elle ouvrait la portière, il lui saisit le poignet.

— J'ai besoin de savoir que tu comprends pourquoi je t'ai crié dessus, tout à l'heure, et que tu me pardonnes.

— Oui, je te pardonne. Mais je ne peux pas te promettre de me taire si ce genre de situation se reproduit. Je suis comme cela, et je ne changerai pas.

L'air soulagé, il posa ses lèvres glacées sur son poignet.

— Je ne te demande pas de changer, Harmony. J'ai juste besoin que tu comprennes.

Elle comprenait. Peut-être même trop bien.

Pendant qu'il se réchauffait sous une douche brûlante, elle réfléchit à ce qu'il venait de lui dire. Cela faisait écho aux propos que lui avait tenus sa mère en lui parlant de son père.

— Je crois qu'il prend des risques pour prouver que l'armée a eu tort de ne pas vouloir de lui à cause de son problème cardiaque, avait-elle dit d'une voix pleine de tristesse et de colère.

Il n'était pas difficile d'établir un parallèle entre le besoin qu'avait eu son père de faire ses preuves et le goût du risque que montrait Cam. L'attitude hyperprotectrice de sa mère avait-elle provoqué chez lui l'effet inverse de ce qu'elle recherchait ? Avait-elle poussé Cam à prouver que, en dépit de son diabète, il pouvait affronter tous les dangers ?

Elle sentit les larmes venir.

Jamais elle n'aurait la force de supporter ce que sa mère avait connu. Elle ne voulait pas perdre l'homme qu'elle aimait parce qu'il avait besoin de sa dose d'adrénaline. Il fallait qu'elle prenne ses distances avec Cam au plus tôt, avant que la séparation ne lui paraisse encore plus difficile.

Plus vite Cam engagerait une nouvelle infirmière, plus vite elle pourrait s'en aller d'ici.

Après qu'il l'eut quittée pour se rendre à Skye, lui promettant de lui faire savoir quand il serait de retour, elle ouvrit son ordinateur et se mit à consulter les sites des agences pour l'emploi afin de se trouver une remplaçante.

Harmony avait reçu un coup de téléphone de Cam. Celui-ci avait passé la nuit à Skye afin de s'assurer que le jeune garçon se remettait bien de son équipée. Il devait encore rédiger un rapport détaillé sur l'incident, ce qui lui prendrait un peu de temps. Il ne regagnerait l'île qu'au soir du 23 décembre.

On était dimanche, mais elle avait ouvert le cabinet au cas où il y aurait une urgence. Après tout, elle n'avait rien de mieux à faire maintenant que Cam n'était plus là.

Les préparatifs du gala de Noël battaient leur plein. Chacun se hâtait de mettre la dernière touche à la décoration de la salle paroissiale. C'était là qu'aurait lieu la fête. Elle avait proposé son aide, qui avait été refusée.

— Il y a déjà assez de gens qui se pressent là-bas, lui avait dit Katherine. Il vaut mieux vous tenir en dehors de tout cela. Mais si vous voulez absolument aider, venez plus tard chez moi, et vous me donnerez un coup de main pour faire les puddings.

— J'imagine que vous n'avez pas vraiment besoin de moi ? avait répliqué Harmony.

— Non, mais j'aime bien avoir de la compagnie. Je déteste faire des gâteaux, mais cette année je me suis portée volontaire pour les puddings. Si vous êtes là, la tâche me paraîtra moins pénible.

Elle avait donc passé la soirée avec Katherine, qui lui avait parlé de son enfance à Bristol et de son père qui pensait que les études n'étaient pas faites pour les filles.

— J'ai quitté la maison à seize ans et suis allée à l'université, avait raconté Katherine. Mon père considérait que c'était là une perte de temps et d'argent, et que j'aurais mieux fait de me marier et d'avoir des enfants.

C'était en fin de soirée. Elles avaient mis les puddings dans le four et rangé la cuisine. Assises au salon, elles savouraient un verre de vin.

— Comment êtes-vous arrivée ici ? avait demandé Harmony.

— J'ai été engagée au manoir comme comptable, après avoir répondu à une annonce parue dans le journal. J'avais l'esprit aventureux, à l'époque, et j'ai pensé que ce poste ferait bon effet dans mon CV. J'avais l'idée de partir un jour en Australie, et je savais que plus j'aurais d'expérience professionnelle, mieux ce serait.

— Mais vous êtes tombée amoureuse de l'île et vous êtes restée. C'est ce qui s'est passé, n'est-ce pas ?

Katherine avait baissé les yeux et regardé fixement son verre de vin pendant un moment.

— Non, avait-elle répondu. Je suis tombée amoureuse du laird. Pas du vôtre, bien sûr, s'était-elle empressée de préciser. Je parle du vieux laird, le grand-père de Cameron. C'était un homme merveilleux, très beau, et j'ai perdu la tête pour lui. Quand je l'ai connu, il était veuf depuis déjà plusieurs années, et même si tout le monde savait qu'il pleurait toujours sa femme, je pensais qu'il serait peut-être prêt à tourner la page.

Elle s'était tue, le regard braqué sur le feu qui brûlait dans la cheminée. Elle semblait plongée dans ses souvenirs.

Ne sachant que dire, Harmony avait attendu, se demandant comment l'histoire s'était terminée.

— Mais il ne l'a jamais été, reprit Katherine. Et je n'étais pas du genre à me jeter à son cou. Je suis restée, tout simplement, et je suis devenue son amie, faisant tout ce que je pouvais pour le protéger et veiller sur lui. Parfois… Parfois, je me demande ce qu'il aurait pu arriver si je lui avais parlé. Mais certains hommes n'ont dans leur cœur qu'une seule femme, et le vieux laird était de ceux-là. Lui avouer mes sentiments aurait probablement créé un malaise entre nous et j'imagine que, si je ne lui ai jamais rien dit, c'était pour préserver notre amitié. La vie est remplie de choix difficiles à faire, et je pense que j'ai pris la bonne décision.

Harmony hocha la tête, mais elle souffrait intérieurement pour cette femme qui avait peut-être gâché ses chances de vivre un bel amour parce qu'elle n'avait pas eu le courage d'avouer ses sentiments à l'homme qu'elle aimait.

— J'étais ici quand Cameron est venu vivre chez son grand-père, avait poursuivi Katherine. Le vieux laird se faisait beaucoup de souci pour lui. Cameron était un jeune homme en colère, renfrogné et replié sur lui-même.

— Cam ? s'exclama Harmony.

L'homme qu'elle connaissait ne correspondait en rien à cette description.

— Oh oui ! Son grand-père me disait souvent : « Si je ne l'aide pas, quel genre de vie aura-t-il ? »

— Cam m'a confié que son grand-père l'avait libéré.

Katherine avait souri et hoché la tête.

— Cela n'a pas été facile pour Douglas. Il savait parfaitement à quel point le diabète dont Cam souffrait pouvait mettre sa vie en danger, mais il était décidé à aider son petit-fils à accepter la maladie et à apprendre comment la gérer. Il était inquiet de le voir prendre confiance et devenir le garçon intrépide qu'il rêvait d'être, mais il était conscient qu'il devait lui donner l'indépendance dont il avait besoin.

Harmony ne cessait de penser à cette conversation qu'elle avait eue avec Katherine.

Comme elle aurait voulu avoir la même force d'âme que le vieux laird qui, malgré ses craintes, avait aidé Cam à se libérer ! Mais elle se savait incapable de surmonter ses peurs.

Prenant conscience de sa faiblesse, elle fondit en larmes.

Une lutte acharnée se livrait en elle, car elle était à la fois attirée par Cam et convaincue qu'elle devait le fuir. Elle se sentait piégée, face à un dilemme insoluble.

Cam revint le lendemain et lui téléphona à sa descente du ferry.

— Je vais rentrer chez moi prendre une douche et me changer, dit-il. Tu me rejoins dans un petit moment, d'accord ?

Elle trouva bizarre qu'il ne passe pas la chercher pour qu'ils aillent ensemble au manoir, mais elle lui répondit simplement qu'elle serait là dans une heure.

En se rendant à pied chez lui, elle salua au passage un certain nombre d'habitants de l'île.

Elle était arrivée depuis peu de temps et s'étonnait d'avoir déjà fait connaissance avec tant de monde. Elle qui avait pensé rester isolée durant les deux mois de son séjour à Eilean Rurie, elle avait à présent l'impression de faire partie de la population locale. On l'avait accueillie à bras ouverts, et elle savait déjà que, une fois qu'elle serait partie, l'île lui manquerait terriblement.

Dès qu'elle eut franchi le seuil de l'entrée privée de Cam, une délicieuse odeur vint lui chatouiller les narines. Elle huma à fond l'appétissant effluve en se débarrassant de son manteau et de ses bottes.

— Qu'est-ce que tu fais ? demanda-t-elle en entrant dans la cuisine.

— Des biscuits, répondit Cam avec un grand sourire. J'ai promis d'en préparer quelques-uns pour le gala de demain, et j'avais peur de n'être pas rentré à temps pour les faire.

Elle nota le désordre qui régnait sur le plan de travail, puis la farine et le sucre tombés sur le sol.

— J'ai l'impression que ce n'est pas quelque chose que tu pratiques souvent, dit-elle.

Il rit.

— C'est la première fois que je me lance, mais je crois que je ne m'en sors pas trop mal. Est-ce que tu vas rester là à me regarder sans rien faire, ou vas-tu te décider à me donner un coup de main ?

Elle pouffa en sortant un balai du placard.

— Je vais balayer le carrelage avant que l'un de nous deux ne glisse et se fasse mal. Ensuite, je t'aiderai.

Elle le trouvait irrésistible avec son tablier en vichy noué autour de la taille et ses cheveux qui n'avaient pas encore eu le temps de sécher après sa douche. Elle se sentait fondre. L'idée de résister à l'amour et à l'attirance qu'elle éprouvait pour lui semblait presque risible.

— Comment peut-on mettre un tel désordre dans une cuisine ? dit-elle tout en maniant le balai.

Cam haussa les épaules en disposant ses biscuits sur un papier de cuisson.

— Je ne suis pas mauvais cuisinier, mais c'est la première fois que je me lance dans la pâtisserie. Alors il faut m'excuser, je n'avais pas prévu que le mixer allait projeter en l'air la moitié des ingrédients si je le faisais tourner à la vitesse maximum.

Cet aveu la fit éclater de rire, et ils continuèrent de plaisanter tandis qu'elle l'aidait à préparer une nouvelle fournée de biscuits.

— Comment comptes-tu les décorer ? demanda-t-elle.

— Les décorer ? Je suis censé faire cela aussi ?

— Oui, sinon ils n'auront rien d'attirant, expliqua-t-elle en s'efforçant de garder son sérieux. Aurais-tu des colorants alimentaires ? Oh ! attends, je vais regarder.

— Tout ce qui sert à faire des gâteaux se trouve dans le placard du fond, à gauche.

Elle trouva bientôt ce qu'elle cherchait et saupoudra les biscuits de sucre coloré sous le regard attentif de Cam.

La première fournée était déjà cuite. Ils la sortirent du four et la remplacèrent par une nouvelle.

Cam attendit un peu que les premiers biscuits refroidissent avant d'en goûter un.

— Mmm... Pas mal du tout.

Il s'approcha d'Harmony et lui tendit son biscuit pour qu'elle morde dedans. Elle s'exécuta et hocha la tête.

— Délicieux !

— Oui...

Il regardait fixement ses lèvres. Et quand il se pencha pour l'embrasser, elle se sentit fondre, tout comme le biscuit moelleux qui fondait dans sa bouche.

— Tu m'as tellement manqué la nuit dernière, dit-il en l'enlaçant. J'avais hâte de revenir ici pour te revoir.

Elle ne dit rien. Avouer qu'il lui avait manqué aussi révélerait trop les sentiments qu'elle éprouvait pour lui.

Il la souleva dans ses bras et la porta jusqu'au canapé, où il l'allongea en la couvrant de baisers. Le temps semblait suspendu.

Cam commença lentement à lui ôter ses vêtements.

— Tu es si belle, murmura-t-il.

— Toi aussi.

Le plaisir qu'elle ressentit lorsqu'il la pénétra ne venait pas uniquement des sensations incroyables qu'il éveillait en elle. Et lorsqu'ils atteignirent en même temps un orgasme qui les plongea dans un monde de pure jouissance, elle se sentit habitée d'une joie profonde.

Ils revinrent brutalement sur terre en sentant une odeur de brûlé se répandre.

— Les biscuits ! s'écria Cam.

Et il courut vers la cuisine tandis qu'elle émergeait de son état semi-extatique. Elle se mit à rire en entendant les bruits sourds et les jurons qui venaient de l'autre pièce.

Cam revint dans la salle de séjour et se planta devant elle en lui lançant un regard noir.

— Très drôle, n'est-ce pas ?

— Hilarant, répondit-elle sans pouvoir retrouver son sérieux.

Il se précipita sur elle en poussant des grognements terribles, et ils commencèrent à se battre, jusqu'au moment où Cam, malgré ses efforts, ne put s'empêcher de se joindre au fou rire d'Harmony.

Ils restèrent entrelacés, et bientôt leur hilarité fit place de nouveau aux soupirs et aux halètements.

Harmony, blottie dans les bras de Cam, se sentait incroyablement détendue, le corps pleinement assouvi. Merveilleusement heureuse. Lorsqu'il se releva, appuyé sur ses coudes, elle ouvrit les yeux pour le regarder. En voyant l'expression de son visage, elle retrouva aussitôt sa pleine conscience, et un sentiment de crainte l'envahit.

— Reste ici avec moi, Harmony. Je t'aime.

11

Cam n'avait pas eu l'intention de laisser ainsi parler son cœur, mais quelque chose à cet instant l'y avait poussé.

Il savait déjà qu'il éprouvait pour Harmony un amour vrai et profond, mais il en avait eu la certitude en constatant combien elle lui avait manqué quand il était à Skye. Ce n'était pas uniquement une question de manque physique. Il y avait entre eux quelque chose qui à la fois l'apaisait et l'excitait. Quelque chose qui comblait sa solitude.

La réaction de surprise d'Harmony ne l'étonna pas. Il était le premier stupéfait de lui avoir fait cette proposition, même si elle était sincère. En revanche, il ne comprit pas pourquoi elle le repoussa avec une telle violence.

Il faillit tomber du canapé, ce qui aurait rendu la situation encore plus gênante.

— Non, non et non ! s'écria-t-elle en se redressant.

Elle lui tourna le dos et se cacha le visage dans les mains.

— Oh ! Cam, pourquoi m'as-tu dit cela ? Tu as tout gâché.

— Parce que je le pense, répondit-il sans savoir s'il était triste ou en colère. Je t'aime. J'ai envie qu'on vive ensemble, pour toujours. Quel mal y a-t-il à cela ?

— *Je ne peux pas !*

Cela ressemblait presque à un gémissement. Quand elle se retourna pour lui faire face, elle était livide.

— Cela ne marcherait pas. Je ne peux pas !

Il avait envie de la prendre dans ses bras mais, comprenant que ce n'était pas ce qu'elle voulait, il y renonça.

— Et pourquoi cela ne marcherait-il pas ?

Il avait besoin de poser la question afin de donner un sens à ce qu'elle venait de dire. Était-il donc le seul à savoir que ce qu'ils partageaient était plus profond et plus vrai qu'une simple passion physique ?

Harmony s'empara d'un gros coussin qu'elle serra dans ses bras comme pour dresser une barrière entre elle et lui.

— Est-ce que... Est-ce que je ne t'ai pas déjà parlé de mon père ?

Quel rapport cela avait-il avec leur histoire ?

— Je crois t'avoir dit qu'il souffrait d'un problème cardiaque qui l'avait empêché d'entrer dans l'armée. Eh bien, on aurait dit que, après cela, il voulait prouver qu'il était capable de tout faire. C'était un casse-cou, Cam, tout comme toi. Prêt à pratiquer tous les sports, quels qu'ils soient, pourvu qu'ils lui procurent sa dose d'adrénaline. Les courses de voiture ou de moto, le parachutisme, l'escalade, il voulait tout essayer.

Cam fut tenté de protester, de dire qu'il n'était pas comme cela. S'il se lançait dans toutes ces activités, ce n'était pas pour se prouver quoi que ce soit, mais parce qu'il avait le goût de l'aventure et adorait les sports extrêmes. Mais Harmony était en larmes, et il ne supportait pas de la voir pleurer. Le nœud qu'il avait dans la gorge l'empêchait de parler.

— Et cela a fini par le tuer, Cam. Il a voulu faire de l'escalade à mains nues, mais il n'y était pas prêt. Ou peut-être son cœur a-t-il fini par flancher. Personne ne sait vraiment ce qu'il s'est passé. La seule certitude qu'on a, c'est qu'il a lâché prise sur cette falaise et qu'il a fait une chute mortelle.

— Harmony, je suis vraiment désolé...

Elle fronça les sourcils et lui lança un regard déterminé.

— Je n'ai pas besoin de ta compassion, Cam, mais simplement que tu comprennes. J'avais six ans quand il est mort. Ma mère a dû m'élever toute seule. Il lui a fallu des années pour surmonter ce deuil. Le besoin égoïste qu'a eu mon père de vouloir se prouver quelque chose à lui-même nous a privées de sa présence. J'ai vécu sans père, et ma mère sans mari. Et j'ai vu mes grands-parents vieillir avant l'heure à cause de la mort de leur fils qu'ils adoraient.

Elle respira un grand coup et se passa la main sur le visage pour essayer d'effacer ses larmes.

— Je ne peux pas prendre le risque de vivre cela, Cam. Je sais pourquoi tu te comportes de cette façon, et je sais à quel point on peut devenir accro aux sports extrêmes, aussi jamais je ne te demanderai d'y renoncer. Bien sûr, je peux choisir de ne pas te regarder les pratiquer, mais je ne veux pas me retrouver à t'attendre à la maison et apprendre que tu ne reviendras pas. Je ne suis pas assez forte pour le supporter.

Chacun des mots qu'elle prononçait l'atteignait en plein cœur. Cela lui faisait tellement mal qu'il en avait la nausée.

Il faillit lui dire qu'elle avait raison, qu'il ne renonçait jamais à faire ce qui lui plaisait, quel que soit le danger. Que cela lui en apprenait plus sur lui que ce qu'il avait envie de savoir.

— Je comprends, dit-il. Je comprends vraiment.

Que pouvait-il ajouter en voyant la femme qu'il aimait se lever et se rhabiller ?

Soudain conscient de sa propre nudité, il saisit son pantalon et l'enfila, les mains tremblantes.

Harmony finit de se vêtir sans plus dire un mot. Il la suivit dans le hall et la regarda remettre ses bottes et son manteau. Lorsqu'elle se retourna pour lui faire face, son visage était sans expression, mais son regard était éloquent.

— J'ai rédigé une annonce pour trouver quelqu'un qui reprenne mon poste. Si tu es d'accord, je vais l'envoyer à des agences. Et peut-être faudrait-il aussi la faire paraître dans les journaux de Glasgow.

Il hocha la tête et réussit à retrouver sa voix malgré la douleur qui lui étreignait la poitrine.

— Oui, bien sûr. Je te remercie.

Il la vit esquisser un petit sourire triste.

— Poli jusqu'au bout, dit-elle doucement. Tu es vraiment un homme étonnant. La femme dotée d'un cœur plus solide que le mien qui, un jour, partagera ta vie aura beaucoup, beaucoup de chance.

« Mais c'est toi que je veux. Toi seule. »

Avant qu'il n'ait eu le temps de le lui dire, de la supplier et de plaider sa cause, elle était partie, refermant doucement la porte derrière elle.

Tout, autour d'Harmony, évoquait la joie et le bonheur : les guirlandes lumineuses, les chants de Noël, les rires des enfants. Mais elle se demandait si elle retrouverait un jour l'envie de partager cette atmosphère de fête. Elle n'avait qu'un désir : retourner au manoir pour demander à Cam d'oublier ce qu'elle avait dit.

Mais c'était impossible ! Elle ne se voyait pas vivre avec lui, car elle savait à quoi cela l'exposerait. Elle ne supportait pas l'idée de voir l'homme qu'elle aimait perdre la vie pour avoir pris trop de risques.

Arrivée au cabinet médical, elle gravit l'escalier pour rentrer chez elle.

Jamais elle ne s'était sentie aussi seule.

L'unique personne à qui elle pourrait se confier, c'était sa mère, mais elle ne voulait pas lui gâcher ses vacances. Elles s'étaient téléphoné plusieurs fois depuis que celle-ci séjournait dans le Yorkshire, et elle l'avait sentie plus heureuse qu'elle ne l'avait été depuis des années. Elle ne voulait pas troubler ce bonheur tout neuf.

Pourtant, elle finit par l'appeler. Elle voulait l'entendre lui confirmer qu'elle avait fait le bon choix.

Sa mère devina immédiatement que quelque chose n'allait pas. Harmony lui raconta alors toute l'histoire. Elle lui dit qu'elle était tombée amoureuse de Cam MacRurie, qu'il lui avait demandé de rester avec lui, mais que cela lui semblait impossible.

— Il est comme papa, expliqua-t-elle en pleurant. Je ne supporte pas l'idée de vivre ce que tu as vécu, maman.

— S'il est comme ton père, ma chérie, tu ne dois pas avoir peur.

Elle sursauta, car elle venait de raconter à sa mère les aventures risquées dans lesquelles Cam aimait tant se lancer.

— Que veux-tu dire, maman ?

— Eh bien, la vérité, c'est que ton père était un homme exceptionnel - amoureux, prévenant, intelligent et, oui, aventureux. Mais c'est ce mélange qui m'a attirée chez lui. Et je savais à quoi je m'exposais quand je l'ai épousé...

Sa mère prit une profonde inspiration.

— Ton père avait peut-être l'impression d'avoir quelque chose à prouver, mais je crois surtout qu'il voulait vivre pleinement sa vie. Pourtant, il m'avait dit que cette escalade serait la dernière. Il voulait rester davantage à la maison - pour toi et pour moi. Mais il n'a pas eu la chance de pouvoir tenir sa promesse.

Harmony était sous le choc.

— Tu ne m'avais jamais dit cela, maman.

— Cela me faisait trop mal d'y penser. Je me sentais trahie et très en colère.

— Je ne me crois pas capable de vivre une situation pareille, maman. Voir Cam quitter la maison pour pratiquer l'un de ces sports stupides et imaginer qu'il ne reviendra peut-être pas...

— C'est à toi de décider, mais ne laisse pas la peur t'empêcher de vivre quelque chose de très beau.

Il y avait dans la voix de sa mère une telle douceur qu'elle s'effondra.

— Mais j'ai peur, maman ! Je l'aime tant ! Je ne peux pas accepter l'idée de le perdre à cause de l'une de ces activités aussi idiotes que dangereuses.

— Prends le temps de réfléchir, Harmony. J'aimais ton père, et je savais qui il était quand je l'ai épousé. Je l'ai fait en toute lucidité, mais je n'imaginais pas le perdre de cette façon. J'étais jeune, et je me voyais passer toute ma vie avec lui. Mais malgré cette fin tragique, pour rien au monde je ne voudrais avoir fait un autre choix. Je ne regrette rien. Nous avons été heureux durant les quelques années où nous avons vécu ensemble. C'est à cela que je me raccrochais quand il me manquait trop. Et puis, il m'a fait ce beau cadeau - toi. Et toi et ta grand-mère, vous m'avez soutenue les jours où je ne me sentais pas capable de mettre un pied devant l'autre.

— Oh ! maman...

Elle se remit à pleurer, mais c'étaient cette fois des larmes plus douces, apaisantes.

— Fais ce que tu crois être bon pour toi, ma chérie. Mais ne laisse pas la peur diriger ta vie. Rien n'est jamais sûr. Personne ne sait de quoi sera fait le lendemain. Il faut vivre pleinement en espérant que tout se passera pour le mieux. Comme disait grand-mère : « Inutile de se faire du souci tant qu'il n'y a pas de problème. »

Harmony lâcha un petit rire au milieu de ses larmes.

— Grand-mère me manque tellement ! Et toi aussi. Je voudrais tant être avec toi en ce moment.

— Elle me manque, à moi aussi. Et tu me manques. J'ai cru que je ne pourrais jamais passer ce Noël sans elle. Ce voyage avec Fred me change un peu les idées, mais sans toi ce Noël ne sera pas complet.

Elles restèrent silencieuses un moment, puis sa mère reprit la parole.

— Ne pourrais-tu pas quitter ton île quelques jours ? Nous restons encore une semaine dans le Yorkshire. Tu pourrais venir nous rejoindre.

Horrifiée à l'idée de quitter Cam au moment où il avait le plus besoin d'elle, compte tenu de tous les visiteurs qui avaient envahi Eilean Rurie, Harmony protesta.

— Non, bien sûr que non ! Je ne vais pas abandonner mon poste avant d'avoir trouvé quelqu'un pour me remplacer. Mes problèmes personnels ne doivent pas affecter mon travail.

Sa mère laissa échapper un petit rire.

— Je reconnais bien là ma fille ! Maintenant, réfléchis à ce que je t'ai dit. Je sais que tu n'es pas du genre à prendre des risques, mais parfois cela en vaut la peine.

— D'accord, maman. Je t'aime.

Après avoir raccroché, Harmony s'assit pour repenser à la conversation qu'elles venaient d'avoir. Cela lui remettait en mémoire l'histoire de Katherine, qui était peut-être passée à côté de l'amour par crainte d'être rejetée et de souffrir.

Elle y réfléchit jusqu'à en avoir mal à la tête. Il lui paraissait impossible de prendre une décision.

Après tout, demain serait un autre jour.

C'était là encore l'une des maximes favorites de sa grand-mère.

Réconfortée, elle se mit au lit et, contre toute attente, elle sombra bientôt dans un profond sommeil sans rêves.

Le lendemain matin, Cam renonça à essayer de dormir et se leva avant l'aube. Il n'avait pas fermé l'œil de la nuit.

La veille, il était resté longtemps planté devant la porte, espérant voir revenir Harmony. En vain. Il avait alors songé à courir la retrouver, mais il s'était dit que, après tout, c'était peut-être mieux ainsi. Si elle ne pouvait pas l'accepter tel qu'il était, quelle chance avaient-ils d'être heureux ensemble ? Il était allé se coucher, l'esprit tourmenté, et avait passé la nuit à ruminer.

Ce qu'Harmony lui avait dit à propos de son père expliquait bien des choses qu'il avait remarquées chez elle sans les comprendre. Comme, par exemple, sa réaction négative vis-à-vis du jetpack ou devant la vidéo montrant des gens équipés d'une combinaison à ailes.

Il mesurait à présent combien elle avait dû avoir peur en le voyant entrer dans l'eau pour sauver le garçon coincé dans l'ancien poste de secours. Pourtant, elle n'avait pas essayé de le dissuader d'y aller. Elle avait juste voulu s'assurer qu'il avait la forme physique nécessaire pour le faire, et elle avait tenu bon malgré la mauvaise volonté qu'il avait manifestée.

C'était une femme exceptionnelle qui valait la peine qu'on renonce à tout pour elle, il le savait. Mais ce qu'il ne savait pas – et qui l'effrayait le plus –, c'était la manière dont il se comporterait s'il abandonnait pour elle la pratique des sports extrêmes. Son amour ne céderait-il pas la place au ressentiment lorsqu'il verrait ses amis se livrer sans lui aux activités qu'il aimait ?

Sans doute était-ce stupide de s'accrocher ainsi à ce qui

n'était au fond que de simples loisirs, alors que le bonheur vrai et durable se trouvait à portée de main.

D'autant plus qu'il n'avait pas projeté de pratiquer les sports extrêmes toute sa vie. Il s'était toujours dit que le jour où il aurait des enfants, il opterait pour des activités moins dangereuses.

Non pas qu'il ait le sentiment de risquer sa vie. Traverser la rue peut se révéler périlleux si l'on ne fait pas attention.

Lui, il se montrait toujours très prudent et préparait avec soin toutes ses sorties. Mais il ne pouvait pas exiger d'Harmony qu'elle partage sa vision des choses. En réalité, leurs positions respectives étaient incompatibles. Ses peurs à elle étaient aussi puissantes que son goût à lui pour les sensations fortes.

Cependant, une évidence s'imposait : l'idée de la perdre lui était insupportable.

Il n'avait jamais vraiment cru au coup de foudre ni à l'âme sœur, mais il se souvenait du choc qu'il avait ressenti lorsqu'il l'avait vue. Son cœur s'était mis à battre à tout rompre. Et plus il passait de temps auprès d'elle, plus il l'aimait.

Si un ami lui avait dit vouloir épouser une femme qu'il ne connaissait que depuis quelques semaines, il lui aurait conseillé d'y aller doucement, de s'assurer qu'il ne s'agissait pas d'un emballement passager. Mais voilà qu'il était amoureux d'Harmony, et il savait qu'il l'aimerait toujours.

Assis au bord du lit, la tête dans les mains, il se demanda ce qu'il allait faire.

Il aurait voulu rester chez lui, ne voir personne. Mais ce soir aurait lieu le gala de Noël. Il devait aider à le préparer, il ne pouvait se soustraire à ses obligations.

Tandis qu'il se rendait à la salle paroissiale, une pensée horrible lui traversa l'esprit.

Et si Harmony décidait de quitter l'île aujourd'hui ? Le premier ferry partait à 8 heures. N'allait-elle pas le prendre ?

Il voulut lui téléphoner, puis il y renonça car il était très tôt. Après ce qu'il s'était passé, il n'osait pas l'appeler avant l'heure d'ouverture du cabinet médical.

En passant devant, il vit que l'appartement était plongé dans le noir, et son cœur s'arrêta un instant de battre.

Serait-elle déjà partie ?

Puis il poussa un soupir de soulagement en constatant qu'il y avait de la lumière au rez-de-chaussée : Harmony était déjà au travail.

Il avait besoin d'entendre sa voix. Il prit son téléphone et l'appela.

— Allô ?

— Bonjour, dit-il. Je voulais juste te dire que je serai à la salle paroissiale si jamais tu as besoin de moi.

— D'accord, répondit-elle d'un ton guindé. Je sais que tu seras très occupé aujourd'hui. Je ne t'appellerai que s'il y a une urgence.

— Très bien. Merci. À plus tard.

Comme il aurait voulu aller la voir ! Mais il se força à continuer son chemin, essayant de prendre un air serein. Il n'avait aucune envie de devoir expliquer aux gens – et notamment aux ID – pourquoi il n'avait pas l'air dans son assiette.

Dora ressemblait à un derviche tourneur, elle s'activait et courait partout pour s'assurer que tout se passait comme elle le voulait. Il ne tarda pas à se mettre à l'ouvrage. La vue du décor amena même un sourire sur ses lèvres. Les ID avaient répondu à sa requête : elles avaient fait en sorte qu'Harmony se sente bien dans ce cadre.

Il quitta la salle paroissiale à deux reprises pour se rendre dans d'autres coins de l'île où il avait à faire. Bien que très occupé, il ne cessait de penser à Harmony.

Dans l'après-midi, alors qu'il était de retour, Dora vint le trouver, affichant un air satisfait.

— Les traiteurs sont arrivés et se sont déjà mis au travail. Et nous avons fini toute la décoration. Que pensez-vous du résultat ?

— Merveilleux ! Vous vous êtes surpassées, cette année.

— Vous aimez ce que nous avons fait pour Harmony ? insista Dora d'un ton anxieux. Pensez-vous que cela lui plaira ?

— J'en suis certain...

Soudain, il fut saisi d'une crainte : et si Harmony décidait de ne pas assister au gala ?

Il devait s'assurer qu'elle viendrait.

— Dora, puis-je vous demander de veiller à ce qu'elle arrive à l'heure ? Je dois aller accueillir des hôtes qui auront pris le ferry.

Dora afficha un grand sourire.

— Je le ferai, c'est promis. Nous allons avoir notre plus beau gala de Noël.

Il sourit en retour, mais il savait que, pour lui, ce ne serait pas le cas. En l'absence d'Harmony, ce ne serait pas possible.

Toute la journée, Harmony s'était torturé l'esprit en se demandant si elle devait ou non assister au gala. Elle n'était pas certaine d'être prête à affronter Cam, et peut-être que sa présence le mettrait mal à l'aise ? Elle savait combien il aimait Noël et attendait avec impatience cette soirée.

La question fut résolue lorsque Dora lui téléphona.

— Harmony, nous passerons vous chercher à 19 heures pour vous emmener au gala.

— Oh ! je ne...

— À 19 heures, répéta Dora. Et soyez prête à l'heure.

Elle raccrocha sans lui laisser le temps de répondre.

Bien qu'elle ait le cœur lourd et la crainte de gâcher la fête pour Cam, elle obéit aux ordres et, lorsque les ID vinrent la chercher à 19 heures tapantes, elle était prête.

Ne disposant pas d'une énorme garde-robe, elle avait opté pour une robe en laine rouge et des bottes à talons hauts qui lui tiendraient chaud. L'après-midi avait été venteux, et l'on s'attendait à de nouvelles chutes de neige.

Tout en enfilant son manteau, elle écouta les bavardages des ID, qui semblaient encore plus excitées que d'habitude. Elles l'escortèrent jusqu'à la porte en la serrant de près, comme si elles craignaient de la voir changer d'avis.

Lorsqu'elles traversèrent le petit parking situé devant la salle paroissiale, elle ne put retenir un cri d'admiration en découvrant le décor mis en place par les bénévoles.

— Oh ! c'est fantastique !

Des arches avaient été disposées le long du chemin, et toutes étaient chargées d'ornements blanc et or reflétant la lumière de centaines de petites ampoules scintillantes.

Elle s'arrêta au milieu de l'allée pour admirer ce spectacle enchanteur. Comme pour ajouter à la magie de Noël, quelques flocons de neige commencèrent à tomber.

— Allons, dépêchons-nous d'entrer, dit Katherine.

— Pourquoi se presser ? protesta-t-elle.

Elle n'obtint aucune réponse. Poussée par les ID, elle pressa le pas et pénétra dans le bâtiment.

Elle resta bouche bée devant la métamorphose qu'avait subie la salle paroissiale.

Tout était ravissant, mais ce qui attira immédiatement son regard, ce fut un arbre de Noël couvert de poinsettias de soie. Il était placé de telle sorte qu'on ne voyait que lui en entrant dans la pièce. Entre les fleurs étaient accrochés des dizaines de petits cœurs dorés.

Les ID guettaient sa réaction. À la vue de leurs visages pleins d'espoir, elle sentit ses yeux s'humecter.

— Vous avez fait tout cela pour moi ?

— Eh bien, Cam nous a dit que vous lui aviez raconté que, chez vous, il y avait toujours des poinsettias pour Noël. Comme nous ne pouvions pas nous procurer à temps suffisamment de fleurs naturelles, nous avons fabriqué des poinsettias en soie.

— C'est très beau, dit-elle en les serrant dans ses bras l'une après l'autre. Comme c'est adorable de votre part !

— Allez voir le jupon de l'arbre, conseilla Dora. Sela en a fabriqué un tout spécial.

Harmony s'approcha de l'arbre et se pencha pour y regarder de plus près.

— *Un jonkanoo !* s'exclama-t-elle.

On reconnaissait les différents personnages des défilés de rue traditionnels en Jamaïque au moment de Noël – des musiciens et des danseurs, tous costumés.

— Sela, c'est magnifique...

Soudain, elle tendit l'oreille en distinguant un timbre de voix reconnaissable entre mille. Elle connaissait cette voix, mais son cerveau se refusait à y croire.

— Je suis stupéfaite ! Cela ressemble tellement aux peintures que nous avons à la maison.

Elle leva les yeux, et se redressa d'un bond pour se précipiter dans les bras de sa mère.

— Maman ! Oh ! maman…

Elle s'écarta, les yeux pleins de larmes.

— Que fais-tu ici ?

— Nous avons été invités, dit sa mère en lui caressant la joue.

— Le laird s'est occupé de tout, précisa Dora d'une voix enrouée par l'émotion.

Harmony serra de nouveau sa mère dans ses bras. Puis ce fut le tour de Fred, qui arborait un visage rayonnant et lui présenta sa fille, son gendre, son fils et ses trois petits-enfants.

Malgré la joie immense qui emplissait son cœur, elle était consciente d'une chose : Cam n'était pas là.

Elle le savait parce qu'elle ne cessait de le chercher du regard – même lorsque les ID l'entraînèrent pour lui montrer les desserts qu'elles avaient préparés : des gizzadas et des pains de patate douce. S'y ajoutait un cake de Noël jamaïcain confectionné par sa mère.

— Comment avez-vous réussi à faire tout cela ?

Les ID se contentèrent de rire en lui tapotant l'épaule.

Tandis que le petit groupe familial se dirigeait vers la table qui lui avait été réservée, Harmony constata que Cam n'était toujours pas là.

— As-tu vu Cam ? demanda-t-elle à sa mère.

— Il est venu nous chercher à la descente du ferry et nous a emmenés au manoir, mais je ne l'ai pas revu depuis ton arrivée ici…

Elle lui posa la main sur le bras.

— Je crois que c'est un être merveilleux, Harmony. Lorsqu'il a pris contact avec moi et m'a demandé si nous voulions venir ici pour Noël, j'ai compris qu'il était exceptionnel. Absolument désintéressé. Il nous a donné des chambres qu'il aurait pu louer, mais il voulait par-dessus tout te rendre heureuse.

Après lui avoir lancé un regard entendu, elle s'assit à côté de Fred, la laissant méditer sur ce qu'elle venait de lui dire.

12

La neige s'était mise à tomber plus fort.

Cam, de sa main gantée, balaya les flocons qui recouvraient le banc et s'assit face à la tombe de son grand-père.

Tous les efforts qu'il avait faits pour qu'Harmony passe un merveilleux Noël s'étaient trouvés récompensés quand il avait vu la surprise et la joie illuminer son visage. Il était resté à l'écart, caché au fond de la salle. De là, il avait pu observer sa réaction lorsqu'elle avait découvert la présence de sa mère. Lorsqu'il l'avait vue se jeter dans les bras de Mme Kinkaid, son cœur s'était mis à battre à tout rompre.

— Si tu avais vu cela, grand-père ! C'est l'un des plus beaux moments auxquels il m'a été donné d'assister.

Cela n'avait pas été facile de tout organiser. Lorsque l'idée lui était venue d'appeler Mme Kinkaid pour lui proposer de venir passer Noël dans l'île, il avait d'abord hésité. Après tout, elle ne le connaissait pas. Mais elle s'était montrée charmante et avait accepté avec gratitude son invitation. Il avait même cru l'entendre verser une petite larme.

Il savait ce que c'était que de devoir fêter Noël après avoir perdu un être cher. Il avait connu cela l'année où son grand-père était mort. Mais il avait été très entouré par les habitants de l'île, et aussi par ses parents et ses cousins qui avaient fait l'effort de venir passer cette période auprès de lui.

Pour Harmony et sa mère, ç'aurait été réellement difficile de vivre ce Noël loin l'une de l'autre, et il avait voulu leur épargner cette épreuve.

Il mit la main dans sa poche et toucha le petit cœur brodé qui s'y trouvait.

Il avait pensé l'accrocher au sapin du manoir, mais il l'avait finalement laissé dans la poche de son manteau. Il lui rappelait le moment où il avait découvert que son attirance pour Harmony était beaucoup plus forte qu'il ne l'avait imaginé.

— C'est ce que Noël est censé évoquer : la famille, la joie, l'amour. Pas vrai, grand-père ? énonça-t-il tout haut.

— Et tu t'es donné tellement de mal pour que j'aie un merveilleux Noël, Cam.

Il n'avait pas entendu arriver Harmony car la neige avait étouffé le bruit de ses pas. Lorsqu'il se retourna, elle était là, juste derrière le banc.

— Je pensais bien que je te trouverais ici, poursuivit-elle en venant s'asseoir à côté de lui.

— Je suis venu faire une petite visite à grand-père. Venir ici m'aide à réfléchir.

Il ne pouvait détacher son regard de son ravissant visage rayonnant de bonheur.

— Merci, dit-elle.

Il secoua la tête.

— Je n'ai pas besoin que tu me remercies, mon amour. Te savoir heureuse me suffit.

— Je n'ai jamais été aussi heureuse, Cam, murmura-t-elle en lui prenant la main, mais sans toi mon bonheur ne peut être complet.

Il sentit un long frisson le traverser et se rendit compte qu'il serait prêt à tout - *à tout* - pour garder cette femme.

Il lui saisit l'autre main.

— Je laisserai tout tomber - l'escalade, la spéléologie, le vol libre, tout - si tu m'aimes. Je ne veux pas te faire souffrir ni t'inquiéter. S'il faut que je renonce à tout cela pour que tu restes toujours auprès de moi, je le ferai, Harmony. Je ne veux rien d'autre que vivre avec toi.

Harmony, les sourcils froncés, secoua la tête.

Croyant qu'elle allait le rejeter, il sentit de nouveau son cœur sombrer.

— Je n'ai pas besoin que tu fasses ce sacrifice, dit-elle d'un ton calme. Ton esprit aventureux fait partie de toi, de ce que tu es. Peut-être me sentirais-je plus rassurée si tu arrêtais toutes ces activités, mais cela te rendrait malheureux. Or, il est important pour moi de te laisser avoir la plus belle vie possible.

— La plus belle vie que je peux avoir, c'est d'être avec toi. Tu es tout ce qui compte pour moi.

Le sourire qu'elle lui adressa accéléra les battements de son cœur.

— Je ne veux pas que mes peurs m'empêchent de vivre avec toi, Cam. Tu peux grimper sur les sommets, voler en combinaison à ailes, faire tout ce que tu aimes et y prendre plaisir. Je ne te promets pas d'assister à tes performances ni d'être parfaitement sereine avant de te voir revenir sain et sauf de tes équipées, mais je sais que tu fais preuve de prudence et que tu prends toutes les précautions possibles. Si tu renonçais aux sports extrêmes pour me faire plaisir, tu finirais sans doute par m'en vouloir. Et ça, je ne le supporterais pas. Alors, tu peux aller au Pérou ou dans n'importe quel endroit qui t'attire, j'attendrai que tu reviennes.

— Non ! Je veux rester près de toi, avoir des enfants avec toi et être heureux grâce à toi. Tous ces passe-temps sont amusants, mais ce n'est rien comparé à l'idée de t'avoir auprès de moi jusqu'à la fin de mes jours.

Elle le regarda en souriant.

— Allons-nous toujours nous disputer pour savoir qui de nous deux a raison ? Même quand nous essayons de nous montrer conciliants ?

— Je suppose qu'il en sera toujours ainsi, mon amour. Mais j'adore nos querelles.

La neige tombait à présent à gros flocons.

— J'ai quelque chose pour toi, dit-il en lui lâchant la main pour fouiller dans sa poche.

Il en sortit le petit cœur brodé qu'il tendit à Harmony.

Elle le pressa contre le sien, et lorsqu'elle leva les yeux, il vit qu'ils étaient pleins de larmes.

— Cameron MacRurie, êtes-vous en train de me donner votre cœur après m'avoir volé le mien ? dit-elle d'une voix qui tremblait légèrement. Je promets d'en prendre grand soin.

— Vous aviez déjà mon cœur, mademoiselle Kinkaid, répondit-il en la serrant dans ses bras.

— C'est parfait, Cam.

Sa voix n'était qu'un murmure, comme pour ne pas rompre l'atmosphère de paix et d'amour qui régnait autour d'eux.

— Je me rappellerai toujours ce Noël, cette nuit, comme le moment le plus heureux de ma vie, poursuivit-elle.

La température avait baissé, et tout le monde devait les attendre dans la salle paroissiale. S'il embrassait Harmony maintenant, peut-être ne pourrait-il plus s'arrêter. Mais comment résister à l'attrait de ses lèvres si proches des siennes ?

— Nous devrions retourner là-bas, murmura-t-il. Ils doivent tous se demander où nous sommes passés.

— Non, sûrement pas, riposta-t-elle en se rapprochant encore. Ils sont trop intelligents pour se poser la question. Maintenant, taisez-vous, mon laird, et embrassez-moi.

Ce qu'il fit.